Chercheuse d'or

Du même auteur
aux Éditions J'ai lu

Une épouse de trop, *J'ai lu* 4106
Chasseuse de primes, *J'ai lu* 4319
Aventurières de l'amour, *J'ai lu* 4608
Le serment de Jenny Jones, *J'ai lu* 5212
Mises au défi, *J'ai lu* 5356
Libérée sous caution, *J'ai lu* 5644

Maggie Osborne

Chercheuse d'or

Traduit de l'américain
par Martine Segas

J'AI LU

Titre original :

SILVER LINING
An Ivy Book, published by
The Ballantine Publishing Group, New York

Prologue

— Ô mon Dieu ! Je vais mourir…

Low Down observa le visage boursouflé de l'homme et réprima une grimace en respirant l'odeur nauséabonde dégagée par les pustules suintantes. Serrant les dents, elle puisa au fond d'elle-même un reste d'énergie, avant de soulever la tête du malade pour récupérer l'oreiller. Puis elle changea la taie, réinstalla l'homme confortablement et se pencha vers son oreille.

— Les croûtes commencent à se former, dit-elle. Ça signifie que le pire est passé. Tu vivras.

— Non, j'y crois pas.

— Écoute-moi bien, Frank. Je sais que tu as caché un sac d'or derrière une planche de ta cabane. Si tu meurs, je me ferai une joie d'aller récupérer ces pépites. Alors, réfléchis bien.

— Qui t'a parlé de ma planque ? s'écria le malade en ouvrant brusquement les yeux. Cet or est destiné à payer mon enterrement et une pierre tombale !

— Tant pis. Si tu meurs, je le volerai et je m'emparerai également de ta concession.

Sur ces mots, Low Down l'abandonna à son indignation et passa au lit suivant.

Seigneur ! De quand datait son dernier sommeil ou son dernier repas ? Et les hommes qui continuaient à arriver, malades, délirants…

Elle regarda autour d'elle, dans le vain espoir de découvrir une aide inattendue. À cet instant, son talon glissa sur une flaque de vomissures et elle piqua du nez, manquant de peu d'atterrir sur Max McCord.

Jurant entre ses dents, elle attrapa un seau et jeta de l'eau sur le sol. Elle n'avait pas le temps d'en faire davantage. Puis elle sortit une lettre de sa poche et observa Max.

Comme tous les autres, il semblait mal en point. Son visage et ses paupières étaient enflés, et il commençait à dégager une odeur de viande avariée – ce qui, paradoxalement, était bon signe. Quand elle parvenait à les faire survivre jusqu'à ce stade, les hommes s'en tiraient en général.

Elle agita l'enveloppe sous le nez du malade.

— Tu vois ça ?

La lettre, écrite de la main de Max, était adressée à une certaine Philadelphia Houser. Low Down l'avait récupérée dans sa veste, avant que ses vêtements ne soient brûlés. Lorsqu'elle fut certaine d'avoir toute son attention, elle déchira la lettre en morceaux.

— Si tu meurs, cette Philadelphia Houser saura jamais rien de la magnifique maison que tu as construite pour elle. Elle saura jamais combien tu pensais à elle, juste avant de tomber malade.

Une brusque rougeur envahit le visage du patient, le faisant presque paraître en bonne santé.

— Bon sang ! Tu n'avais aucun droit de lire cette lettre. Aucun droit de la déchirer. C'est personnel ! Tu… tu…

Mais Low Down s'éloignait déjà, le laissant bredouiller.

Cinq minutes ! C'est tout ce qu'elle demandait. Cinq minutes de sommeil, une bonne rasade de whisky, et elle serait à nouveau d'attaque.

Le malade suivant semblait dormir. Rien ne permettait de penser qu'il respirait encore, jusqu'à ce qu'elle le secoue et voie sa poitrine se soulever faiblement.

— Tu m'entends ? murmura-t-elle à son oreille. Tu m'entends, bon à rien ? C'est moi, Martha, ta première femme. Je t'attends de pied ferme, sale vermine. Meurs donc, que nous soyons enfin réunis pour l'éternité...

Le malade sursauta et un frisson d'horreur le parcourut. Low Down en conclut qu'il survivrait probablement.

— Low Down ? Tu es toujours là ?

Le repas, déjà ? Mais elle venait à peine de servir le petit déjeuner...

Elle se traîna jusqu'à la porte où elle s'appuya contre le chambranle avant de reculer brusquement, éblouie par l'éclat du soleil. Un tas de vêtements et de draps sales brûlait dehors, dégageant une odeur pestilentielle.

Le père Jellison se tenait à bonne distance de l'entrée, son nez et sa bouche protégés par un foulard bleu. Il indiqua la brouette chargée de nourriture.

— Je ne sais pas si ça sera mangeable, annonça-t-il. Jansen, le cuisinier, est mort la nuit dernière. Olaf Gurner l'a remplacé.

Low Down hocha la tête, trop épuisée pour s'enquérir des causes du décès de Janson. Ce n'était pas la variole, en tout cas, puisqu'on ne le lui avait pas amené.

— De nouveaux morts ? s'enquit le pasteur.

Elle secoua lentement la tête. Non, Dieu merci.

Elle doutait d'avoir encore la force de traîner un autre corps hors de l'école.

— Bien. Ça fait trois jours maintenant. L'épidémie est peut-être en train de s'enrayer. Tu as vraiment une sale tête, ajouta-t-il après l'avoir étudiée un moment.

— Merci, répondit-elle avec un pâle sourire.

— Tâche de dormir un peu. Je reviendrai demain matin. As-tu besoin de quelque chose ?

— Du phénol et de la glycérine. Et des draps.

— Nous avons utilisé tout ce que nous avons pu trouver à Piney Creek, alors nous avons dû faire appel à Denver. On devrait en recevoir demain ou après-demain.

Low Down regarda le pasteur s'éloigner vers le camp principal, presque désert maintenant. Une fois l'épidémie jugulée, les hommes brûleraient l'école, qui ne serait probablement jamais reconstruite. Les familles avec des enfants avaient été les premières à partir, et personne ne s'attendait à les voir revenir.

La variole avait tué les ambitions de Piney Creek à devenir une ville, aussi sûrement qu'elle avait tué les hommes qui s'entassaient dans le cimetière.

Trop épuisée pour bouger, Low Down s'attarda sur le pas de la porte, profitant des chauds rayons du soleil. Dans la nuit, un voile blanc s'était déposé sur la cime des montagnes, et les colibris avaient pris leur envol vers des régions plus clémentes, preuve qu'un hiver précoce s'annonçait. Peut-être se dirigerait-elle vers le sud, elle aussi, en espérant trouver la chance dans un endroit chaud et sec ?

Dans son dos, quelqu'un gémit et réclama à boire. Elle entendit un malade vomir par terre. Un homme pouvait tuer un écureuil perché sur un arbre à cent mètres, mais était incapable de viser un seau posé à côté de son lit. Encore un de ces grands mystères de la vie...

Après un dernier regard vers sa tente qu'elle avait dressée près de la rivière, juste à côté de son lieu de prospection, elle se redressa et passa une main lasse sur ses yeux. Puis, attrapant les poignées de la brouette, elle la poussa à l'intérieur de l'école.

Juste avant que la puanteur n'atteigne ses narines, elle respira des effluves de bouillon de poisson, pour lequel elle ne présageait pas un accueil très favorable. De toute façon, tout cela finirait dans les seaux.

— Stony Marks, ramène tes fesses dans ce lit vite fait ! cria-t-elle. Ou je vais me faire une joie de te les botter.

Un homme nu, couvert de pustules, n'était décidément pas un spectacle très engageant, pensa-t-elle, dégoûtée. Quand tout serait terminé, elle quitterait Piney Creek et s'installerait ailleurs, dans un endroit où elle n'aurait pas vu la moitié de la population mâle du coin en tenue d'Adam.

Tout comme le reste, chercher de l'or ne semblait guère lui réussir. Mais elle ne désespérait pas. La fortune souriait aux audacieux, à ce qu'on disait. Alors qui sait ? Son tour viendrait peut-être.

Quelque chose de bien l'attendait sûrement, au détour du chemin. En tout cas, le moment était venu pour elle de changer de décor. Elle n'obtiendrait rien de bon en restant ici.

[illegible]

Après [illegible]

[illegible]

— [illegible]

[illegible]

Tout [illegible]

[illegible]

On [illegible]

1

— Hip, hip, hourra ! Hip, hip, hourra !

Low Down rougit violemment et jeta un regard mauvais aux hommes qui la saluaient en levant leurs chopes remplies de bière – une bière qu'Olaf avait brassée pour l'occasion. N'ayant jamais été l'invitée d'honneur d'une fête, elle ne savait pas très bien comment réagir. Devait-elle lever son verre, elle aussi ?

Intimidée, elle détourna la tête et regarda en direction du nuage de fumée qui planait encore au-dessus des cendres de l'école. Le premier geste des hommes, aujourd'hui, avait été de la brûler. Puis tout le monde s'était retrouvé devant la cabane d'Olaf pour partager le repas. Au menu, truites grillées et steaks d'élan.

Les conversations étaient allées bon train autour du sujet de prédilection : la reconstruction.

La journée semblait idéale pour parler de nouveau départ. Des gentianes bleues et de larges touffes de reines-marguerites perçaient au travers des cailloux comme des joyaux, décorant les flancs des montagnes de taches de couleur, tandis que les pâquerettes tapissaient la vallée. Haut dans le ciel, un aigle planait, gracieux.

Le cœur de Low Down se serra devant tant de beauté.

À cet instant, elle envia l'oiseau et souhaita pouvoir l'imiter, s'envoler loin du discours que, de toute évidence, Billy Brown, maire autoproclamé de Piney Creek, s'apprêtait à prononcer. Debout devant la cabane d'Olaf, il menait les festivités en l'honneur de Low Down.

Si seulement quelqu'un l'avait prévenue qu'elle allait être la reine de la fête ! Elle aurait pris un bain dans la rivière et lavé ses cheveux. Elle aurait même enfilé des vêtements propres. Au lieu de cela, l'invitée d'honneur arborait une chemise d'homme bien trop grande pour elle, des pantalons en velours qui avaient connu des jours meilleurs, et de gros godillots couverts de boue.

Repoussant une mèche de cheveux sous son vieux chapeau, elle remarqua alors que chacun s'était mis sur son trente et un. Billy Brown avait même taillé sa barbe. En fait, tous ses anciens patients semblaient aussi soignés qu'avant le départ des femmes, au début de l'épidémie. Elle fut émue de constater que ces efforts lui étaient destinés.

— Nous devons d'abord remercier Olaf Gurner pour son repas, et pour nous avoir nourris après le décès de Jacob Jansen, commença Billy Brown.

Des réflexions ironiques et amicales lui répondirent, accompagnées d'applaudissements nourris.

— Nous sommes soixante-quatre aujourd'hui, continua Billy d'un air triste. Il y a six semaines, la population de Piney Creek comptait quatre cents âmes, des hommes solides qui cherchaient et trouvaient des pépites d'or. Cet endroit était prospère avant que le fléau ne s'abatte sur nous.

Comme tout le monde, Low Down regarda en direction du camp, qui ressemblait maintenant à une ville fantôme. Aucune musique ne filtrait derrière les portes du bar, et des planches condamnaient les fenêtres des bâtiments. Même le bureau des métaux précieux, vestige d'une époque glorieuse, avait mis la clé sous la porte.

Là où quelques semaines plus tôt s'alignaient des dizaines de tentes, il ne restait plus que de l'herbe jaunie. Déjà, les fleurs sauvages reprenaient possession des lieux.

Low Down se retourna vers Billy Brown, avec l'étrange impression que Piney Creek ne se relèverait jamais de cette crise.

— Vous et moi, tout comme les hommes enterrés là-haut dans le cimetière, ne sommes restés que pour une seule et bonne raison : protéger notre concession, reprit Billy. Mais il y a parmi nous une personne que rien ne retenait ici et qui n'a pourtant pas jugé bon de partir…

Son regard se posa sur la jeune femme.

— J'avais aussi une concession à protéger, protesta cette dernière, convaincue qu'une invitée d'honneur devait se montrer modeste.

— Tu n'as même pas trouvé assez d'or pour te payer une nouvelle passoire, fit remarquer Jake Martin. Tu aurais pu partir sans un regret.

— Dieu a entendu nos prières et nous a donné un ange de miséricorde qui nous a toujours soutenus, même au plus fort de la maladie.

La brise soufflant des hauts sommets parut soudain plus fraîche sur les joues brûlantes de Low Down, qui espéra secrètement que Billy Brown en finirait bientôt. D'un autre côté, elle devait reconnaître que l'expérience n'était pas désagréable. Les compliments étaient une denrée rare, plus rare encore que les pépites. En fait, elle ne se souvenait pas qu'on lui en ait jamais fait.

— Cette personne a pris soin de nous, sans même s'inquiéter des risques pour sa propre santé, continua Billy Brown, imperturbable.

— Eh bien…

Une invitée d'honneur se devait de dire la vérité.

— J'ai eu la variole quand j'étais petite, et quelqu'un a dit qu'on pouvait pas l'attraper deux fois.

Coot Patterson leva les yeux au ciel.

— Personne n'en sait rien. Peut-être que c'est vrai, peut-être pas. Le fait est que tu es restée et que tu t'es occupée de nous, alors que rien ne t'y obligeait. Alors maintenant, ferme-la et arrête de te rebiffer devant les gentilles paroles du vieux Billy !

— Allez-vous vous taire, à la fin, que je puisse terminer ? intervint ce dernier d'un air bougon. Bon, où j'en étais… Ah oui ! Tout le monde a compris ici que je parlais de Low Down qui nous a nourris, lavés, maternés. Sans elle, la plupart d'entre nous ne seraient certainement pas là aujourd'hui. Et Dieu sait que les volontaires ne se bousculaient pas pour l'aider !

Les acclamations qui explosèrent de tous côtés la rendirent presque sourde. Gênée, la jeune femme ne savait plus quoi faire de ses mains, ni où poser les yeux. Être une invitée d'honneur n'était décidément pas une tâche facile.

— Il n'existe aucun moyen de te rembourser équitablement pour ce que tu as fait, Low Down. Mais chaque homme ici présent est d'accord pour dire qu'il ne pourra pas se sentir heureux tant qu'il n'aura pas trouvé un moyen d'exprimer sa gratitude. Nous voulons faire quelque chose pour toi. Quelque chose de grand et de bien. Alors dis-nous ce que tu veux, et tu l'auras. N'importe quoi. Dis-le simplement.

Les autres approuvèrent d'un signe de tête et se rassemblèrent autour d'elle, souriants, dans l'expectative.

Low Down, les joues en feu, leva sa bière en signe de dénégation.

— Voyons, tout le monde aurait fait la même chose à ma place. C'était naturel... Vous m'avez assez remerciée comme ça. On n'avait jamais donné de fête en mon honneur. Je m'en souviendrai toute ma vie.

— Non, ma'ame, une fête n'est certainement pas suffisant ! intervint Stony Marks. Tu as travaillé comme une bête. Tu nous as forcés à avaler ces horribles potions. En bousculant certains, par la cajolerie ou la menace, tu nous as donné l'envie de nous battre.

Des hourras bruyants l'interrompirent.

— Mais ce qui est sûr, c'est que nous n'aurions jamais survécu sans toi. Alors il doit bien y avoir une chose dont tu as vraiment envie, une chose dont tu as toujours rêvé, que tu n'aurais peut-être jamais espéré posséder un jour. Cette chose, ce rêve, nous voulons te l'offrir. Nous te le devons bien.

Frank Oliviti s'avança à son tour, son visage ridé exprimant toute sa gratitude.

— D'abord, je veux te remercier de ne pas avoir volé mon or, comme tu l'avais dit. Si tu veux une maison au lieu de ta tente, nous te construirons une magnifique cabane avec tout le mobilier qu'il faut. Quoi que tu veuilles, tu peux l'avoir.

— Si tu souhaites un piano, nous irons jusqu'à Denver pour en trouver un et nous le traînerons jusqu'ici, renchérit Billy Brown.

Max McCord fut le suivant.

— À moins que tu ne souhaites t'installer dans le plus bel hôtel de Denver et manger des huîtres en buvant du champagne... Tu n'as qu'un mot à dire, Low Down, et ce sera fait.

Max n'avait plus rien de l'homme diminué qu'elle avait soigné. Il était si beau aujourd'hui qu'à sa vue, le cœur de Low Down s'emballa. La variole avait laissé des cicatrices sur sa peau, le long de sa mâchoire, mais contrairement aux autres, il n'avait pas eu la coquetterie de faire pousser sa barbe pour les dissimuler. Bien rasé, ses cheveux coupés court, il portait un pantalon en velours et une chemise du même bleu que ses yeux.

C'est en le contemplant et en s'interrogeant sur la signification de cette brusque chaleur, au creux de son ventre, que l'idée lui vint. Il y avait bien une chose... la seule chose en fait qu'elle désirait vraiment. Mais c'était certainement bien loin de ce que les hommes avaient en tête. Ils souhaitaient lui faire plaisir, mais...

Le père Jellison s'approcha d'elle.

— Ce sont tous d'honnêtes gars, qui ont à cœur de rembourser une dette d'honneur. Ils n'auront pas de repos tant que ce ne sera pas réglé. Alors ne les fais pas attendre plus longtemps. Tout le monde possède un désir secret, Low Down. Aujourd'hui, tu as la chance de pouvoir exprimer le tien.

Plissant les yeux, elle observa le reflet du soleil sur la rivière qui serpentait dans la vallée. Ce matin, elle avait aperçu une famille de renards venue se désaltérer...

— Il y a bien une chose, commença-t-elle. Mais je crois pas...

— Quoi que ce soit, tu l'as bien mérité, et ces hommes vont te l'offrir.

Un espoir soudain l'envahit, si fort qu'elle vacilla légèrement. C'était sa chance. Peut-être la seule et unique chance de sa vie. Et comme disait le dicton : « Qui ne tente rien, n'a rien... »

Un large sourire éclaira le visage de Billy Brown, qui l'observait attentivement.

— Taisez-vous tous ! cria-t-il. Elle s'est décidée. Alors de quoi s'agit-il, Low Down ?

Ô Seigneur ! Bon, cette occasion ne se présenterait pas deux fois… Se redressant, elle respira un grand coup et sentit son estomac se contracter.

— Je veux un enfant, dit-elle.

— Pardon ?

Le père Jellison recula d'un pas et la fixa d'un air incrédule.

— Un bébé. C'est ce que je veux.

Un silence de mort accueillit cette déclaration. Un silence si total que la jeune femme eut l'impression d'entendre les fourmis creuser dans la terre.

Billy Brown repoussa son chapeau et se gratta la tête.

— Eh bien ! dit-il enfin en jetant un coup d'œil aux autres. Ceci est un peu inattendu… mais, après tout, pourquoi pas ? Il doit bien y avoir des orphelins par ici. Nous pourrions…

— Non. Je veux pas l'enfant d'un autre. Je veux un bébé à moi.

Au moins, personne ne riait…

— Bon sang, Low Down ! intervint Frank Oliviti. Est-ce que tu veux dire que l'un de nous doit… ?

Ses joues s'empourprèrent, et il donna un coup de pied dans une motte de terre.

— Tu es certaine de ne pas vouloir plutôt un sac d'or ?

Elle ne s'était pas contemplée dans une glace depuis des mois, mais, de toute évidence, son allure ne devait pas être très séduisante, à voir la façon dont les hommes reculaient d'un pas. Elle n'avait d'ailleurs rien d'une beauté, pour commencer. Mais de là à imaginer que l'idée de coucher avec elle pourrait les consterner à ce point… C'était particulièrement humiliant.

Pour qui se prenaient-ils, après tout ? Elle les avait tous vus nus comme des vers, et elle ne se rappelait pas s'être pâmée devant aucun d'entre eux !

Elle releva la tête d'un air de défi.

— Vous m'avez demandé mon vœu le plus cher et je vous l'ai dit, lança-t-elle. Si vous pensiez pas ce que vous disiez, très bien, oublions ça ! De toute façon, j'ai jamais rien attendu de quiconque. Finissons notre bière et retournons au travail. Nous avons encore quelques heures avant la nuit et...

— Un instant ! s'interposa Billy Brown.

Son regard parcourut l'assemblée et il leva les mains.

— OK, dit-il. Ce n'est pas exactement ce à quoi nous nous attendions...

Un chœur de jurons accueillit cet euphémisme.

— ... mais nous étions sincères, quand nous avons dit que nous voulions réaliser son rêve le plus cher. Nous nous sommes engagés, et que je sois damné si nous revenons sur notre parole !

Des murmures s'élevèrent, puis une voix résignée intervint :

— Bon, qu'est-ce qui se passe maintenant ? Comment allons-nous désigner le... le donateur ?

— Un volontaire simplifierait grandement les choses, répondit Billy, qui promena un œil plein d'espoir sur les hommes. Y a-t-il un volontaire parmi vous ?

Personne ne s'avança. Low Down sentit ses joues s'enflammer.

— Allez au diable ! cria-t-elle, sa honte se transformant soudain en une colère salutaire. Comme je tiens pas à coucher avec l'un d'entre vous, n'en parlons plus !

Elle ne s'était jamais sentie aussi humiliée de toute sa vie.

Juste comme elle allait s'élancer vers sa tente, le père Jellison la retint par le bras.

— Lâchez-moi !

Tout ce qu'elle voulait maintenant, c'était récupérer ses affaires, quitter Piney Creek et oublier ces dernières minutes. Mais le père Jellison tenait bon, tout en prenant garde de rester à bonne distance de ses poings.

— Honte à vous, messieurs ! clama-t-il. Cet ange de miséricorde, qui n'a pas hésité à mettre sa vie en péril pour sauver la vôtre...

Il marqua une pause pour ménager son effet, et posa sur chacun des hommes un regard lourd de signification.

— ... cet ange de miséricorde veut un bébé.

— Et l'un de nous va lui en donner un, sacré bon sang ! s'exclama Billy Brown d'un air décidé.

Stony Marks avança d'un pas.

— Je pense que Low Down est une femme de cœur, commença-t-il courageusement. Et qu'elle pourrait être très présentable, si elle voulait bien faire un brin de toilette. Mais, aussi déterminé que je sois à payer ma dette pour la remercier de m'avoir sauvé la vie, je ne peux être candidat pour lui faire un enfant. Je suis marié.

Il jeta un coup d'œil vers le prêtre, cherchant son soutien.

— Il ne serait pas juste de demander à un homme marié de tromper sa femme, insista-t-il.

— Je reconnais qu'il n'a pas tort, admit le père Jellison en resserrant sa poigne sur le bras de la jeune femme.

— En effet, renchérit Billy Brown à contrecœur. Mais qu'à cela ne tienne ! Que les hommes mariés se mettent par ici, ordonna-t-il.

Il compta ensuite les célibataires restants.

— Très bien. Nous avons donc vingt-trois prétendants.

— Vingt-quatre, rectifia Jack Hart. McCord, viens avec nous. Tu n'es pas marié.

— C'est tout comme, plaida ce dernier. Je dois me marier dans quinze jours et je pars demain.

— Peut-être, mais tu ne l'es pas encore. Tu ne serais même plus de ce monde sans Low Down. Alors viens ici !

L'espace d'un instant, la jeune femme pensa que McCord allait refuser. Elle avait lu la lettre qu'il avait écrite à Mlle Philadelphia Houser, et elle le comprenait. Mais, après avoir secoué la tête, Max rejoignit le groupe des célibataires.

Tout le monde se tourna vers Billy Brown pour guetter la suite des événements.

— Pour la dernière fois, avons-nous un volontaire ? interrogea ce dernier.

Pas un murmure ne troubla le silence, et Low Down envisagea un instant de mordre la main du père Jellison afin de se libérer.

Qu'ils aillent au diable, tous autant qu'ils étaient ! Sauf qu'elle voulait un bébé… et qu'ils avaient promis.

— Ça n'a rien de personnel, dit Albie Davidson en écartant les bras d'un air gêné. Enfin, je veux dire, je n'arrive pas à penser à toi comme à une femme. Pour moi, tu es comme nous…

— Vous n'êtes que des salauds ! cria-t-elle, luttant de plus belle pour se libérer de l'emprise du prêtre.

— C'est toi qui l'as voulu, rétorqua ce dernier. Alors reste tranquille, et prends ce qu'on te donne. Les voies du Seigneur sont impénétrables.

Low Down dut admettre en son for intérieur qu'il n'avait pas tort. Parce que Dieu avait déclenché une épidémie à Piney Creek, elle était sur le point d'obtenir ce qu'elle désirait le plus au monde… Enfin, si l'un de ces idiots acceptait de dormir avec elle, et si elle trouvait le courage de le rejoindre dans un lit. Ce qui n'était pas gagné. À cet instant, elle les détestait tous.

— Albie va mettre vingt-quatre pierres dans un chapeau, décida Billy Brown avec un soupir. Je dessinerai une croix sur l'une d'entre elles. Celui qui tirera la pierre marquée fera un enfant à Low Down.

Le père Jellison s'avança soudain, le visage rouge de colère, et poussa Billy Brown sur le côté.

— Mais qu'est-ce que vous vous imaginez ? gronda-t-il. Que vous allez remercier le Seigneur de vous avoir sauvés en commettant le péché avec Son ange de miséricorde ? Ah non, messieurs, il n'en est pas question ! Celui qui tirera la pierre marquée *épousera* cette femme. Dieu n'a pas sauvé vos fesses pour que vous crachiez sur Ses commandements.

— Oh, bon sang ! gémit Billy Brown entre ses dents. Cette histoire dégénère de minute en minute.

— Eh, attendez un peu ! s'exclama à son tour Low Down. Il n'a jamais été question d'un mari. Tout ce que je veux, c'est un bébé.

Le père Jellison sortit une bible de sa poche et la brandit telle une épée.

— Allez-vous offenser Dieu en péchant avec Son ange de miséricorde ?

Il pointa un doigt vengeur vers la jeune femme.

— Honnêtement, j'ai pas peur d'un petit péché, répliqua cette dernière. Et je crois pas que Dieu m'en tiendrait rigueur. Je veux juste un bébé.

Mais elle réalisa soudain que personne ne l'écoutait. Toute l'assemblée se concentrait sur les paroles du prêtre.

— L'enfant de cette femme devra-t-il être un bâtard ? L'un de vous pourrait-il vraiment croire qu'attirer la honte et l'opprobre sur cette sainte femme, est une digne façon de la remercier d'avoir sauvé vos misérables vies ?

— Écoutez, maintenant que j'y pense, un piano me ferait énormément plaisir, grommela Low Down.

Personne ne lui accorda la moindre attention. Le père Jellison tenait son auditoire à bout de bras, jouant de sa voix tonnante et de la culpabilité croissante de ses ouailles. Quand l'écho de son dernier mot s'éteignit, le groupe des hommes mariés vibrait d'indignation devant l'égoïsme des célibataires qui allait attirer la colère divine sur eux tous, s'ils ne faisaient pas ce qu'il fallait pour remercier cette pauvre femme de son sacrifice.

Billy Brown profita de cet instant propice pour faire circuler le chapeau, et les hommes tirèrent à tour de rôle un caillou. L'un après l'autre, tous regardèrent la pierre, et un sourire de soulagement apparut sur leurs lèvres.

Tous… sauf un.

Max McCord… qui resta figé, les yeux fixés sur le caillou au creux de sa main.

Ne pouvant supporter une seconde de plus son silence glacé, Low Down lui tourna le dos et contempla les montagnes. Elle ne s'était pas attendue à ce que celui qui tirerait la pierre marquée bondisse de joie. Mais elle n'aurait jamais imaginé que l'heureux gagnant afficherait cet air affligé !

Ses sentiments à son égard étaient partagés. Une partie d'elle-même se sentait désolée pour lui : il ne pourrait épouser la femme qu'il aimait. Les choses avaient pris des proportions incroyables, et plus personne n'y pouvait rien. Le père Jellison avait fait ce qu'il fallait pour remettre tout le monde dans le droit chemin. Mariage il devait y avoir, mariage il y aurait. McCord et elle n'avaient pas leur mot à dire.

Dans sa poche, ses doigts se refermèrent sur la lettre de Max. Elle l'avait recopiée de mémoire, et elle la relisait parfois, en se disant que quelqu'un avait écrit ces mots pour elle...

— Que le fiancé et sa promise s'approchent, dit le prêtre.

— Est-on vraiment obligés de faire ça tout de suite ? s'enquit Low Down, qui aurait aimé faire un brin de toilette.

Mais les hommes craignaient que Max McCord ne soit tenté de protester, s'ils lui en laissaient l'occasion. Ce dernier continuait de fixer la pierre, comme hypnotisé.

Coot Patterson et Stony Marks prirent chacun Max par un bras et le tirèrent devant le prêtre. Frank et Jack firent de même avec Low Down. Celle-ci aurait voulu dire quelque chose à Max, mais ne trouvait pas les mots. Elle avait les mains moites, les lèvres sèches. Si au moins elle s'était lavée et avait enfilé des vêtements propres ! Elle regrettait tellement la tournure qu'avaient prise les événements...

— Un instant !

Billy Brown s'avança et ôta un anneau d'or à son petit doigt. Il le tendit à Max.

— C'est pour la mariée, dit-il. Il appartenait à ma mère. Enlevez vos chapeaux et faites silence, reprit-il à l'intention des autres. McCord va faire le plus dur, mais vous n'êtes pas quittes pour autant. Nous devons tous participer, en donnant de l'argent pour permettre au jeune couple de s'installer. N'oubliez pas que vous devez tous la vie à Low Down, et que vous devez également une fière chandelle à Max... Alors, soyez généreux.

Le père Jellison attendit que les exclamations joyeuses se calment, puis il adressa un sourire attendri à Low Down, comme si ce mariage était son idée à elle, comme si Max et elle n'attendaient plus que sa bénédiction pour nager dans le bonheur total…

La cérémonie commença et, en moins de cinq minutes, le prêtre les avait déclarés unis pour la vie.

— Vous pouvez embrasser la mariée, conclut-il avec un grand sourire.

Low Down et Max se regardèrent un moment, puis ce dernier tourna les talons et traversa le groupe d'hommes, avant de dégringoler la colline vers le campement.

La jeune femme enfonça les mains dans ses poches et le suivit des yeux, jusqu'à ce qu'il disparaisse à l'intérieur de sa tente. Pourquoi ne s'était-elle pas contentée d'un stupide piano ? Elle leva la main et examina l'anneau sur sa peau bronzée. En tout cas, quoi qu'il arrive, elle garderait cette bague. Ce serait son cadeau pour les avoir sauvés.

Pourtant, son seul désir était d'avoir un bébé. Quelqu'un à aimer, et qui l'aimerait en retour. Une vraie famille à elle. Et comme une idiote, elle s'était laissée aller à y croire.

— Olaf ? lança-t-elle. N'est-il pas l'heure d'arroser ce mariage ? La mariée aurait bien besoin d'un petit remontant. J'aimerais aussi en apprendre un peu plus sur cette participation financière…

Après tout, il ne servait à rien de pleurer sur son sort. Autant apprécier quelques bonnes bières, et profiter de ce qui restait du jour de ses noces.

2

Max griffonna son nom au bas de la page et glissa la feuille avec plusieurs autres dans une enveloppe. Puis il jeta de côté la planche qu'il avait utilisée comme table. Le sol de la tente était jonché de boules de papier, brouillons de la plus difficile lettre qu'il ait eue à écrire. Assis au bord de son lit, il frotta ses yeux et fixa le vide devant lui.

Quelqu'un devait tirer cette pierre marquée, mais à aucun moment il n'avait envisagé que ce pourrait être lui… Sa vie était toute tracée. Chercher de l'or n'avait été qu'un épisode – la réalisation d'un vieux rêve –, l'espace d'un été, avant de s'installer définitivement.

Passant une main lasse dans ses cheveux, il jura. Le plus drôle, c'est qu'il n'aurait pas dû être là. Il avait reporté son départ d'une journée, par gratitude envers cette femme qui lui avait sauvé la vie ! Pour pouvoir assister à la fête donnée en son honneur. Et cette simple décision avait complètement bouleversé le cours de son existence, entraînant sa trahison envers Philadelphia, et l'anéantissement pur et simple de leurs vies et de leur bonheur.

— McCord… tu es là ?

La voix du père Jellison résonna à l'entrée de la tente. C'était bien la dernière personne qu'il souhaitait voir.

— McCord ?

— Qu'est-ce que vous voulez ?

— Je peux entrer, ou tu peux sortir. À toi de voir.

L'air à l'intérieur de la tente était épais et fétide, alourdi par la fumée que dégageait la lampe à huile. Grommelant entre ses dents, Max sortit et cligna les yeux sous la lumière crue du matin. Il avait dressé sa tente sur un monticule, près de sa concession, à quelques mètres du bord de la rivière. La veille, il avait vendu son bien à Coot Patterson pour un pot de soupe – la pire qu'il ait jamais avalée.

— Si vous n'étiez pas un homme d'Église, je vous démolirais le portrait, annonça-t-il en guise d'introduction.

Il s'avança sur la berge, s'accroupit près de l'eau et s'aspergea le visage avant de se rincer la bouche.

— Tu te sentirais mieux si ton rôle se bornait à engrosser Low Down avant de l'abandonner ? Tu ne me parais pas être ce genre d'homme.

Max essuya ses mains sur son pantalon et observa les hommes qui tamisaient le sable de la rivière, un peu plus loin.

— Très bien, admit Jellison dans son dos. Peut-être qu'on s'est un peu précipités, au lieu de prendre le temps de réfléchir. Mais n'oublie pas que tu dois la vie à Low Down. Elle a été la seule à prendre soin de toi et des autres quand vous étiez au plus mal.

— Vous pourriez dire la même chose à tous les hommes de Piney Creek. Mais c'est moi qui l'ai épousée, et il n'avait jamais été question qu'un homme se sacrifie pour tous les autres. Jamais.

— C'est vrai. Mais c'est fait, et personne n'y peut plus rien.

— Je devais me marier dans quinze jours, et prendre le poste qui m'était réservé à la banque de Fort Houser...

— Rien ne t'empêche de devenir banquier, je suppose.

— Je doute que M. Houser, le patron de la banque, m'accueille à bras ouverts alors que je viens de rejeter sa fille au pied de l'autel !

La situation était inimaginable. Honneur et devoir avaient toujours été les deux principes de sa vie. Et voilà que, le temps de piocher une pierre au fond d'un chapeau, il avait détruit sa réputation, humilié une jeune femme, apporté la honte sur deux familles respectables et causé un scandale qui allait ébranler Fort Houser et le poursuivre jusqu'à la fin de ses jours...

— En y réfléchissant, nous aurions peut-être dû te laisser dans le groupe des hommes mariés, reconnut le prêtre. Les choses ne se passent pas toujours comme nous le souhaiterions, fils. Les voies du Seigneur sont impénétrables. Mais ne t'y trompe pas, McCord : aux yeux de Dieu, tu es marié à Low Down. C'était un vrai mariage. Je suis désolé pour l'autre femme, mais maintenant ton devoir est envers ton épouse.

— Ne venez pas me parler de devoir ! grinça Max, maîtrisant avec peine une furieuse envie de lui écraser son poing sur la figure.

Se détournant, il s'apprêtait à s'éloigner quand la voix de Jellison l'arrêta :

— Il y a quelque chose que tu dois savoir. Low Down n'est peut-être pas une beauté, mais c'est une brave fille, honnête et dure à la tâche. Beaucoup de femmes seules, sans famille ni fortune, auraient mal tourné. Mais pas elle.

Max se rappela celle qui avait murmuré ses vœux auprès de lui, la veille, un chapeau à large bord dissimulant ses cheveux sales, des vêtements d'homme sur le dos, avec un visage qui aurait eu grand besoin d'un bon décrassage.

Sournoise, l'image de Philadelphia se superposa soudain dans son esprit, si belle, si féminine...

— Low Down n'est pas ta femme que de nom. C'est maintenant son statut. Cette pauvre fille n'a jamais eu de chance dans la vie, et elle mérite beaucoup mieux. J'espère que ce mieux, c'est toi qui le lui apporteras.

— Il n'y aura pas de fin heureuse, mon père. Ni pour elle ni pour moi.

— J'ai encore une chose à ajouter. Ne rends pas Low Down responsable de cette situation. Elle ne t'a pas choisi. Dieu a mis cette pierre entre tes doigts, et si tu es assez fou pour vouloir t'opposer à Lui, alors je te souhaite bonne chance, mon garçon. Tu en auras besoin. Mais inutile de t'en prendre à elle.

Jellison prit congé. Ils se séparèrent sans se serrer la main. Max alluma un feu et posa la cafetière sur les flammes. Il ressentait le besoin de trouver un coupable, quelqu'un sur qui rejeter le blâme, quelqu'un qu'il pourrait rouer de coups et punir pour la catastrophe qui s'était abattue sur lui.

Mais qui ? Jellison ? Il avait certes tout gâché en imposant ce mariage. Mais qu'attendre d'autre d'un prêtre ? Il aurait manqué à tous ses devoirs, s'il n'avait brandi le spectre du péché et de la damnation éternelle. Low Down ? Elle avait tout déclenché, mais n'avait-il pas été parmi les premiers à la presser d'émettre un souhait ? Certes, personne n'avait cru bon d'ajouter « dans la limite du raisonnable »...

Fou de rage, Max se leva brusquement et balança un coup de pied rageur dans la cafetière, qu'il envoya valdinguer au loin. Puis il s'acharna pendant un moment sur un poêlon qui traînait. Enfin, il enfonça les mains dans ses poches et sentit sous ses doigts la fameuse pierre marquée d'une croix. L'évidence lui coupa le souffle : ce caillou était en fait la véritable cause de tous ses tourments.

Le ridicule de la situation l'assomma, et il caressa longuement le galet, pensif. Il décida de le garder. À l'avenir, quand il aurait la faiblesse et l'arrogance de croire qu'il était seul maître de son destin, cette pierre lui rappellerait combien il se trompait...

Lorsqu'il lui fut impossible de repousser plus longtemps l'échéance, il partit à la recherche de sa nouvelle épouse. Les hommes qu'il rencontra le saluèrent au passage, mais aucun ne croisa son regard. Il comprenait. À leur place, il ne se serait pas senti très à l'aise non plus : un seul homme avait payé pour tous les autres. Il éprouva quand même une certaine satisfaction de constater que ses compagnons reconnaissaient l'injustice de son sort.

Il serait passé à côté d'elle sans la reconnaître, si elle n'avait porté les mêmes vêtements que la veille. S'arrêtant, il croisa les bras et observa sans un mot cette étrangère qui désormais partagerait sa vie.

Au début, rien dans son attitude n'indiqua qu'elle eût conscience de sa présence. Elle se tenait au bord de la crique, penchée sur l'eau, et secouait son récipient de chercheur d'or juste sous la surface pour ôter les saletés. Quand elle se redressa pour examiner le contenu de sa pêche, Max remarqua ses doigts rouges et abîmés par l'eau glacée.

Les petites mains de Philadelphia étaient blanches et douces, les ongles bien limés, peints en rose...

Le chapeau déformé que portait Low Down protégeait son visage et son cou des rayons du soleil et des moustiques. Une longue natte de cheveux gris-brun se balançait dans son dos. Avec un choc, Max réalisa que la couleur grise provenait en fait de la boue qui maculait ses cheveux. Dieu seul savait quelle était la vraie couleur des cheveux de Low Down, quand ils étaient propres !

Juste avant son départ, il avait raccompagné Philadelphia jusqu'à sa porte, et admiré l'éclat de la lampe du porche sur ses boucles brillantes. Sa peau et ses cheveux sentaient la rose.

Low Down se redressa et, avec un grognement de dégoût, rejeta le contenu du récipient, avant de s'emparer de la pelle pour le remplir à nouveau.

Elle était grande, constata Max, à peine quelques centimètres de moins que lui. Rien à voir avec Philadelphia, si délicate...

— Combien de temps comptes-tu rester là à me reluquer ? demanda soudain Low Down. Je croyais que tu devais partir aujourd'hui.

Elle n'avait pas tourné la tête.

Max s'approcha et examina le contenu du récipient, dans lequel ne brillait aucun éclat. Pas de pépite en vue.

— Nous partirons demain.

Il voulait que sa lettre parvienne à Fort Houser avant leur arrivée.

— J'ai pensé que nous pourrions lever le camp à l'aube.

— *Nous ?* Voyons, McCord, tu comptes quand même pas prendre ce mariage au pied de la lettre, pas vrai ? Tout le monde sait bien que cette cérémonie n'était qu'une comédie.

— Ce mariage était réel, et tu le sais. Que cela te plaise ou non, nous sommes bel et bien mariés.

Elle ne réagit pas tout de suite, mais sortit ses mains de l'eau en prenant soin de lui montrer qu'elle ne portait pas sa bague.

— Retourne chez toi retrouver ta Philadelphia, dit-elle à voix basse. Aucun de nous ne désirait ce mariage. Alors, va-t'en.

L'espace d'un instant, Max fut tenté de l'écouter et de partir sans se retourner.

— Pour quoi faire ? Épouser Mlle Houser et devenir bigame ?

Et passer le reste de sa vie à trembler, à l'idée que quelqu'un découvre la vérité...

Low Down lui fit face et le fixa de ses yeux noisette, un curieux mélange de brun et de vert.

— Nous sommes mariés, répéta Max, et nous devons décider de ce que nous allons faire.

— Pour commencer, je vais pas avec toi. J'ai rien contre toi, McCord, mais je tiens pas à m'encombrer d'un mari. De plus, tu as déjà une femme qui t'attend. Elle a pas besoin de savoir ce qui s'est passé hier. Ou, si tu préfères, tu peux toujours galoper jusqu'au Wyoming et déposer une demande de divorce.

Le travail s'était arrêté le long de la rivière, et les hommes regardaient dans leur direction, sans chercher à dissimuler leur intérêt.

— Ce n'est pas si facile d'obtenir un divorce, fit remarquer Max. Et puis, c'est une question de devoir...

Devant son air étonné, il s'expliqua :

— La gratitude des hommes, leur attente.

— Oh, ça ! s'exclama-t-elle avec un rire qui sonnait faux. Avoir un bébé était une mauvaise idée. Qui pourrait m'imaginer en mère ? Maintenant que j'y pense, même moi j'y crois pas.

Dans la mesure où il ne la connaissait pas, Max fut étonné de deviner aussi aisément qu'elle mentait.

Elle voulait un enfant, et le désirait depuis longtemps. Il eut un moment de flottement. Non seulement il avait été obligé d'épouser cette femme, mais voilà maintenant qu'il devait la convaincre d'honorer ses vœux !

— Low Down…

Il hésita, songeur. Possédait-elle un vrai nom ?

— Je mourrai probablement en regrettant ce qui s'est passé hier, reprit-il, mais j'ai reconnu comme les autres que tu méritais d'avoir ce que tu voulais en gage de notre gratitude, et j'ai accepté de rester dans le groupe des hommes qui ont tiré le caillou. Il est important, pour ceux que tu as soignés, que tu aies cet enfant et ils comptent sur moi pour honorer notre engagement. Si tu as changé d'avis au sujet de cet enfant, ou s'il ne s'agissait que d'un simple caprice, alors va au diable, parce que ton inconséquence a déjà brisé plusieurs vies.

La jeune femme le considéra un instant, bouche bée.

— Dois-je comprendre que tu comptes me faire cet enfant ?

— C'est mon devoir, et un McCord fait toujours son devoir.

— Ça alors !

Frottant sa joue d'un geste incrédule, Low Down parut soudain prendre conscience de ce qu'impliquaient ces paroles. Elle jeta un coup d'œil en direction de sa tente.

— Pas tout de suite, s'empressa de préciser Max.

Il ne pouvait imaginer ressentir un jour du désir pour quelqu'un d'aussi sale. D'ailleurs, même si elle avait été la plus belle femme du monde, il n'aurait pas été question pour lui de l'accompagner sous une tente, au milieu de la journée, avec soixante hommes autour d'eux.

— Quand, alors ?

— Quand le moment sera venu, répondit-il évasivement.

— Très bien. De toute façon, nous sommes coincés ensemble. Alors autant faire ce bébé. Tout à l'heure, je mentais : je veux vraiment un enfant. Mais pas un mari. Pouvons-nous être d'accord sur ce point ? Une fois que je serai enceinte, nous nous séparerons. Nous serons quittes.

L'esprit de Max travaillait à plein régime. Peut-être que Philadelphia comprendrait la situation, et accepterait d'attendre jusqu'à son divorce ? Non, aucune chance.

— Combien de temps crois-tu que ça prendra pour que je tombe enceinte ? s'enquit Low Down, dont les joues rosirent sous le coup de l'émotion.

Philadelphia aurait probablement tourné sa phrase autrement, plutôt que de prononcer l'expression « tomber enceinte ». Mais c'était une femme raffinée…

— Je l'ignore.

— Je veux dire, combien de fois devrons-nous… tu sais… insista-t-elle, écarlate cette fois. Ce que j'essaie de savoir, c'est si nous pouvons faire ça avant ton départ, de façon que j'aie pas besoin de t'accompagner.

Seigneur ! Incrédule, Max se couvrit les yeux, dépassé par les événements. Il ne lui était pas venu à l'esprit qu'elle puisse être aussi naïve dans ce domaine.

Comme si elle lisait dans ses pensées, Low Down se rebiffa brusquement.

— J'ai déjà été avec un homme, et je suis pas aussi stupide que tu le penses, déclara-t-elle. Mais c'était il y a longtemps, et j'ai pas posé de questions au sujet des bébés. Et puis, j'ai jamais connu une femme suffisamment bien pour le lui demander.

Il n'aurait pas cru possible qu'elle puisse rougir davantage, mais son visage semblait maintenant souffrir d'un violent coup de soleil. Le pire, c'est qu'il était probablement de la même couleur !

Enfonçant les deux mains dans ses poches, il concentra son regard sur la rivière.

— Connais-tu les symptômes d'une femme enceinte ?

— Oui, bien sûr.

— Tomber enceinte n'a rien à voir avec le nombre de fois où... on le fait.

Il s'éclaircit la gorge.

— Parfois, une fois suffit, ajouta-t-il. Mais cela peut également prendre des mois.

Non ! Il ne voulait même pas envisager cette possibilité. Avec un peu de chance, elle se révélerait plus attirante après un bon bain, et vêtue d'une nuisette affriolante.

Il lui jeta un coup d'œil en coin, tentant d'imaginer ce que dissimulait sa salopette trop large. Puis il jura entre ses dents. Comment pouvait-il même *envisager* de la rejoindre dans un lit ?

— En fait, marmonna-t-il, tomber enceinte risque de prendre du temps.

— Dans ce cas, j'ai pas le choix. Je dois t'accompagner.

Elle lança un coup de pied rageur dans ses outils.

— Bon sang, j'avais des plans, moi aussi !... Alors, où allons-nous ? Vers le sud, j'espère.

— Ouest.

— Ça me dit pas grand-chose.

— Fort Houser se trouve à près de quatre heures de route de Denver.

En fait, la ville n'avait jamais été un fort. Joseph

Houser – le grand-père de Philadelphia – l'avait ainsi baptisée dans l'espoir d'attirer l'armée, pour qu'elle s'y installe et protège ses biens. Malheureusement, l'armée avait contourné la ville. Les Indiens aussi, d'ailleurs. De sorte que finalement, au cours des années, le rêve de Joseph Houser s'était transformé en une ville prospère...

— Les hivers sont rigoureux là-bas, dans les plaines, commenta Low Down d'un ton boudeur.

À présent que l'essentiel avait été dit, Max ne voyait plus rien à ajouter. Il lui demanda donc de faire ses bagages et d'être prête à partir pour six heures, le lendemain matin.

— As-tu besoin d'aide pour tes bagages ? s'enquit-il.

La jeune femme le regarda comme s'il avait perdu la raison.

— Bon... Dans ce cas, je vais...

Elle ramassa son récipient et s'activa soudain.

— J'ai attrapé une truite, ce matin, dit-elle sans tourner la tête. Et j'ai quelques oignons sauvages pour l'accompagner. Tu veux venir dîner ?

— J'ai déjà d'autres engagements, répondit Max très vite.

— Comme tu veux...

Il s'éloignait lorsqu'elle l'appela :

— McCord ? Tu te rappelles, hier, quand j'ai promis d'obéir ? Eh bien, je mentais. J'obéirai jamais à un homme. Les autres vœux aussi étaient tous des mensonges.

Max resta un moment à l'observer. Plusieurs années auparavant, quand il croyait encore avoir quelque pouvoir sur ce genre de chose, il avait décrit sa future femme à son frère. Elle serait petite, belle et délicate, blonde avec des yeux bleus. Douce de caractère comme de peau, elle excellerait dans tous les arts féminins. Le soir, elle le divertirait avec de la musique et des chants. Ensemble, ils feraient de beaux enfants.

À l'époque, il l'ignorait encore, mais il avait décrit Philadelphia.

Et voilà qu'il venait d'unir sa vie à une femme qui représentait exactement le contraire de son idéal…

3

Des nuages bas recouvraient la vallée. Un brouillard matinal flottait sur la crique, enveloppant le paysage d'une nappe humide et grise – en accord avec l'humeur de Low Down, lorsqu'elle sortit de sa tente. Les choses se passaient exactement comme elle l'avait redouté. En un mot, elle avait perdu tout contrôle sur sa vie.

Dans une heure, elle prendrait une route vers l'ouest, pour la seule et unique raison que c'était là que son indésirable mari souhaitait se rendre. Lui avait-il demandé si cela lui convenait ? Pas du tout. Lui avait-il expliqué pourquoi ils devaient se diriger vers l'ouest, au lieu de choisir un endroit chaud pour l'hiver ? Absolument pas !

Évidemment, elle se doutait que Philadelphia vivait dans cette ville qui portait son nom, et que Max désirait la voir, mais il n'avait pas jugé bon de lui en parler. Pas un mot.

Pourtant, que cela lui plaise ou non, elle savait qu'il lui faudrait obéir. Elle était bien obligée de suivre son mari, si elle voulait un bébé.

Elle s'apprêtait à donner un coup de pied rageur dans la pierre devant ses pieds, quand elle s'arrêta net et regarda de plus près. Aucun doute, il ne s'agissait pas d'un caillou. Elle s'accroupit et ramassa le gobelet en métal, presque neuf. Un peu plus loin, se trouvait une cafetière dont le fond n'était même pas encore noir. À côté, deux foulards aux couleurs à peine délavées. Et enfin un sac, contenant six pépites de belle taille... Probablement de la part de Frank, pensa-t-elle en clignant les yeux.

Elle découvrit encore une paire d'étriers, une couverture de selle, un nouveau chapeau, un peigne, une brosse à dents à peine utilisée et un pot de poudre dentifrice, une cuillère en argent, une montre de poche dans sa housse en cuir, une paire de chaussettes de laine et des gants en cuir.

Et ce n'était pas tout. Quelqu'un avait préparé le feu, mit le café à chauffer, et des pommes de terre et du bacon grésillaient dans la poêle !

Serrant ses trésors contre elle, Low Down s'assit près du feu. Elle ne voulait pas que quelqu'un voie les larmes dans ses yeux, mais elle pouvait sentir la présence des hommes tout près.

— Merci ! cria-t-elle lorsque sa voix se fut un peu raffermie. Vous étiez pas obligés de faire ça. Vous avez déjà assez donné au mariage.

À sa connaissance, Max n'était pas au courant du petit sac que Billy Brown lui avait remis, après la cérémonie, résultat de la collecte qu'il avait organisée.

— Je penserai à vous chaque fois que j'utiliserai un de ces magnifiques objets.

Personne ne répondit. Quand elle entendit les hommes s'éloigner, elle versa du café dans son nouveau gobelet et inspecta ses cadeaux un par un, en prenant tout son temps.

Elle n'était pas du genre à pleurer : sentir ses yeux se mouiller l'agaçait un peu. Mais elle ne se rappelait pas avoir jamais reçu un cadeau de toute sa vie, et voilà que, d'un seul coup, on lui en offrait près d'une dizaine !

Le nouveau chapeau remplaça le vieux sur sa tête, les nouvelles chaussettes réchauffèrent ses pieds. Elle mit la montre dans sa poche et attacha l'un des deux foulards autour de son cou. Puis elle tourna son café avec sa cuillère en argent, qu'elle essuya ensuite soigneusement, avant de la glisser dans le sac de pépites. Après son déjeuner, elle se lava les dents avec sa nouvelle brosse et apprécia le goût légèrement mentholé de la poudre dentifrice, dont elle manquait depuis plusieurs semaines.

Quand Max arriva, juste comme le soleil matinal dissipait les dernières traces de brouillard, elle venait d'attacher ses nouveaux étriers et de glisser sa couverture de selle sur le dos de Rebecca.

— J'espérais que tu serais prête, fit-il remarquer avec impatience.

— Oh, excuse-moi ! lança-t-elle en l'observant avec méfiance du coin de l'œil.

Tentait-il d'évaluer ses biens, dans l'idée de se les approprier ? Non. Max McCord n'était probablement pas attiré par ses maigres possessions. Le chapeau qu'il portait avait certes connu des jours meilleurs, mais il était de bonne qualité. Ses pantalons ne présentaient aucune trace d'usure, pas plus que sa chemise ou sa veste. Ses bottes semblaient pratiquement neuves, et Low Down n'avait jamais possédé un cheval aussi beau que le mustang que Max montait.

— Comment s'appelle-t-elle ? demanda-t-elle en admirant le lustré de la jument.

— Marva. Tu y es ?

— Comme tu peux le constater, je dois encore attacher mes sacs et mon duvet.

Elle avait décidé d'abandonner sa tente, qui ferait peut-être le bonheur d'un nouvel arrivant. Si tout se passait comme prévu, elle partagerait celle de Max.

Lorsqu'elle eut fini de fixer ses biens, elle jeta un coup d'œil autour d'elle pour s'assurer de ne rien oublier, puis contempla la concession dans laquelle elle avait mis tant d'espoirs. Elle leva ensuite les yeux vers les cimes blanches qui entouraient la crique. Enfin, son regard se posa sur les hommes, qui faisaient semblant de travailler le long de la rivière. Elle aimait beaucoup certains d'entre eux, d'autres moins, mais tous s'étaient toujours montrés corrects envers elle.

— Au revoir à vous tous, chercheurs d'or ! cria-t-elle. N'oubliez pas : je vous ai tous vus nus comme des vers, et aucun de vous n'a de quoi se vanter !

Les rires retentirent dans la petite crique.

— Je vous souhaite de devenir riches, les gars !

Un chœur de salut s'éleva et, une fois de plus, Low Down sentit sa gorge se nouer et sa vue se brouiller. Bon sang, un pan de sa vie venait de se terminer ! Une nouvelle ère se présentait, dont elle ne savait quoi attendre...

— Tu crois que cette mule va tenir le coup ? demanda Max dans son dos.

— Rebecca est vieille, mais elle est comme moi : robuste, capable, et méchante quand on la cherche. Tu dis pas au revoir aux autres ?

— J'ai déjà fait mes adieux hier soir.

Bien arrosés, sans doute, pensa la jeune femme en examinant les petits yeux de Max et la pâleur de son visage. Les hommes pouvaient faire ça. S'asseoir et boire, sans prononcer un mot. Puis se lever et partir en étant persuadés d'avoir dit l'essentiel. Les femmes avaient besoin des mots.

Elle referma la main sur la lettre, toujours dans sa poche. Et soudain, sans raison, la moutarde lui monta au nez.

— Alors ? Qu'est-ce qu'on attend ? Comme tu es le seul à savoir où on va, tu passes devant. Parce que, en ce qui me concerne, j'en ai pas la moindre idée. Personne n'a jugé bon de me demander mon avis. Tout ce que je sais, c'est qu'on va vers l'ouest. J'ai jamais entendu parler d'un endroit appelé Fort Houser, et j'ai aucune envie de m'y rendre, mais je le dois pourtant, puisque je suis mariée.

Ils s'affrontèrent du regard dans un silence tendu. Puis Max tourna la tête.

— Une chose encore, dit-il. As-tu pris la bague ?

— Oui.

Pas question qu'elle lui révèle l'endroit où elle cachait ses précieuses possessions !

— J'apprécierais que tu la portes, à partir de maintenant.

La requête était formulée de façon aimable, mais Low Down savait reconnaître un ordre quand elle en entendait un, et elle y repensa toute la journée tandis qu'elle le suivait sur la piste rocailleuse.

Elle avait affirmé ne pas être décidée à obéir. Sa première impulsion fut donc de jeter la bague, de façon à pouvoir annoncer qu'elle ne l'avait plus. Mais elle y renonça. Pour l'instant, elle n'avait guère le choix et devait laisser Max McCord régir sa vie. Elle aimait bien les proverbes et, en ce qui concernait son mariage, le plus approprié semblait être : « Action précipitée se repent à loisir. » Et Dieu savait combien elle se repentait !

Lorsqu'ils s'arrêtèrent pour la nuit, suffisamment tôt pour avoir le temps de dresser le camp, elle lui demanda pourquoi il tenait à ce qu'elle porte la bague, dans la mesure où ni l'un ni l'autre n'y accordait la moindre importance.

— Ce mariage est parfaitement réel, expliqua Max d'une voix lasse.

— Peut-être que c'est pas mon avis, répliqua-t-elle sèchement.

Faire le café était toujours sa première tâche, avant même de détacher son duvet ou de penser au dîner. Cette fois, le café ne serait pas terrible, puisque la cafetière était pratiquement neuve. Il faudrait plusieurs mois pour en tirer un bon jus. Elle remplit son nouveau gobelet et laissa Max se servir. Pas question qu'il prenne de mauvaises habitudes. Après tout, elle n'était *pas vraiment* sa femme.

— Ma famille s'attend à te voir porter cette bague.

Low Down sursauta et renversa un peu de café.

— Ta famille ? Nous... nous sommes en chemin pour lui rendre visite ?

Elle le considéra, bouche bée. Une telle éventualité ne lui avait jamais effleuré l'esprit.

— Ma famille possède un ranch aux environs de Fort Houser. Ma mère a divisé le ranch l'année dernière, après la mort de mon père. Mon frère, Wally, partage la maison principale avec elle. Ma sœur et sa famille ont construit leur maison à deux kilomètres de là, au sud. Mon domaine est au nord.

De toute évidence, il comptait lui présenter tout ce petit monde. Comment avait-elle pu oublier ce détail ? Quand on se mariait, on épousait la famille du conjoint en même temps que lui ! Et voilà que, d'un coup, elle faisait en quelque sorte partie d'une *famille*...

— J'ai beaucoup réfléchi à tout ça, reprit Max. Toi et moi savons de quoi il retourne, mais je doute que les autres puissent comprendre.

— Tu veux pas que ta famille sache que nous allons divorcer, quand je serai enceinte ?

— J'ai expliqué la situation à ma mère dans une lettre, mais je n'ai pas parlé de divorce. Ma famille va s'attendre à ce que nous nous comportions comme un vrai couple.

Low Down s'empara d'un bâton et entreprit de tisonner le feu.

— Et qu'est-ce que tu entends par là, exactement ? demanda-t-elle.

— Nous habiterons chez moi, répondit Max en détournant la tête.

La maison qu'il avait construite pour Philadelphia...

— Ma famille comptera sur nous pour assister aux déjeuners du dimanche, ainsi qu'aux autres événements familiaux. Ils s'attendront à ce que nous tirions le meilleur de la situation, et que nous fassions un succès de cette union.

— C'est tout ?

— Je pourrais comprendre que tu n'aies pas envie de jouer cette comédie, mais je te serais reconnaissant d'essayer.

— Nous habiterons dans une vraie maison ? demanda Low Down.

Ses doigts caressèrent la lettre, au fond de sa poche. Elle contenait une description détaillée de la demeure qui, à ses yeux, avait tout d'un palace.

Une vraie maison... Cela faisait si longtemps qu'elle campait, que l'idée de vivre entre quatre murs lui paraissait incroyable, même si cette maison avait été construite pour une autre femme. Elle imagina des meubles, un lit confortable dans lequel se blottir, peut-être même des tapis...

— Ma maison n'est qu'à quatre kilomètres au nord du ranch principal. Si tu as besoin de conseils pour les tâches ménagères, ma mère et ma sœur, Gilly, pourront t'aider.

— Je crois que je peux cuisiner et nettoyer un plancher sans aide, répliqua Low Down en relevant le menton. D'un autre côté... il viendra peut-être un moment où j'aurai besoin de quelques conseils.

Cela faisait des années qu'elle ne s'était pas occupée d'une maison. Mais que penseraient la mère et la sœur de Max, si elle leur posait des questions sur des choses que toutes les femmes devaient savoir ?

Elle se frotta les yeux, incrédule. Cette histoire se compliquait de minute en minute.

— Je vais préparer le dîner, annonça-t-elle brusquement.

Elle avait eu l'intention de se réchauffer une boîte de haricots et de le laisser se débrouiller seul – une petite revanche pour avoir refusé de partager sa truite, la veille – mais finalement, elle trouvait cela puéril.

— Rien de bien compliqué, précisa-t-elle. Des haricots, du bacon et quelques biscuits...

— Il y a encore un point que nous devons aborder.

Aucun doute, Max avait rougi en parlant. Son regard la détailla de la pointe de son chapeau à ses bottes.

— Je crois que nous devrions nous arrêter un jour ou deux à Denver, reprit-il. Pour t'acheter quelques robes. Et que tu puisses prendre un bain, ajouta-t-il en levant la tête vers les étoiles.

Sa fierté en prit un coup, elle sentit ses joues s'empourprer. Il avait honte d'elle ! Et qu'avait-il espéré, après tout ? Il ne l'avait pas rencontrée dans un salon de thé ! Un camp de chercheurs d'or n'offrait guère de facilités pour la toilette, et d'ailleurs tout le monde s'en fichait.

La famille de Max s'imposa à son esprit. Que penseraient-ils de cette bru inattendue ? Même si elle s'en moquait, leur opinion importait pour Max. Low Down acquit aussitôt la certitude que sa mère et sa sœur étaient des femmes très distinguées, portant de belles toilettes et affichant des manières de vraies dames. Comment pourrait-elle jamais satisfaire leurs attentes ? Son moral dégringola d'un cran. S'il y avait une chose pire que celle de ne pas avoir de famille, c'était d'avoir une famille qui avait honte de vous !

Son avenir lui parut soudain passablement sombre. Le seul point positif était que sa nouvelle famille n'aurait pas à la supporter longtemps.

Elle entreprit de préparer le dîner en silence, sans pouvoir s'empêcher de jeter de temps en temps un coup d'œil vers Max. Sa famille lui ressemblait-elle ? Dans ce cas, les McCord étaient de beaux spécimens. Si elle avait été du genre à succomber devant une belle gueule, Max McCord aurait sans nul doute été la proie idéale. En fait, elle ne se souvenait pas d'avoir rencontré un aussi bel homme. La teinte de sa peau, bronzée par le soleil et la vie au grand air, faisait ressortir le bleu de ses yeux. Il avait un nez fin, une grande bouche aux lèvres sensuelles, et une mâchoire comme taillée à coups de serpe. Quelques fines ridules autour des yeux suggéraient qu'il riait souvent. Ses mains ne manquaient pas d'intérêt. Dures, carrées, des mains de travailleur.

Elle se rappelait la première fois qu'elle l'avait vu. Il ne dépareillait pas dans un camp de chercheurs d'or. Coriace, dur à la tâche. Mais elle avait également perçu le rêveur en lui. Un homme capable de transformer la simple description d'une maison en un magnifique poème…

— J'ai pas porté de robes depuis des années, dit-elle enfin. Mais je le ferai, si ça peut faire plaisir à ta maman. Autre chose que tu souhaiterais changer chez moi, ou pouvons-nous clore le sujet ?

— Tu pourrais arrêter de dire « j'ai pas » et de jurer comme un charretier.

Elle pourrait, en effet. Et elle pourrait aussi sauter sur son cheval et prendre la direction du sud ! Elle n'avait jamais désiré ce mariage, et elle détestait ce mari. Mais elle voulait un bébé. Et avoir une famille était à ses yeux une grande chance. Même si les McCord s'avéraient comme elle les imaginait, condescendants et hautains, ce serait quand même merveilleux de pouvoir dire « ma famille ».

— Je savais bien que ça finirait comme ça, dit-elle en tournant rageusement le bacon dans la poêle. Tu veux déjà me transformer. Ma façon de m'habiller, de parler, et je sais pas quoi encore. Mais peut-être que moi aussi j'ai des revendications à faire, en ce qui te concerne...

— J'imagine, répondit-il en se levant pour aller chercher leurs duvets. Et je suis prêt à faire un effort, si je peux. Nous devons tous deux garder en tête que nous n'aurons pas à nous supporter bien longtemps.

— Eh bien, dans ce cas, tu pourrais commencer par cesser de te comporter comme si tout ça était ma faute. J'ai pas mis la pierre marquée dans ta main. J'imaginais même pas que ce serait toi qui la tirerais.

En fait, ce n'était pas tout à fait vrai. Pour être honnête, l'idée lui avait même traversé l'esprit que, si on lui demandait de choisir l'homme avec lequel elle voulait avoir ce bébé, son choix se porterait sur lui. Sans la moindre hésitation.

— Je ne dis pas que c'est ta faute, mais aucun de nous n'a jamais pensé que tu pourrais demander un enfant.

— Tu aurais pu refuser de participer au tirage au sort.

Low Down le vit se raidir.

— Sans honneur et intégrité, un homme n'est rien, grommela-t-il.

— Très bien. Je suppose que tu pouvais pas refuser. Mais c'est pas ma faute pour autant.

— Non, en effet...

Pourtant, au ton de sa voix, elle comprit qu'il considérait que rien de tout cela ne serait arrivé, si elle n'avait pas eu l'idée saugrenue de vouloir un bébé.

— Écoute, je suis désolée que tu aies dû renoncer à épouser Mlle Philadelphia Houser.

Elle se pencha pour remplir une assiette de bacon et de haricots, et la lui tendit.

— Tu l'aimais beaucoup ?

— Je préférerais que nous parlions d'autre chose, répondit Max.

— J'ai jamais vraiment aimé quelqu'un, alors je sais pas grand-chose d'un tel sentiment.

Ce n'était pas son affaire, après tout. Pourtant, à son agacement, elle se rendit compte qu'elle ne pouvait pas abandonner le sujet.

— As-tu également écrit à Mlle Houser ?

— Je ne suis pas lâche à ce point, répliqua Max après un long silence. Je dois lui expliquer la situation en face.

Comme s'il avait perdu l'appétit, il picorait dans son assiette et repoussait les haricots sur les bords. Il soupira :

— J'imagine que ça va être un moment difficile pour elle...

Max l'étonna, ensuite, en lui parlant du poste qu'il devait avoir à la banque et dont il n'était plus question maintenant. Low Down ne put s'empêcher de penser que c'était plutôt une bonne nouvelle. Il n'avait vraiment pas le profil d'un banquier.

— Cette histoire va déclencher un véritable scandale, dont toi et ma famille allez souffrir, dit-il en la regardant dans les yeux. Je viens de trahir la fille du plus important citoyen de Fort Houser, à quelques jours du mariage. Tout le monde va me traiter de salopard, et tu seras considérée comme une séductrice sans scrupule. En tout cas, au début.

— Moi ? Une séductrice ?

C'était la chose la plus ridicule qu'elle ait jamais entendue ! Quand elle put s'arrêter de rire, elle haussa les épaules et lui sourit.

— Je me moque de ce que les gens pensent de moi, expliqua-t-elle.

— Pas moi. Un homme passe sa vie à se construire une réputation dont il peut être fier et, l'espace d'une seconde, tous ses efforts sont réduits à néant. C'est dur à encaisser.

Low Down l'observa par-dessus le feu. Sa propension à voler au secours des malheureux la poussait vers lui, pour le consoler et le rassurer. Mais rien de ce qu'elle pourrait dire ou faire ne débloquerait la situation.

— Ce travail à la banque… tu y tenais vraiment ?

Elle tenta de l'imaginer en costume de ville, mais n'y parvint pas. À sa façon de se tenir sur un cheval, à son allure, on devinait immédiatement l'homme de terrain, le rancher.

Comme il se taisait, elle n'insista pas. Ils terminèrent leur repas en silence.

Puis Max lava la vaisselle dans la rivière, près de leur camp. À sa tête, Low Down comprit que son esprit se trouvait bien loin de là. Elle réfléchit, puis tira la cuillère en argent de son sac.

— Voudrais-tu voir quelque chose de très beau ? demanda-t-elle à son retour. Ça te remontera un peu le moral…

— De quoi s'agit-il ?

Il fronça les sourcils et posa les yeux sur elle comme s'il avait oublié jusqu'à son existence.

— Regarde...

Elle leva la cuillère et la tourna entre ses doigts, heureuse du reflet des flammes sur le métal.

— C'est pas joli ?

— Ce n'est qu'une cuillère, constata-t-il, sans manifester le moindre intérêt.

Il s'approcha de son duvet, s'assit et entreprit d'ôter ses bottes.

Les joues en feu, la jeune femme s'empressa de remettre la cuillère dans son sac, avant de préparer la cafetière pour le lendemain. Comment avait-elle pu être aussi stupide ? Il avait probablement grandi en mangeant avec des couverts en argent. Une vieille cuillère n'avait rien de merveilleux, à ses yeux.

Lorsqu'elle fut installée dans son propre duvet, elle l'appela :

— Max... tu dors ?

Elle éprouvait une drôle d'impression à prononcer son prénom, mais elle ne pouvait décemment pas l'appeler par son nom.

— Qu'est-ce que tu veux ?

— Je veux pas continuer cette comédie. Nous sommes trop différents. Je crois qu'on devrait partir chacun de notre côté. Je tiens pas à faire la connaissance de ta famille. Ils ne m'aimeront pas, de toute façon. Et je veux pas habiter la maison d'une autre femme. Je veux pas être ta femme, et tu veux pas de moi.

— Tu ne comprends donc pas ? Il est trop tard.

— Je pourrais m'enfuir cette nuit. Tu n'aurais qu'à dire à tout le monde que j'ai disparu.

— Nous serions toujours mariés. Philadelphia et son père auraient toujours toutes les raisons du monde de me détester. Et je trahirais les hommes de Piney Creek, qui comptent sur moi pour payer notre dette envers toi. Si tu souhaites vraiment t'enfuir, je ne te retiendrai pas. Mais, en faisant abstraction de toutes les retombées néfastes pour moi, je suis obligé de reconnaître que tu as bien mérité d'avoir ce bébé.

Sachant maintenant combien les notions d'honneur et de devoir étaient importantes à ses yeux, elle comprit sa réaction. Il s'était engagé vis-à-vis des autres hommes et il tiendrait sa promesse, quelles qu'en soient les conséquences.

— C'est vrai que, jusqu'à présent, je considérais que tout était ta faute, ajouta-t-il. Mais c'est fini. Le temps que durera notre mariage, nous devrions faire l'effort d'entretenir des rapports cordiaux.

— Je suis pas une personne très cordiale, reconnut Low Down.

Qui semait des roses avait de grandes chances de marcher sur des épines... C'était une leçon qu'elle avait retenue, et plus vite les gens comprenaient qu'elle rendait toujours la monnaie de la pièce, mieux cela valait pour tout le monde. Ce qui n'était pas à proprement parler une attitude engageante.

— J'ai remarqué. Et pour le moment, tu n'as aucune raison de croire que je suis capable de me montrer aimable. Mais nous nous en tirerons mieux si nous restons polis l'un envers l'autre.

Low Down le distinguait à peine dans la pénombre, allongé dans son duvet, les bras croisés derrière la tête. Elle ne dit rien, mais ne s'endormit pas tout de suite. Allongée sur le côté, elle regarda les braises rougeoyer, puis noircir lentement. Elle s'en voulait de son indécision. Combien de fois avait-elle répété qu'elle ne voulait pas de ce satané mariage, et qu'ils feraient mieux de partir chacun de leur côté ? Pourtant, il suffisait d'un mot de sa part, et la voilà prête à se mettre en quatre pour que cette union ait une chance de réussir...

Tirant les couvertures sous son menton, elle ferma les yeux et chercha le sommeil. Mais ses pensées ne lui laissaient aucun répit. Une seule fois dans sa vie, elle aurait aimé que la voix d'un homme se fasse tendre pour lui parler, comme celle de Max quand il évoquait Philadelphia.

Bon sang, elle perdait la tête ! Quelle importance cela pouvait-il avoir ? Pourquoi regretter une chose qu'on n'avait jamais connue ?

Elle concentra son esprit sur le bébé. Voilà la véritable raison de toute cette comédie. Un bébé. De sa propre chair. Une famille à aimer.

Pour avoir cet enfant, elle était prête à tout. Même à supporter un mari.

4

L'humeur de Max dégringola avec l'altitude. Il ne cessait de tourner dans sa tête le discours qu'il destinait à Philadelphia et à son père, mais le résultat paraissait toujours aussi peu convaincant, quelle que soit l'approche envisagée.

Philadelphia retiendrait qu'il l'avait trahie et écartée de sa vie sans autre forme de procès. Son père retiendrait qu'il avait humilié sa fille, et attiré sur elle la honte et le scandale. Howard Houser ne lui tirerait peut-être pas dessus immédiatement, mais il se vengerait. D'une manière ou d'une autre.

Jusqu'à cet instant, Max se refusait à admettre qu'il avait détruit la vie de Philadelphia. Mais un souvenir rongeait son âme comme de l'acide, et ce qui lui avait paru légitime à l'époque lui semblait maintenant impardonnable.

Son intention n'avait jamais été de profiter de l'occasion, et il avait été sincèrement bouleversé ensuite de sa faiblesse. Il s'était laissé emporter par la vague d'émotions qui les avait submergés, lors de leur dernière nuit avant son départ pour Piney Creek. Ni lui, ni Philadelphia n'était le genre à se moquer des conventions… et pourtant, c'était arrivé.

S'il avait su conserver la tête froide, s'ils ne s'étaient

pas retrouvés seuls, si les mains et les lèvres de Philadelphia n'avaient pas été aussi douces, s'il n'avait pas voulu la convaincre de la sincérité de ses sentiments malgré son départ, si elle n'avait pas cherché à le persuader de rester...

Si... si... si...

Après coup, Philadelphia avait pleuré dans ses bras, inquiète à l'idée qu'il ne la respecterait peut-être plus. Et Max s'était reproché son comportement de goujat, qui avait volé à la jeune fille sa nuit de noces. Il ne se doutait pas à quel point, à l'époque. Lorsque celle-ci convolerait pour de bon, son mariage débuterait dans le mensonge. Tout cela par sa faute.

— Le dîner est prêt, annonça Low Down.

Max contempla encore un instant les grandes plaines devant lui et, au loin, les lumières de Denver. Pourrait-il un jour se pardonner ? Il en doutait. La culpabilité et le dégoût qu'il ressentait le harcelaient...

Finalement, les mains enfoncées dans ses poches, il se tourna vers le feu de camp où Low Down s'activait. Pendant quelques secondes, il éprouva une véritable haine à son égard. La prochaine fois qu'elle proposerait de s'enfuir, il la prendrait au mot, et bon débarras !

Fermant les yeux, il passa une main lasse sur sa mâchoire, sur les cicatrices, souvenirs de sa maladie. Même si Low Down disparaissait, la situation ne changerait pas pour autant. Il resterait un homme marié, et devrait affronter Philadelphia et son père. Quitter Low Down ne ferait qu'ajouter un autre déshonneur à une trop longue liste.

Soixante-trois hommes lui faisaient confiance. Les décevoir hanterait sa conscience jusqu'à la fin de ses jours.

Sans un mot, il s'approcha du feu et prit l'assiette que Low Down lui tendait. Mais l'appétit lui manquait.

— Quelque chose ne te plaît pas ? demanda-t-elle, faisant des efforts pour prononcer le « ne ».

— Non, le ragoût est bon.

— Trop salé peut-être ?

— Je n'ai pas faim, c'est tout.

La lumière des flammes adoucissait les traits de la jeune femme et faisait paraître sa peau plus fine. Il eut l'impression qu'elle avait lavé son visage et coiffé ses cheveux. Mais il s'en moquait. Il ne pouvait penser qu'à Philadelphia. Demain, il lui enverrait un mot de Denver pour l'informer de sa visite, le surlendemain au soir. Il demanderait que son père soit présent.

— Nous serons à Denver avant midi, demain, fit remarquer Low Down.

Il approuva d'un signe de tête et se força à avaler une bouchée de ragoût.

— Je connais un magasin où je pourrai acheter des vêtements d'occasion.

Une bonne minute s'écoula avant que les paroles ne pénètrent son esprit. Il fronça les sourcils.

— Je ne veux pas que tu achètes des vêtements d'occasion.

Aussitôt, Low Down se hérissa.

— Personne ne me dit comment dépenser mon argent, gronda-t-elle.

— Habiller ma femme fait partie de mes devoirs, répliqua-t-il sèchement.

Combien de fois avait-il vu son père s'en remettre à sa mère avec un haussement d'épaules et un regard qui signifiait : « Fais comme tu veux. » Il avait pu constater ce que l'argent d'une femme pouvait faire à la fierté d'un homme.

— Je paierai pour mes vêtements, mais merci quand même.

— Il n'en est pas question ! Nous sommes bel et bien mariés, pour le temps que ça durera. Ce qui signifie qu'il n'est pas question que je t'autorise à m'humilier. J'ai de quoi subvenir aux besoins de ma femme. Tant que nous serons ensemble, je paierai pour toi !

— Tu as plus de fierté que six hommes réunis, lança-t-elle, les yeux brillants. Et la mienne, alors ? J'ai pas l'intention de t'humilier, mais je ne tiens pas non plus à devenir ton obligée.

— Ceci n'est pas négociable, Low Down. Je paierai.

Bon sang, sa conscience était suffisamment chargée comme cela ! Aucun besoin d'en rajouter !

— Je croyais qu'on avait convenu d'être aimables. Le ton de ta voix me paraît guère cordial. Que se passe-t-il ? Es-tu encore en train de me rendre responsable de tout ce qui se passe sous le soleil ?

Elle ne comprenait pas, ce qui était somme toute normal puisqu'elle n'avait jamais été amoureuse. Elle ne savait pas ce que signifiait perdre quelqu'un qu'on aimait… ou l'estime des gens. Enfonçant sa main dans sa poche, Max sentit la pierre sous ses doigts.

— Tu m'avais dit que tu ne connaissais pas Denver, lança-t-il pour changer de sujet.

Il fallait qu'il cesse de lui reprocher son malheur. Sinon, il serait incapable de lui faire l'amour et d'être débarrassé d'elle. *Faire l'amour.* Quelle farce ! Il ne lui ferait jamais l'amour. Il se contenterait de remplir son devoir.

— J'ai jamais dit que je connaissais pas Denver. J'ai dit que j'avais jamais entendu parler de Fort Houser. J'ai passé une année à Denver, il y a bien longtemps. C'est comme ça que je connais ce magasin. Je travaillais dans une laverie, dans le quartier chinois. La plupart des gens se méfient des Chinois et imaginent qu'ils vont tenter de les voler dès qu'ils auront le dos tourné, mais ceux chez qui j'ai travaillé étaient des gens formidables. J'ai pas… je n'ai pas eu à me plaindre.

— Tu as travaillé dans une laverie ?

Elle était si différente de toutes les femmes qu'il connaissait. Il avait du mal à la cerner.

— C'était un travail honnête ! se récria-t-elle, se méprenant sur son expression. J'ai un peu tout fait, dans ma vie. J'ai même travaillé dans un ranch, au Nouveau-Mexique. J'aidais à la cuisine, alors je ne peux pas dire que je connais grand-chose aux bêtes. Mais j'ai pu constater que la vie dans un ranch n'est pas facile.

Max se versa un peu de café et l'observa, tandis qu'elle lavait la vaisselle.

— Je n'ai jamais rencontré une femme comme toi, dit-il enfin. En général, les femmes ne mènent pas la vie que tu décris.

Son rire éclata – clair et attendrissant, d'une certaine façon, ce qui surprit Max. Quand elle souriait, ses yeux brillaient de mille feux.

— J'ai déjà entendu ça, commenta-t-elle.

— La nuit dernière, tu as dit que tu ne voulais pas habiter dans la maison d'une autre femme.

— Cette maison sera toujours celle de Philadelphia Houser.

— Philadelphia n'aurait jamais accepté de vivre dans un ranch, et j'aurais probablement dû construire une maison en ville.

Pourquoi éprouvait-il le besoin de raconter ça ? Pour faire taire sa culpabilité ? À moins que ce ne soit le besoin de parler de Philadelphia…

— J'en ai pris conscience, après avoir écrit cette fameuse lettre que tu as lue. Cette maison était une erreur.

— Tu as construit une maison en sachant qu'elle ne l'aimerait pas ?

— Nous n'étions pas d'accord sur l'endroit où nous nous installerions, admit-il, les yeux dans le vague. Philadelphia préférait vivre en ville, près de sa famille et de ses amis.

Et elle estimait que c'était aussi la place d'un banquier, qui se devait de participer à la vie sociale...

— Je voulais quant à moi habiter le ranch, et pouvoir prendre soin de mes terres.

Un problème au moins qui avait disparu, de même que la question de savoir comment il parviendrait à cumuler ses fonctions de banquier et ses obligations de fermier.

— Tu vois ? répliqua Low Down. Bien que le souhait de ta fiancée soit de vivre en ville, tu as fait à *ta* façon. C'est toujours comme ça, avec les maris...

— Quand deux personnes ne sont pas d'accord, l'une d'entre elles doit trancher.

— Et, bien entendu, c'est toi qui as tranché.

— Sacré bon sang ! Je n'ai parlé de ça que pour te rassurer. Philadelphia n'aurait jamais habité cette maison.

Il jugea inutile de préciser qu'il avait dessiné et meublé chaque pièce en pensant à elle.

— Elle n'a d'ailleurs jamais vu cette maison ou mis un pied dedans... Maintenant, parle-moi de toi, ajouta-t-il, changeant brusquement de sujet.

Low Down haussa les épaules.

— Il n'y a rien à dire.

— Quel âge as-tu ?

— Vingt-huit ans. Et toi ?

— Trente et un. Où es-tu née ?

— Pas facile de répondre à cette question. À quatre ans, on m'a mise dans un de ces trains d'orphelins et expédiée vers l'ouest. Le train partait de New York, alors je suppose que j'y habitais, à l'époque. Qui peut savoir ? Comme j'ai été adoptée par une famille du Missouri, j'ai pris l'habitude de dire que je viens de là-bas. À treize ans, je me suis enfuie, et je me débrouille seule depuis. Fin de l'histoire.

Max tenta de deviner quelles questions sa mère allait poser.

— Tu n'as donc pas de famille ?

— J'ai jamais considéré les Olson comme une famille, et ils m'ont jamais considérée comme leur fille. Ils avaient quatre enfants à eux, et trois adoptés. Nous n'étions que de la main-d'œuvre.

Elle leva les mains et examina le bout de ses doigts.

— Pendant des années, j'ai eu des coupures, des éraflures et de petites cicatrices sur les doigts, à force de trop pousser l'aiguille dans le cuir. On cousait toutes sortes de choses en cuir pour la boutique des Olson, des vestes, des chapeaux, des bottes, tout ce que tu veux. Mais tanner le cuir était le pire. Je ne referai jamais ça de toute ma vie… Vous n'écorchez pas les bêtes, au ranch ? demanda-t-elle, une lueur d'inquiétude dans les yeux.

— Non.

Max pensa à sa sœur, à Philadelphia et à leur adolescence protégée. Il ne put les imaginer en train de tanner du cuir.

— As-tu été à l'école ?

— Pas régulièrement, mais je sais lire et écrire, ajouta-t-elle précipitamment. Et je sais des choses qu'on n'apprend pas à l'école. Je sais comment survivre, et je tiens l'alcool aussi bien que n'importe quel homme. Je sais faire durer un dollar, et le travail me fait pas peur…

Cette conversation semblait l'avoir mise en colère. Elle se leva brusquement et s'éloigna dans l'obscurité. Max l'entendit parler aux chevaux, tandis qu'il réfléchissait à ce qu'il venait d'apprendre. Il n'avait aucune idée de ce que serait la réaction de sa mère ou de sa sœur. Qu'allait-il bien pouvoir faire de cette femme ?

En tout cas, il devait admettre qu'elle était débrouillarde et indépendante. Depuis le début de leur voyage, elle avait fait sa part du travail quand ils installaient le camp. Sans qu'ils aient eu besoin d'en parler, ils s'étaient partagé les tâches, comme s'ils se connaissaient depuis longtemps.

— Quand allons-nous coucher ensemble ? demanda-t-elle soudain, dans l'obscurité.

Bon... la subtilité et la réserve ne faisaient pas partie de ses qualités premières.

Il s'éclaircit la gorge.

— Peut-être demain, répondit-il.

— Le plus tôt sera le mieux, précisa-t-elle d'un ton sec.

Longtemps après que Low Down se fut endormie, il veilla près du feu, redoutant les prochains jours. L'avenir paraissait plus sombre que jamais.

Denver s'était développée, depuis le passage de Low Down. Les hôtels et les bars avaient poussé comme des champignons, ainsi que de nombreuses boutiques.

À son époque, les fermiers qui conduisaient les troupeaux dans les pâturages traversaient la rue principale, et les coups de feu étaient fréquents. Aujourd'hui, on trouvait des restaurants chics à tous les coins de rue, les chapeaux de soie surpassaient en nombre les Stetson, et de nouvelles constructions pointaient de tous côtés.

— Je n'ai jamais séjourné à l'hôtel Moderne, mais on m'a assuré qu'il était propre et confortable, dit Max.

Empruntant une rue transversale, ils s'éloignèrent de la cohue de l'artère principale.

S'il n'habitait pas à l'hôtel Moderne, quand il venait habituellement à Denver, alors où logeait-il? Visiblement, il ne tenait pas à ce qu'on l'y aperçoive en sa compagnie. De toute façon, elle savait qu'elle n'avait pas sa place dans un endroit chic. Une simple pension de famille était bien assez bonne pour elle, et nul doute que ce ne fût dans ce genre d'établissement qu'il l'emmenait. Du moment que la chambre offrait un vrai lit avec des draps propres, elle aurait l'impression d'être dans un palace.

Low Down resta bouche bée lorsqu'elle aperçut la façade de l'hôtel Moderne, qui n'avait de toute évidence rien d'une pension de famille.

L'hôtel, un immeuble en pierre rouge de quatre étages, avait belle allure. Les cuivres rutilaient sur la porte d'entrée, et un auvent rayé vert et blanc surplombait le trottoir jusqu'à la rue. La jeune femme n'en revenait pas. Elle remarqua soudain un homme, vêtu d'un uniforme vert aux boutons étincelants et aux épaulettes dorées, qui se tenait devant la porte, souriant aux passants comme pour les inviter à entrer.

Après avoir jeté un coup d'œil dans leur direction et noté leurs chevaux et leurs tenues poussiéreuses, il se désintéressa d'eux.

— Max? C'est le propriétaire de l'hôtel?

La tenue de l'homme et son air assuré l'intimidaient terriblement.

— Non. Ce n'est que le portier. Son travail est d'ouvrir la porte aux clients de l'hôtel.

Seigneur! Cet homme était vêtu comme un général, et son rôle consistait uniquement à ouvrir la porte ? À le voir, on aurait pu croire qu'il avait droit de vie et de mort sur quiconque.

Elle remarqua comment il s'ingéniait à les ignorer et grimaça.

— Je crois que cet endroit est un peu trop luxueux pour moi. Je connais une pension de famille dans Walnut Street qui serait parfaite.

— Après un été passé à dormir sous la tente, j'ai envie d'un bon hôtel.

Voilà qu'il recommençait à tout régenter ! Le visage de Max se ferma, et il arbora cet air buté qu'elle connaissait bien maintenant, qui signifiait qu'il avait pris sa décision et qu'il était inutile d'insister.

Furieuse, elle s'agita sur sa selle, cherchant un moyen de se tirer de ce mauvais pas.

— Très bien, dit-elle enfin. Tu rentres et tu prends une chambre. Tu me donnes le numéro et je te rejoindrai plus tard.

Il existait peut-être une entrée à l'arrière, où elle n'aurait pas à passer sous l'œil scrutateur du portier.

L'espace d'un instant, elle crut que Max allait accepter son offre, et un grand soulagement l'envahit. Il ne tenait sans doute pas à être vu en sa compagnie dans un tel établissement. D'ailleurs elle avait honte de son apparence. Après tout, soixante-trois hommes avaient refusé de partager son lit. Et Dieu sait que les trois quarts d'entre eux n'étaient pas du genre regardants !

— Nous sommes honorablement mariés, fit remarquer Max. Et je ne permettrai jamais que ma femme se glisse dans ma chambre comme une prostituée de quatre sous.

Il redressa les épaules et son regard se fit dur comme de la pierre. Il allait insister pour qu'ils entrent tous les deux dans l'hôtel !

Elle en était incapable. Sautant du cheval, elle détacha son sac et lui tendit les rênes.

— Je vais m'acheter des vêtements, annonça-t-elle. Je te retrouverai plus tard.

Elle s'éloignait déjà quand il la rappela d'une voix agacée :

— Fais envoyer les notes et tes paquets à l'hôtel !

Low Down hocha la tête et disparut dans la foule.

Quelques années auparavant, personne ne l'aurait remarquée. Mais aujourd'hui, les choses avaient changé. Le Colorado était devenu un État prospère, et Denver était sa capitale. Le raffinement était à l'ordre du jour. La jeune femme reçut nombre de regards désapprobateurs, de la part des dames qu'elle croisait dans la rue ou qui passaient dans leurs voitures. Eh bien, elle s'en moquait. Depuis quand attachait-elle de l'importance à ce que les autres pensaient d'elle ?

Elle tourna quand même vingt bonnes minutes devant la Banque commerciale du Colorado, avant d'oser pousser la porte. Presque aussitôt, un homme fonça sur elle, avec une expression qui ne laissait aucun doute quant à ses intentions.

— J'ai de l'argent à investir, lança-t-elle en relevant le menton. À moins que mon argent soit pas aussi bon que celui des autres…

L'homme était avant tout un banquier et le mot magique – argent – eut l'effet attendu. Lorsqu'elle lui montra le sac de pépites d'or et l'argent récolté lors de la collecte, il oublia instantanément l'odeur de cheval et de transpiration qui émanait d'elle, et l'entraîna dans son bureau. Avant qu'ils en aient terminé avec les papiers, il l'avait même appelée « madame » !

Une fois ses biens à l'abri, Low Down fut prête à s'atteler à la pénible tâche de s'acheter des robes.

À sa grande surprise, de nombreuses boutiques vendaient des vêtements prêts à porter. Elle se promena le long des vitrines et admira les atours, qui allaient de la simple robe de tous les jours à la tenue de réception. En se tordant la tête, elle parvint à voir le prix de certains articles et en eut le souffle coupé. Les sommes demandées reflétaient parfaitement la prétentieuse débauche de rubans, nœuds et autres colifichets qui décoraient chaque bout de tissu.

Que Max ait insisté pour payer prouvait sans l'ombre d'un doute qu'il n'avait aucune idée du coût des parures féminines. En tout cas, ces prix la scandalisaient, et il n'était pas question qu'elle dépense aussi outrageusement l'argent de Max... et encore moins le sien.

Le magasin de vêtements d'occasion était toujours dans la même rue. La même odeur âcre du malt s'échappait de la brasserie toute proche. Il était quand même réconfortant de voir que certaines choses ne changeaient pas !

Elle n'eut aucune hésitation quand il s'agit de franchir le seuil de la boutique, et ne fut pas gênée par le regard que lui adressa la femme derrière le comptoir.

— J'ai besoin d'une garde-robe complète, annonça Low Down avec un grand sourire. Sous-vêtements, bas, chaussures, deux ou trois robes, un manteau, un chapeau, des gants et un sac.

— Ma belle, tu as surtout besoin d'un bon bain, de laver tes cheveux et d'un grand feu pour brûler les nippes que tu portes... Mazie ! cria la vendeuse en mettant les mains en porte-voix. Descends vite. C'est un véritable défi qui nous arrive !

Low Down lâcha un profond soupir de soulagement. Elle était au bon endroit.

Le soleil se couchait derrière les montagnes, à l'ouest de la ville, lorsqu'elle regagna l'hôtel. Plus elle s'en approchait, plus ses pieds se faisaient récalcitrants.

L'homme en vert trônait toujours à l'entrée. Low Down était si occupée à chercher un moyen de pénétrer dans l'établissement sans passer devant le portier, qu'elle ne remarqua pas tout de suite l'homme très bien mis qui fumait le cigare, assis sur un banc près de la porte. Quand elle reconnut Max, elle s'arrêta net, bouche bée.

Un chapeau neuf posé sur ses cheveux fraîchement coupés, il arborait un costume noir, sur une chemise immaculée et un gilet marron. Une cravate sombre et des bottes brillantes complétaient l'ensemble.

— Nom d'un petit bonhomme ! s'exclama-t-elle en s'approchant de lui. Finalement, tu ferais peut-être un bon banquier...

Un effluve de lotion capillaire lui caressa les narines, et elle regretta soudain de ne pas avoir pensé à prendre une bouteille d'eau parfumée. À cette idée, elle ne put retenir un sourire. Elle n'avait jamais eu de parfum, et n'aurait jamais imaginé qu'elle pourrait un jour le regretter.

Max se leva et retira galamment son chapeau, ce qui était une première pour Low Down. Les hommes ne se découvraient pas devant elle, en général. Elle n'osa pas tourner la tête, mais espéra que l'homme en vert les regardait.

Max tendit son bras.

— Je t'accompagne jusqu'à notre suite.

— Une suite ? Oh, très bien, répliqua-t-elle d'un ton léger, comme si l'idée de dormir dans une suite lui semblait tout à fait naturelle. Dis-moi, tous les fermiers du coin sont aussi riches que toi ?

— Ceci n'est que la folie d'une nuit.

Tout le monde les regarda pénétrer dans l'hôtel. En tout cas, ce fut l'impression qu'elle eut. À l'intérieur, Low Down souhaita disparaître dans un trou de souris, sous les regards qu'elle jugea accusateurs. La traversée du hall se révéla une véritable épreuve, qu'elle n'aurait pu affronter sans le bras solide de Max pour la soutenir.

Si elle gardait les yeux baissés, personne ne la remarquerait, se dit-elle vaguement. Elle ne vit donc pas grand-chose de ce qui l'entourait, à l'exception du sol en marbre et du tapis rouge et doré qui recouvrait l'escalier. Elle aperçut également du cristal et des miroirs, ainsi que des gens élégamment vêtus et des meubles coûteux. L'écho d'un piano filtrait d'une pièce voisine, si doux que la poitrine de la jeune femme se serra.

Une fois la courbe du premier étage dépassée, elle poussa un grand soupir, comme si elle venait d'échapper à un terrible danger, et put enfin regarder autour d'elle.

— Oh ! Y a un chiffre en cuivre sur chaque porte ! Et des globes en cristal sur les lampes !

Des bouquets de fleurs décoraient chaque étage.

— J'ai jamais été dans un endroit pareil, murmura-t-elle, trop excitée pour corriger sa façon de parler. Et j'y retournerai sans doute jamais. Incroyable, non ?

— Tes paquets sont dans la chambre, annonça Max en introduisant la clé dans la serrure. Il est cinq heures. Je te laisse ici. Je vais réserver une table pour sept heures et demie. Cela te suffira-t-il pour… disons, te rafraîchir ?

Le premier réflexe de Low Down fut de lui demander où il allait, mais elle se retint. Elle éprouva quand même une petite déception qu'il ne soit pas présent lorsqu'elle déballerait ses achats. Elle aurait aimé avoir son avis sur ses nouvelles tenues... Bon sang, qu'est-ce qui lui prenait ? Les hommes ne connaissaient rien à la mode, de toute façon.

— Je serai prête, promit-elle.

Quand il eut refermé la porte derrière lui, elle respira l'odeur de cigare et de lotion capillaire qui flottait encore légèrement dans l'air. Elle se demanda s'il respecterait sa promesse de lui faire l'amour, ce soir... Rougissant comme une collégienne, elle repoussa bien vite cette idée. Après tout, il n'avait rien promis. Il avait seulement dit « peut-être ».

La pile de paquets recouvrait complètement le canapé bleu à rayures et grimpait jusqu'au plafond. Pas étonnant que Max ait paru si tendu. Il devait se demander combien elle avait dépensé. Elle-même avait sursauté en découvrant le total. Son seul réconfort était qu'elle aurait probablement payé trois fois plus cher, si elle avait choisi des vêtements neufs.

Elle prit soudain conscience du décor qui l'entourait, et son cœur fit un bond dans sa poitrine. Une envie irrésistible la saisit de s'asseoir sur chaque siège et d'examiner chaque objet, chaque bibelot. Mais elle n'aurait pas touché quoi que ce soit pour un empire. L'idée de casser ou de salir quelque chose la terrifiait.

Une fois qu'elle se fut rassasiée de la vue, elle continua son exploration et découvrit les toilettes. À côté, une salle de bains avec un lavabo et une baignoire. Elle ouvrit les robinets. L'eau chaude était tout juste tiède, mais son émerveillement ne diminua pas pour autant. Elle avait déjà entendu parler d'un tel luxe, mais n'avait jamais imaginé qu'elle aurait un jour l'occasion d'en profiter.

Laissant la baignoire se remplir, elle examina la chambre. Quelqu'un – Max, probablement – avait mis leurs sacs dans le placard. Les vêtements de Max pendaient sur un portemanteau, fraîchement lavés et repassés, prêts pour le lendemain. Aucun de ses vêtements à elle n'était sorti, ce qui ne la surprit pas. Max comptait sans doute la voir porter ses nouveaux vêtements pour rencontrer sa famille.

Inquiète que la baignoire ne déborde, elle regagna la salle de bains, où elle inspecta les affaires de toilette de Max, sans y toucher.

Finalement, après avoir respiré un grand coup, elle leva les yeux vers le miroir. Le moment tant redouté était arrivé…

— Ô mon Dieu !

Le choc l'assomma, et un chapelet de jurons lui échappa. Le visage était relativement propre, mais autour, un été sans lavage avait laissé des marques.

Sa peau était bronzée par le soleil et tannée par le vent, ses cils collés et ses cheveux… Seigneur, ses cheveux ! La poussière et la boue les faisaient paraître gris, elle ressemblait à une vieille femme. Quant à ses vêtements, elle les portait depuis des mois, et ça se voyait. Ça se sentait probablement aussi.

Ce dont elle avait besoin, c'était d'un petit remontant pour calmer ses nerfs… et d'un miracle. Elle avait évité de se regarder dans la glace, lors de ses achats, comme si son instinct lui conseillait d'attendre d'être seule. En tout cas, pas étonnant qu'aucun des hommes de Piney Creek n'ait voulu d'elle !

Elle s'exhorta au calme. L'occasion se présentait maintenant de remédier à tout cela, et elle n'allait pas la rater. Elle allait prendre un bon bain, laver ses cheveux. Puis elle profiterait de chaque minute passée dans cette suite.

Une suite…

Bon sang, la reine d'Angleterre n'avait sûrement rien de plus que ça !

Ensuite, elle s'habillerait et savourerait un bon dîner en écoutant de la musique douce. Et puis, qui sait ? Un bébé conclurait peut-être cette incroyable journée. L'enfant qu'elle désirait tant, conçu au cours de la seule et unique nuit de sa vie dans une suite...

Que demander de plus ?

Riant doucement, elle se glissa dans la baignoire et se laissa couler jusqu'au fond en soufflant des bulles.

5

Max entra, encore tout chamboulé par la lettre qu'il venait d'expédier à Philadelphia. En pénétrant dans le salon, il se pétrifia sur place.

Low Down attendait, debout près de la fenêtre, guettant son expression. Il savait que c'était elle parce qu'elle était supposée l'attendre dans cette chambre, mais il ne l'aurait jamais reconnue s'il l'avait croisée dans le couloir. C'était la première fois qu'il la voyait sans chapeau, et il remarqua aussitôt ses cheveux, une masse luxuriante d'un brun roux qu'elle avait rassemblée en chignon sur la nuque.

Aucun nettoyage n'aurait pu lui donner la blancheur de peau en vogue auprès des femmes à la mode, mais, ce soir, elle irradiait un air de bonne santé et de vitalité qui lui rappela sa mère, à son grand étonnement. Il n'aurait jamais cru qu'un jour, Low Down lui ferait penser à sa mère !

— Pourquoi regardes-tu ainsi mon visage ? demanda la jeune femme dans un murmure. Je l'ai enduit d'huile de lampe. C'était un peu trop gras, alors j'ai voulu l'enlever. Il en reste encore et mon visage brille, mais je n'ai pas de poudre…

Réprimant un sourire, il remarqua l'arc naturel de ses sourcils et la longueur de ses cils épais. Son nez n'avait rien de particulier, et il ne put distinguer si elle avait mis du rouge sur sa bouche, tant ses lèvres étaient serrées. Si elle n'avait pas de poudre, elle n'avait probablement pas de rouge non plus.

Ce soir, elle ressemblait quand même à une femme.

Finalement, les yeux de Max se posèrent sur la plus horrible robe qu'il lui ait été donné de voir. En tout cas, ce n'était pas une robe que sa sœur ou Philadelphia aurait accepté de porter. Fermée au cou, elle avait des manches longues jusqu'aux poignets. Pas le moindre nœud ou la plus petite fronce, rien qui puisse distraire le regard ou la rendre un peu moins austère. De plus, la découpe paraissait bizarre. Le corsage était trop ajusté, la taille trop lâche, et il soupçonna la présence d'un large jupon amidonné, pour permettre à la jupe de tomber à peu près correctement.

Son regard s'attarda sur le corsage, dont la découpe soulignait la présence d'une poitrine bien pleine. Les vêtements informes qu'avait portés Low Down jusque-là dissimulaient complètement son corps et, en fait, s'il s'était posé la question, Max aurait jugé la jeune femme totalement dépourvue de la moindre courbe féminine.

— Vas-tu te décider à dire quelque chose, sacré bon sang ? Suis-je assez bien pour dîner à la salle à manger de l'hôtel ?

— Tourne-toi, demanda-t-il, la voix un peu rauque.

Elle leva les yeux au ciel, mais s'exécuta lentement.

Exactement ce qu'il avait soupçonné : le dos de la jupe commençait à briller par endroits, du fait de l'usure, et la tournure était d'une couleur légèrement différente, ce qui suggérait qu'elle avait été remplacée.

— Low Down ! Je t'avais interdit d'acheter des vêtements d'occasion !

— Le point important n'était pas ce que j'achetais, mais qui allait payer, rétorqua-t-elle. C'est une robe en bon état, à peine portée. Elle était un peu décousue sous les bras, mais j'ai réparé ça... Alors, dis-moi la vérité. Suis-je assez élégante pour sortir en public, sans qu'on se moque de nous ?

Et dire qu'elle affirmait se ficher de l'opinion des gens !

Max réprima un soupir et capitula.

— Ça ira, dit-il.

Il était de toute façon trop tard pour l'envoyer faire de nouveaux achats.

— Merci, mon Dieu... J'ai une autre robe, au cas où celle-ci ne t'aurait pas plu, mais cela prendrait trop de temps pour me changer. Tu n'as pas idée du nombre de contorsions que j'ai dû faire pour enfiler celle-ci. J'ai cru que je ne parviendrais jamais à comprendre comment se mettait la tournure. Je me demande pourquoi la mode veut que les femmes affichent un postérieur aussi large qu'une porte ! En tout cas, ce n'est pas confortable. Sans parler de ce corset... Pas question de le fermer dans le dos. Tu dois d'abord le lacer devant, puis le faire tourner vers l'arrière. Ça pince tellement que tu peux à peine respirer. Et encore une chose que j'ai apprise : tu as intérêt à mettre tes bas en premier, parce qu'une fois que tu as enfilé le corset, plus question de te baisser !

Aucune femme, pas même sa sœur Gilly, n'avait jamais parlé en sa présence de bas ou de corset. Et les femmes de ses amis se feraient couper la langue, plutôt que de faire allusion à un « postérieur aussi large qu'une porte ».

Max s'éclaircit la voix et ôta ses gants.

— Si tu veux bien prendre ton châle, tes gants et ton sac, nous pourrons aller dîner. Tu as acheté un châle, des gants et un sac ?

— J'ai deux châles. Voici celui du soir.

Elle attrapa un morceau de tissu frangé, posé sur le bord d'une chaise, et le drapa autour de ses épaules. La grâce n'était certes pas son point fort... Puis elle brandit un sac en tapisserie, qui fit un drôle de bruit quand elle le remua.

— Si je le tiens comme ça, personne ne verra qu'il est un peu abîmé derrière, annonça-t-elle fièrement.

— Nous pourrions peut-être nous asseoir et prendre un verre, avant de descendre.

En fait, il avait vraiment besoin d'avaler quelque chose de fort.

Low Down écarquilla les yeux d'horreur.

— Non ! On peut pas s'asseoir sur ces chaises ! s'écria-t-elle, les joues roses sous le coup de l'émotion. On peut seulement les regarder.

Elle passa devant lui dans un nuage de savon et d'huile de lampe, et se dirigea vers la porte.

— Que se passerait-il si on renversait quelque chose dessus, et que quelqu'un s'en aperçoive ? Ils nous jetteraient dehors. C'est probablement la seule fois de ma vie que je dormirai dans un endroit pareil. Je ne veux pas tout gâcher en me faisant mettre à la porte comme une malpropre. Alors, s'il te plaît, ne t'assois pas sur ces chaises !

Elle sortit de la chambre et Max resta un moment pétrifié, le front posé sur sa main, avant de lui emboîter le pas. Il la rattrapa en haut de l'escalier.

— Je ferais peut-être bien de reprendre ton bras, dit-elle. Si jamais je tombe et me retrouve en bas, les quatre fers en l'air, je ferai comme si j'étais morte. Tu n'auras qu'à demander qu'on m'emporte dans la plus proche pension, et tu iras dîner.

Si quelqu'un lui avait dit ce matin qu'il rirait avant la fin de la journée, il ne l'aurait pas cru. Mais il ne put s'empêcher d'éclater de rire.

Elle lui jeta d'abord un coup d'œil mauvais, puis sourit.

— C'est la première fois que je t'entends rire, remarqua-t-elle.

Max plaça les mains sur ses épaules et l'observa. Il ne l'avait encore jamais touchée et, sous le châle, elle lui parut solide comme un roc.

— Écoute-moi bien, dit-il. Tu ne vas pas tomber dans l'escalier, personne ne va faire attention à nous, et personne ne nous jettera dehors. Alors cesse de t'angoisser et profite de ta soirée.

— Je ne suis pas à ma place ici. Si Mme Olson – la femme qui m'a adoptée – me voyait, elle te le dirait.

— Juste pour ce soir, fais comme si tu avais passé toute ta vie dans ce genre d'endroit…

Low Down garda les yeux baissés jusqu'à ce qu'ils atteignent la salle à manger. Puis elle leva la tête et s'émerveilla.

— C'est si beau ! Regarde ça !… Il y a l'homme en vert, murmura-t-elle à son oreille.

— Non, répondit Max en prenant soin de ne pas montrer son amusement. Celui-ci est le maître d'hôtel. Il va nous accompagner jusqu'à notre table.

Quand le maître d'hôtel lui avança sa chaise, Low Down regarda Max avec des yeux écarquillés. Quand il glissa une serviette sur ses genoux, elle mit la main devant sa bouche et ses yeux pétillèrent de malice.

— Prendrez-vous un apéritif, monsieur ? s'enquit le maître d'hôtel.

Max se pencha vers la jeune femme par-dessus la table.

— Tout va bien ? demanda-t-il.

— Je prendrai un whisky, déclara-t-elle dans un souffle.

Les sourcils du maître d'hôtel se soulevèrent, comme si sa requête expliquait sa robe horrible et son visage cramoisi.

— Un sherry pour madame et un whisky pour moi, corrigea Max d'une voix ferme.

L'homme s'inclina.

— Bon sang, j'arrivais pas à le croire, quand il a mis la serviette sur mes genoux ! s'exclama Low Down après son départ. Je ne savais pas si je devais rire ou le cogner pour se montrer aussi familier !... Oh, Max, tu as déjà vu une aussi jolie pièce ? Il y a des fleurs sur toutes les tables, et les nappes sont en damassé. Quand je travaillais à la laverie, nous lavions beaucoup de nappes comme ça. Si tu savais ce que ça coûte, tu n'y croirais pas.

Elle remarqua soudain l'argenterie devant elle, et sa main se posa sur son sac.

— Je suppose qu'il était inutile que j'apporte ma cuillère en argent, grommela-t-elle.

En fait, elle l'ignorait, mais seules les plus modestes pensions de famille exigeaient de leurs locataires de fournir leur propre vaisselle.

— Tu te souviens ? Je t'ai montré ma cuillère. Elle est en argent véritable.

Le ton de sa voix reflétait la fierté, mais également une attitude défensive, comme si elle le défiait de faire une quelconque remarque.

— C'était en effet une très jolie cuillère, approuva Max, un peu désemparé.

— Oui. C'est un de mes biens les plus précieux... Pourquoi avons-nous besoin de toutes ces fourchettes et cuillères ? demanda-t-elle soudain, les sourcils froncés.

Max entreprit de lui expliquer, puis abdiqua en lui conseillant de faire comme lui.

Un serveur apporta leurs verres, et Max ne put

retenir un sourire devant l'air dégoûté de Low Down pour le sherry. Ensuite, il se détendit et apprécia l'excitation qu'il lisait dans ses yeux noisette. Il avait redouté de passer une nuit à l'hôtel avec elle. Mais, assez bizarrement, il y avait quelque chose d'intéressant, de touchant même, à partager la première expérience de quelqu'un. Son premier regard sur le hall d'un hôtel ou sur une suite, son premier dîner en robe – du moins depuis longtemps – son premier contact avec un maître d'hôtel, son étonnement, puis son émerveillement devant le décor...

Max commanda des artichauts en entrée, suivis d'une salade de homard. Pour dessert, il choisit des canapés à la pêche, préparés sur un chauffe-plat près de leur table, et se réjouit de l'admiration de Low Down devant la dextérité du serveur.

À la fin du repas, elle s'appuya contre le dossier de sa chaise avec un sourire satisfait.

— J'ai adoré tous les plats, sauf le café. C'est le plus mauvais café que j'aie jamais bu. Ils doivent utiliser une nouvelle cafetière... Je ne veux rien oublier de cette soirée, dit-elle, anxieuse soudain. Comment s'appelait la viande, déjà ?

— Du bœuf Wellington.

— Et le homard ! Je pourrais en manger des kilos. Je parie que ça coûte la peau des fesses.

Lorsqu'il lui donna le prix de la salade de homard, elle resta bouche bée, en état de choc.

— Max, sérieusement... tu es riche ? s'enquit-elle, incrédule.

Sa question le fit rire.

— Disons que ma famille est à l'aise, admit-il. Riche en terre, mais pauvre en monnaie. Loger dans cet hôtel est un luxe, même pour moi, et je paie avec une partie de l'argent que j'ai retiré de Piney Creek.

— Mais tu n'as pas besoin de cet argent pour acheter des bêtes ?

— À cette époque de l'année, les fermiers vendent du bétail. C'est au printemps que nous achetons.

— Puisque tu es presque riche, j'aurais dû acheter une plume ou une fleur à piquer dans mes cheveux. La vendeuse me l'avait conseillé. Elle disait que j'avais besoin de boucles d'oreilles, aussi, mais je ne voulais pas dépenser trop.

— Tu es parfaite telle que tu es.

Elle ne serait jamais une beauté, une de ces femmes qui attiraient l'attention dès qu'elles pénétraient dans un endroit, mais si elle avait eu cette allure, quatre jours plus tôt, les volontaires n'auraient pas manqué pour lui faire un bébé...

— Tu le penses vraiment ? demanda-t-elle avec un regard suppliant, comme si elle avait besoin qu'il la rassure.

— Vraiment, répondit-il, un peu raide soudain, gêné par la tournure que prenait la conversation.

Il la préférait agressive, le menton levé, sur la défensive. Les mots « fragile » et « vulnérable » ne correspondaient pas à la femme qui l'avait poussé à survivre à une épidémie. Cette nouvelle facette de sa personnalité le déconcertait.

Il posa sa serviette près de son assiette et indiqua la porte.

— Aimerais-tu te promener un moment ? Il fait doux ce soir, et la nuit est claire. Nous pourrions remonter la rue principale et admirer les lampes électriques. À moins que tu ne souhaites une autre tasse de café, ajouta-t-il devant son manque d'enthousiasme. Nous pouvons rester ici et écouter la musique, ou nous installer dans le hall...

— La musique manque un peu de nerf, fit remarquer Low Down.

— La musique dynamique n'est pas conseillée pour la digestion.

— Et une promenade…

Elle hésita, puis parla d'une traite :

— En fait, si ça ne t'ennuie pas, j'aimerais assez qu'on en finisse avec cette histoire de coucher ensemble.

Ses joues s'empourprèrent violemment, mais elle n'en continua pas moins :

— Plus nous repoussons l'échéance, plus je deviens nerveuse, et cette nuit me paraît idéale. Il y a peu de chances que je reste longtemps aussi élégante…

Évidemment, il savait que le moment viendrait tôt ou tard. C'était inévitable, et il avait pratiquement promis que ce soir serait leur première tentative.

Tout à coup, il eut l'impression de sentir la présence de tous les chercheurs d'or de Piney Creek autour de lui. Un frisson courut le long de sa colonne vertébrale.

— On pourrait faire ça, dit-il finalement à contrecœur, desserrant sa cravate.

— Parfait. Allons-y alors.

Un sourire éclaira son visage et, l'espace d'un instant, elle parut même jolie.

Cette fois, comme ils traversaient le hall, il fut heureux qu'elle garde les yeux baissés. Il ne voulait pas qu'elle remarque son air contraint, même si elle n'imaginait certainement pas qu'il se faisait une joie de se retrouver avec elle dans un lit.

La première chose qu'il fit, en pénétrant dans la chambre, fut de foncer vers le bar et de se servir une bonne rasade de whisky. Une odeur de savon et d'huile l'avertit qu'elle l'avait suivi.

— J'en prendrai un, moi aussi…

Il lui tendit son verre et s'en servit un autre.

Low Down leva son verre.

— J'espère de tout cœur que ça marchera du premier coup, dit-elle avant de boire cul sec. Comment comptes-tu… procéder ?

Max avait l'impression de passer son temps à s'éclaircir la gorge.

— Pourquoi n'irais-tu pas dans la chambre pour te préparer ? suggéra-t-il. Je te rejoindrai d'ici quelques minutes.

— Tu veux dire que je dois me déshabiller avant que tu viennes, pour que nous ne perdions pas de temps ? Très bien…

Leurs épaules se heurtèrent lorsqu'ils se tournèrent en même temps vers le bar, et la jeune femme recula d'un bond comme s'il l'avait brûlée. Max s'effaça pour lui permettre de se resservir.

— Tu me promets de ne pas t'asseoir sur ces chaises, quand je serai dans l'autre pièce ?

Max, qui jugeait le moment mal venu pour argumenter sur ce sujet, hocha la tête et remplit à son tour son verre à ras bord.

— Je n'ai pas aimé le sherry, déclara Low Down.

Elle se dirigea vers la porte de la chambre, son verre de whisky à la main. Avant d'entrer, elle se retourna :

— Il y a deux ou trois choses dont nous devons parler avant de commencer.

Évidemment, pensa Max avec un soupir. Il n'avait pas affaire à une femme qui considérait le silence comme une vertu !

— D'abord, je veux te remercier de prendre cette mission au sérieux, et de ne pas faillir à la promesse que tu as faite aux gars et à moi.

— Devons-nous vraiment parler de cela maintenant ?

Même à l'autre bout de la pièce, il pouvait voir ses mains trembler.

— Je t'ai dit que j'avais déjà fait ça, il y a longtemps, continua-t-elle. Ça ne m'a pas beaucoup plu, et je n'étais pas particulièrement bonne dans ce domaine, alors t'attends pas à des prouesses de ma part. Contente-toi de faire ce qu'il faut, et ne lambine pas en chemin.

Sans réfléchir, il s'assit et posa les pieds sur un tabouret.

— Bon sang, Low Down, ce soir ne sera pas la première fois que je couche avec une femme. Je n'ai pas besoin d'instructions.

— Je savais que je pouvais pas te faire confiance ! accusa-t-elle. Je savais que tu allais t'asseoir sur ce fauteuil !... Et pour ce qui est du reste, tout ce que je veux dire, c'est vas-y et qu'on en soit débarrassés !

Tournant les talons, elle entra dans la chambre et claqua la porte, non sans lui avoir adressé un dernier regard noir en marmonnant entre ses dents.

Jamais, de toute son existence, Max ne s'était senti aussi peu disposé à faire l'amour. Se levant, il se dirigea vers la fenêtre et regarda la rue. Si sa vie avait suivi son cours normal, il aurait épousé Philadelphia d'ici quelques jours. Au lieu de cela, il s'apprêtait à rejoindre une autre femme dans un lit...

Il mit la main dans sa poche et toucha la fameuse pierre qui ne le quittait plus. Rien dans toute cette histoire ne lui paraissait juste et honorable.

— Max ? Je suis prête !

Les ressorts du lit craquèrent dans la pièce voisine. Il termina son whisky d'une seule traite et frotta ses mains contre son pantalon. La seule chose qui pouvait compliquer encore la situation serait qu'il ne soit pas à la hauteur au moment critique. Il ne lui restait plus qu'à espérer que son corps ne tiendrait pas compte du manque d'entrain de son cerveau ou de sa nervosité...

Avec le sentiment que tous les hommes de Piney Creek le poussaient dans le dos, il ouvrit la porte de la chambre.

Low Down avait tiré les rideaux et éteint les lumières, ce qui finalement n'était pas plus mal. Il ôta sa veste, son gilet, puis défit les boutons de son col et ses manchettes, avant de regarder autour de lui.

— La commode est juste derrière toi.

Elle l'observait dans la pénombre.

Fronçant les sourcils, Max déposa ses boutons de manchettes et de col sur le meuble, puis jeta un œil en direction du lit. Mais il ne distingua qu'une tache bleue, qui pouvait tout aussi bien être le drap que sa chemise de nuit.

Elle l'avait vu nu quand il était malade, mais ça ne changeait rien. Se déshabiller devant elle le mettait mal à l'aise. Avant de s'avancer vers le lit, il ôta encore sa cravate et son pantalon, mais décida de conserver sa chemise.

— Merde ! s'écria-t-il soudain en sautant sur une jambe, son autre pied dans ses mains.

— Qu'est-ce qui se passe ?

— Mon pied a heurté la colonne du lit, répondit-il, les dents serrées.

Il s'assit lourdement sur le lit et massa ses orteils, en souhaitant se trouver à des kilomètres de là. Finalement, il repoussa le drap, tapota l'oreiller et se glissa dans le lit. Il resta assis, appuyé contre la tête de lit.

Low Down lui tournait le dos, roulée en boule.

— Pas question que j'enlève ma chemise de nuit, annonça-t-elle. Alors si tu comptais là-dessus, tu peux l'oublier.

Il ne distinguait que le haut de sa tête.

— As-tu l'intention de m'aider un peu ? grommela-t-il, exaspéré.

Les choses auraient peut-être été plus faciles, si elle avait dénoué sa chevelure et n'avait pas fait autant d'histoires pour ôter sa chemise de nuit. Et surtout, si elle s'était tournée face à lui !

Sa réponse fut si longue à venir, qu'il crut un instant qu'elle s'était endormie.

— Pourquoi as-tu besoin d'aide ? On peut pas simplement en finir le plus vite possible ?

— Contrairement à ce que pensent les femmes, les hommes ont besoin d'un peu de stimulation, pour que tout fonctionne bien.

— Quelle sorte de *stimulation* attends-tu de ma part ? On dirait bien que tu rechignes à la tâche !

— Eh bien, désolé de te décevoir, mais faire l'amour demande un peu de préparation, et il faudra t'y faire, même si cela te paraît superflu !

La colère n'arrangerait rien. Max respira un grand coup et se glissa sous les draps, hésita un instant, puis se serra contre le corps de Low Down. Cette dernière émit un petit sifflement entre ses dents et un effluve de whisky, mêlé à l'odeur d'huile de lampe, chatouilla les narines de Max. Un point positif, néanmoins : le contact des fesses chaudes et fermes de la jeune femme entraîna une réaction qui parut des plus prometteuses...

— Ce serait plus simple si tu voulais bien te détendre un peu, dit-il, la bouche contre son oreille.

Dieu merci, ses cheveux n'empestaient pas l'huile. Au contraire, la masse soyeuse exhalait une bonne odeur de savon.

— Comment pourrais-je me détendre ? J'ignore ce que tu comptes faire ensuite.

En fait, il l'ignorait lui-même, jusqu'à ce qu'il s'entende répondre :

— Je vais passer ma main sous ta chemise de nuit et toucher ta peau. Considère ça comme une préparation, pas comme une façon de gagner du temps.

Posant la main sur sa hanche, il s'arrêta un instant pour lui laisser le temps de s'habituer à ce contact, puis commença à faire remonter la chemise de nuit, dans un mouvement qu'il espérait aussi provocant et excitant que possible pour tous les deux.

La chemise de nuit lui parut interminable. Il tirait, tirait, et le tissu continuait à venir, encore et encore.

— Quelle taille a donc cette chose ? demanda-t-il, excédé, en repoussant la couverture pour constater *de visu*.

— Les plus grandes sont les moins chères.

— Il y a au moins dix mètres de tissu ! Nous y serons encore au moment du Jugement dernier !

Low Down roula sur le dos et poussa un gros soupir.

— J'ai l'impression qu'il va falloir que je prenne les choses en main, ou on n'y arrivera jamais ! s'exclama-t-elle d'un air résigné.

— Merci beaucoup. Un peu d'aide ne serait pas inutile, grinça Max. Et, pour commencer, tu pourrais ôter cette horrible chose.

— Non !

Max comprit qu'il allait devoir agir en aveugle. Il se glissa sous les draps et sentit alors qu'elle remontait la chemise de nuit. Quand elle lui tourna le dos à nouveau, il interpréta son geste comme une invitation et se pressa contre elle. Cette fois, sa peau se colla contre ses fesses nues et la réaction fut immédiate, malgré le tas de tissu roulé en boule autour de la taille de Low Down. Fermant les yeux, il posa la main sur la peau étonnamment souple de la jeune femme et remonta lentement le long de son ventre, jusqu'à sa poitrine.

— J'ai vraiment l'impression que tu perds du temps, murmura-t-elle d'une voix rauque, mais sans faire un geste pour repousser sa main.

Encouragé par cette passivité, Max continua son exploration, étonné qu'il ait pu croire Low Down dénuée de courbes. En fait, il découvrait une poitrine pleine et ferme, et une taille mince qui s'évasait sur des hanches arrondies. Sa peau était chaude, douce, et il la sentit tressaillir sous sa caresse. Il titilla le bout de ses seins jusqu'à ce qu'ils se raidissent, puis il descendit la main sur son ventre jusqu'à la masse soyeuse entre ses jambes.

Elle émit un petit gémissement et repoussa sa main.

— Assez perdu de temps ! dit-elle en se mettant sur le dos.

Le souffle de Max était lui aussi altéré, et il se plaça sur elle, avec l'impression de faire l'amour à un rouleau de tissu plutôt qu'à une femme. Quand il la pénétra, il s'arrêta net en la sentant se raidir brusquement.

— Que se passe-t-il ?... Je t'ai fait mal ?

— Non. C'est juste que je sais pas quoi faire de mes genoux, ni où mettre mes mains. Est-ce que je dois fermer les yeux ?

— Tu as dit que tu l'as déjà fait.

— J'ai aussi dit que je n'étais pas trop bonne à ce jeu.

— Relève tes genoux.

Une petite voix dans sa tête le félicita d'avoir pu s'arrêter, et d'être capable de donner des instructions.

— Pose tes mains sur mes épaules, et fais comme tu veux pour tes yeux.

— Merci. C'est beaucoup mieux ainsi... Tu peux continuer.

— Tu es certaine de ne pas avoir envie de discuter d'un autre point délicat à ce moment crucial ?

— Si ça ne te dérange pas, je crois que je vais regarder.

En fait, cela le rendait nerveux, et il ne put vraiment prendre son rythme que lorsqu'elle tourna la tête. Alors il accéléra, et finalement ne remarqua plus si elle le regardait ou pas, emporté par un rituel immuable qui remontait à la nuit des temps.

Après coup, il s'allongea près d'elle pour retrouver son souffle. Bizarrement, il éprouvait une certaine insatisfaction.

— Merci, murmura-t-elle. Ça a été une journée incroyable, le plus beau jour de ma vie. Je l'oublierai jamais.

Max se leva et traversa la chambre pour récupérer ses cigares dans la poche de sa veste. Quand il craqua une allumette, il remarqua qu'elle avait défait ses cheveux, qui s'étalaient sur l'oreiller. Il secoua l'allumette d'un geste agacé.

— Ça ne te dérange pas que je fume ? demanda-t-il en revenant vers le lit.

Dans la mesure où il avait déjà allumé son cigare, la question semblait superflue.

— J'aime bien l'odeur du cigare, répondit Low Down d'une voix endormie.

Après avoir posé un oreiller contre le cadre du lit, Max s'installa confortablement et fuma en silence, réfléchissant à ce qui venait de se passer, s'interrogeant sur la colère qu'il sentait grandir en lui. Il n'avait aucun mal à en identifier la source. Il avait trahi une femme qui croyait en lui, une femme qui ignorait encore qu'il ne l'épouserait pas, une femme à laquelle il avait promis de rester fidèle toute sa vie... La culpabilité lui serrait la gorge et l'empêchait de respirer.

Son comportement envers Low Down n'avait rien de particulièrement glorieux non plus. Il s'était contenté de faire son devoir, sans même l'embrasser ou lui témoigner un minimum de tendresse. Un semblant de préliminaires pour la préparer, et un dénouement rapide. Ce n'était pas ainsi qu'un homme exprimait sa gratitude. Il s'était comporté comme le pire des goujats, comme un homme qui aurait payé une femme pour quelques instants de plaisir.

Il passa la main sur ses yeux, regrettant chaque seconde des vingt dernières minutes.

Low Down…

Il tourna la tête et contempla la forme endormie près de lui. Il était marié avec cette femme depuis quatre jours, il venait de lui faire l'amour, et il ne connaissait même pas son véritable nom !

Sidéré, il se pencha vers elle et la secoua.

— Réveille-toi.

Elle se redressa aussitôt, en alerte, sa main se portant instinctivement à sa taille où se trouvait normalement son pistolet.

— Qu'est-ce qui se passe ? demanda-t-elle, prête à bondir du lit.

— Tout va bien, dit Max en la retenant. Désolé de t'avoir réveillée, mais il y a quelque chose que je dois savoir et qui ne peut attendre demain matin. Quel est ton vrai nom ?

— Tu m'as réveillée pour me demander mon nom ?

Low Down resta un moment immobile, puis éclata de rire.

— Louise Downe.

— Comment es-tu passée de Louise Downe à Low Down ?

Il regretta sa question avant même d'avoir fini de la poser.

— Je t'ai parlé de Mme Olson, tu te souviens ? Quand j'étais petite, elle avait l'habitude de crier après moi. Elle me disait : « Ramène-toi, *low down*, sale gamine, bonne à rien ! » J'ai fini par croire que c'était mon nom[1].

— D'accord. Inutile d'en dire plus. Viens ici...

— Quoi ?

Il ne pouvait plus faire grand-chose pour réparer son attitude de ce soir, mais il pouvait au moins conclure cette soirée de meilleure façon.

Il attira sa tête contre son épaule, et perçut d'abord sa surprise et son hésitation. Finalement elle se détendit et s'abandonna contre lui. Bientôt, le mouvement léger de sa poitrine contre ses côtes lui apprit qu'elle s'était endormie.

Il termina son cigare, assailli par une pluie d'images.

Philadelphia. L'été qu'il venait de passer dans les montagnes. Le ranch. Sa maladie et sa conviction qu'il allait mourir. Et l'étrangère qui dormait dans ses bras, sa femme...

Existait-il un moyen de terminer cette histoire sans casse ? De faire comprendre la situation à Philadelphia et à son père ? De protéger sa famille du scandale et de l'opprobre ?

Ce soir, lui et Louise avaient concrétisé un mariage que ni l'un ni l'autre ne désirait. Mais il avait fait son devoir.

Le père Jellison et les hommes de Piney Creek devaient bien rire.

1. *Low down* : une personne méprisable, incapable.

6

Low Down se retourna sur le siège en bois du chariot, pour contempler une dernière fois la façade de l'hôtel.

Arrivée la veille, elle repartait aujourd'hui, dans la peau d'une nouvelle femme. Son allure était différente, elle se sentait différente… et peut-être l'était-elle vraiment ? Peut-être était-elle enceinte ? À cette idée, les battements de son cœur s'accélérèrent. Mais son bon sens reprit vite le dessus. Mieux valait ne pas se faire trop d'illusions. Autant attendre, et voir venir.

Une fois l'auvent vert et blanc disparu à l'horizon, elle baissa les yeux et remarqua les paquets et cartons empilés à l'arrière.

— Ce sont des provisions et des outils pour le ranch, expliqua Max. Plus quelques cadeaux pour les membres de ma famille.

— Quelle sorte de cadeaux ?

Tout en parlant, elle lissait soigneusement sa jupe et vérifiait l'épingle qui tenait son chapeau. On n'avait qu'une seule chance de faire une bonne première impression, et elle voulait réussir son entrée dans la famille de Max. Même si, au fond d'elle-même, elle devinait que c'était perdu d'avance. Comment pourraient-ils l'accepter de bon cœur, vu les circonstances ?

Il jeta un coup d'œil par-dessus son épaule afin de vérifier que Marva et Rebecca, les deux juments attachées à l'arrière du chariot, suivaient sans peine.

— Pour Dave, le mari de Gilly, j'ai acheté de nouvelles cordes de guitare et un ruban de chapeau. Pour mon frère Wally, une boucle de ceinture en argent et un livre d'architecture, dans le cas où il se déciderait à construire sa maison un de ces jours. Les rouleaux de tissu sont pour ma mère et Gilly.

— Quel tissu as-tu choisi ?

— Du velours.

Low Down émit un petit sifflement.

— Putain de bois ! Ça a dû te coûter la peau des fesses !

Max se tourna vers elle, sourcils froncés, et la jeune femme se mordit les lèvres. Elle leva les mains en signe d'excuse.

— Désolée. Crois-moi, je ne jure plus autant que par le passé.

Elle faisait des efforts, certes, mais les vieilles habitudes avaient la vie dure.

— As-tu acheté autre chose ?

— Des livres de comptes pour ma mère.

— Et pour Gilly et sa fille ?

Ce n'était pas seulement la curiosité qui la poussait à interroger Max. Le choix de ces cadeaux l'éclairait un peu sur la personnalité de chacun. Gilly et sa fille, Sunshine, dont Max lui avait parlé, l'intéressaient plus particulièrement.

— Une poupée pour Sunshine, une boîte de mouchoirs en dentelle et une partition de musique pour Gilly.

— Une partition de musique ?

Low Down hésita un instant, puis décida de lui confier son secret.

— Je collectionne les livres de chansons, annonça-t-elle timidement.

— Alors le piano n'était peut-être pas une proposition si ridicule que ça, l'autre jour ?

— Je ne joue pas du piano. Je collectionne seulement les livres de chansons.

— Pourquoi ?

— Parce que j'aime bien les histoires.

Elle se sentit mal à l'aise. Le visage de Max semblait clairement exprimer que les gens normaux ne faisaient pas ce genre de chose. Elle entreprit aussitôt de s'expliquer.

— Par exemple, la chanson *La Montre de grand-père*. Tu ne trouves pas qu'elle est triste et émouvante ?

— Pour être franc, je n'ai jamais beaucoup réfléchi aux paroles.

— Les histoires racontées par les chansons sont courtes, mais la plupart du temps, elles donnent à réfléchir. J'ai envisagé des tas de scénarios pour la mort du vieux grand-père, dont la montre s'est arrêtée à l'instant de son dernier souffle. Et la chanson *Des fils d'argent parmi les cheveux d'or* ! Cette chanson m'a obsédée pendant des jours, après que j'en ai lu les paroles. Elle t'oblige à réfléchir sur le fait de vieillir et de savoir si tu as réalisé tout ce que tu voulais dans ta vie. C'est à ce moment-là que j'ai commencé à penser à avoir un enfant.

Elle s'arrêta net. Ni l'un ni l'autre n'avait fait allusion à la nuit précédente, et Low Down estimait que c'était aussi bien. Il y avait un temps pour parler, et un temps pour se taire. Ce qui se passait derrière la porte d'une chambre ne nécessitait aucun commentaire. Max avait fait son devoir, c'était ce qui comptait. Maintenant ils devaient attendre, pour savoir s'il serait nécessaire de recommencer...

Elle jeta un coup d'œil à son compagnon, en tirant nerveusement sur ses gants. Ne pas parler de la nuit précédente était facile. Ne pas y penser était une autre affaire... d'autant que tout lui remémorait ces quelques instants. Les mains de Max qui maniaient fermement les rênes, son corset qui lui écrasait les côtes, la légère odeur de savon qui venait lui chatouiller les narines quand il se penchait...

Elle s'exhorta au calme.

— Voilà pourquoi je collectionne les livres de chansons, conclut-elle. Je lis les histoires, et j'y réfléchis.

— Si tu aimes les histoires, pourquoi ne lis-tu pas des livres ?

— Ça, c'est une bonne question ! s'écria-t-elle en éclatant de rire et en se frappant les cuisses. D'abord, les livres sont beaucoup plus chers. Ensuite, que penserais-tu si tu voyais quelqu'un comme moi en train de lire un livre ? Tu te dirais sûrement que je cherche à me donner de grands airs... Non, les livres de chansons me suffisent. Je les aime.

Et elle en avait un nouveau, que les gars de Piney Creek lui avaient offert et qu'elle n'avait pas encore lu. Elle attendait ce moment avec impatience. Et si tout se passait bien entre elle et Gilly, peut-être que cette dernière accepterait de lui prêter quelques-uns des siens ?

Max se frotta les yeux sans rien dire.

— Belle journée, n'est-ce pas ? commenta Low Down, au bout de deux kilomètres de silence.

— On dirait.

À l'ouest, les montagnes Rocheuses découpaient l'horizon. Certains sommets arboraient déjà un manteau neigeux mais, dans la plaine, l'automne commençait tout juste à s'installer et habillait les arbres de teintes multicolores. Dans les champs, des paysans ramassaient le foin. Bientôt, ils descendraient les bêtes des pâturages, pour l'hiver.

— Plus on se rapproche, plus je deviens nerveuse, avoua finalement Low Down.

Elle ne pouvait s'empêcher de se torturer l'esprit. Comment la famille de Max l'accueillerait-elle ? Ce court séjour serait-il agréable ?

Elle soupira, excédée. Pourquoi se mettre dans un tel état ? Après tout, quelle importance ?

— Ce n'est pas la peine de t'inquiéter, conseilla-t-il.

Facile à dire, mais que se passerait-il si la famille de Max la détestait ? À leurs yeux, elle était responsable de la ruine de son mariage.

— Ô mon Dieu, je suis impardonnable ! s'écria-t-elle soudain. Je suis désolée, j'avais complètement oublié ton rendez-vous avec Philadelphia et son père, ce soir.

Elle posa la main sur le bras de Max et sentit ses muscles d'acier rouler sous ses doigts. Il devait redouter ce face-à-face, autant qu'elle redoutait de rencontrer sa famille.

— Max... je...

— Low... Louise... je n'ai pas envie d'en parler.

Louise ?

Soudain, elle se rappela la nuit passée. Il l'avait réveillée pour lui demander son nom. Il l'avait ensuite attirée dans ses bras. À ce souvenir, elle s'empourpra et s'empressa de détourner la tête.

— Ta famille aime Philadelphia ? demanda-t-elle d'une toute petite voix. Évidemment, ajouta-t-elle comme il gardait le silence.

— Devons-nous vraiment parler de ça ? J'ai beaucoup de choses en tête, pour l'instant, et j'ai besoin de réfléchir.

— Au sujet de ce que tu vas dire à Philadelphia et à son père ? Je comprends... je me tais.

Pendant l'heure suivante, ni l'un ni l'autre ne parla. Low Down contempla les montagnes, les arbres, les champs, la route. Elle tira sur sa jupe, son chapeau, ses cheveux, ses gants et les lacets de ses bottines. Elle gigota sur le siège, heurtant parfois le bras ou la cuisse de Max. Le voyage lui semblait interminable.

— C'est encore loin ? questionna-t-elle finalement.

À cet instant, elle distingua une ville à l'horizon et espéra qu'il s'agissait de Fort Houser, du nom du grand-père de Philadelphia qui l'avait créée. Max devait s'imaginer qu'elle n'avait pas écouté, quand il lui avait raconté l'histoire de la ville, mais elle n'avait rien manqué.

— Nous sommes arrivés, confirma-t-il. Nous allons contourner la ville et nous rendre directement au ranch.

Elle comprit qu'il ne voulait pas que Philadelphia apprenne par la rumeur qu'il était de retour accompagné d'une femme. La jeune fille devait apprendre la nouvelle de sa bouche.

— Nous serons à la maison dans moins d'une heure.

À la maison... Avec sa famille... Bon sang, elle ne s'était jamais sentie aussi nerveuse !

— Ça m'est égal s'ils ne m'aiment pas. Je resterai pas longtemps, de toute façon. Si ça se trouve, je suis déjà enceinte...

— Ce serait une bonne nouvelle, grommela Max entre ses dents.

Il s'était raidi sur le siège, et Low Down en conclut qu'il regrettait probablement d'être obligé de la présenter à sa famille. Cette pensée la mit aussitôt en boule.

Plus elle y réfléchissait, plus sa colère augmentait. Elle n'avait rien demandé, après tout, et ce n'était pas sa faute si elle ne correspondait pas aux critères de la famille McCord ! Elle se tourna et examina l'homme à son côté, notant le chapeau de bonne qualité, le cuir souple de sa veste. Elle aurait pu parier qu'aucun McCord ne s'était jamais couché le ventre vide, ou n'avait glissé des journaux autour de sa taille pour se réchauffer.

— Je suis navrée de ne pas être une de ces jolies demoiselles raffinées avec une robe en velours à présenter à ta famille snobinarde, explosa-t-elle soudain. Mais j'ai des qualités ! Et n'oublie pas que j'ai jamais demandé ce mariage. Je ne t'ai pas choisi.

Se redressant brusquement, elle croisa les bras, releva le menton et regarda droit devant elle.

Max la considéra d'un air ahuri.

— Je peux savoir ce qui t'arrive ?

Elle sentait son regard sur sa joue comme une brûlure.

— Ce n'est pas ma faute si je n'ai pas un grand-père qui a créé une ville et si je ne joue pas du piano.

— Louise...

— Je suis ce que je suis, et Dieu sait que je ne vais certainement pas m'en excuser ! Je me moque de ce que toi ou ta famille pensez de moi. Je me suis toujours débrouillée seule dans la vie, et j'ai pas besoin de vous !

Elle avait réussi à atteindre un degré certain de mauvaise humeur.

— Tu n'as peut-être pas besoin d'une famille, commenta Max d'une voix résignée, mais elle est là et elle nous attend sur le pas de la porte. Quelqu'un a dû nous repérer sur la route...

— Quoi ?

Tout à sa colère, Low Down n'avait pas remarqué qu'ils approchaient d'une immense maison à deux étages, entourée de nombreuses dépendances. Un orme gigantesque ombrageait la véranda qui courait le long de la bâtisse, des volets fraîchement peints en vert encadraient les fenêtres.

Finalement, elle se força à examiner les gens debout sous la véranda. Tous avaient les yeux fixés sur elle, tandis que la voiture tournait dans la cour.

Comme elle l'avait imaginé, les McCord possédaient les mêmes traits séduisants que Max... et paraissaient aussi impressionnants que la maison.

Gilly, petite, jolie et distinguée, se tenait près d'un grand homme aux cheveux blonds qui devait être Dave Weaver, son mari. Entre eux, tenant la main de sa mère, une copie conforme de Gilly, en miniature. À gauche, une version plus jeune de Max : probablement son frère, Wally. Et devant eux, une femme raide comme un piquet, toujours belle, le visage impénétrable alors que le scandale et la honte se présentaient devant sa porte.

Personne ne bougea ou ne dit mot, quand Low Down sauta du chariot sans attendre que Max vienne l'aider à descendre.

Prenant brusquement conscience de son attitude, indigne d'une vraie dame, la jeune femme se pétrifia sur place et scruta à son tour sa nouvelle famille.

Wally et Dave contemplaient Max avec sympathie. Gilly fixait sur Low Down des yeux écarquillés, reflétant... Quoi ? De la curiosité ? De l'incrédulité ?

Max vint se placer auprès de son épouse. À cet instant, sa mère descendit les marches et se dirigea vers eux. Pendant quelques secondes, elle examina les cicatrices de la maladie sur le visage de son fils, puis elle s'adressa à Low Down :

— Je suis Livvy McCord, la mère de Max. Et vous devez être...

Livvy McCord était intimidante, et il n'y eut pas le moindre doute dans l'esprit de Low Down quant à savoir qui commandait ici. C'était une femme formidable. Pas un pli ne marquait sa chemise blanche ou sa jupe noire toute simple, et bien qu'une légère brise agitât les roses qui couraient sur les treillis de la véranda, pas un cheveu ne dépassait du chignon qui couronnait sa tête.

— On m'appelle Low Down.

— Non, pas ici, dit Livvy McCord d'un ton sans réplique. Vous devez bien avoir un nom. Quel est-il ?

— Louise Downe.

Low Down avait rencontré peu de femmes de sa taille, et Livvy McCord lui arrivait à peine au menton, mais elle avait l'impression que la mère de Max la dominait d'une bonne tête.

Toujours sans un regard pour son fils, Mme McCord prit les mains de la jeune femme dans les siennes.

— D'abord, je veux vous remercier du fond du cœur d'avoir sauvé la vie de mon fils. Dans sa lettre, Max nous expliquait que vous avez été la seule personne volontaire pour soigner les malades. Sans vos soins, la plupart seraient morts. Est-ce vrai ?

— Je crois que oui, répondit Low Down d'une petite voix.

Elle tourna la tête vers Max, qui semblait perdu dans ses pensées. La tension se lisait sur ses mâchoires crispées.

— Nous sommes dans une situation difficile, reprit Livvy McCord. Et beaucoup de gens vont souffrir. Mais vous avez gagné le droit de demander ce que vous vouliez, aussi malheureux que ce choix puisse être... Quant à toi, ajouta-t-elle en se tournant finalement vers Max, tu as fait ce qui était juste, quelles qu'en soient les conséquences. Aucun homme d'honneur n'aurait pu se défiler après avoir tiré cette pierre marquée. Tu as fait ton devoir.

La mère et le fils se regardèrent un moment, puis il l'attira dans ses bras. Leur étreinte parut briser le charme, et le reste de la famille accourut vers eux.

Low Down fit la connaissance de Gilly et de Dave, qui la considéraient avec une franche curiosité et une expression dénuée du moindre jugement. Leur fille, Sunshine, sourit timidement et l'observa entre ses cils. Enfin elle rencontra Wally, qui lui fit un signe de tête avant de donner une bourrade affectueuse dans le dos de Max.

— Alors, cette fois, tu l'as vraiment fait ? dit-il avec un sourire.

Max lui rendit son sourire et l'étreignit.

Finalement, Livvy renvoya les autres à l'intérieur et garda les nouveaux époux dehors.

— Nous devons parler, commença-t-elle.

Son regard bleu se posa sur Low Down.

— Je m'excuse d'être aussi directe, mais le temps nous manque. Si quelque chose peut être fait pour arranger cette situation, nous devons le découvrir au plus vite, avant que Max ne parle à M. Houser, ce soir.

— Le franc-parler, c'est pas pour me déplaire, m'dame, la rassura Low Down. Parlez aussi librement que vous voulez, pas de problème.

Livvy McCord resta de marbre, mais la jeune femme se mordit les lèvres en prenant brusquement conscience de son langage. Elle était vraiment mal partie pour laisser une bonne impression ! Son moral dégringola d'un cran.

— Selon la description de votre mariage que Max faisait dans sa lettre, j'ai cru comprendre que la cérémonie avait été menée tambour battant, et assez… impulsivement. Je me trompe ?

— Non, madame, répondit Low Down. Je voulais un bébé, pas un mari. Mais les événements se sont précipités et avant que nous ayons compris ce qui nous arrivait, nous étions mariés. C'était l'idée du prêtre, pas la mienne. Je suppose que, pour vous, il est inconcevable d'avoir un enfant sans être mariée, mais moi, c'est ce que je voulais.

— Je considère en effet qu'il est totalement immoral et inacceptable de concevoir un bébé en dehors des liens du mariage.

Une trace de soulagement adoucit les traits de Livvy McCord.

— Mais là n'est pas la question. Maintenant que je connais votre position, je crois que nous devrions pouvoir résoudre cette triste affaire sans difficulté.

— Maman, je t'assure qu'il n'y a aucun moyen de sortir de cette situation.

Glissant les mains dans ses poches arrière, Max se perdit dans la contemplation du toit, les sourcils froncés. Livvy l'observa, puis revint à Low Down :

— J'imagine que vous savez que Max devait se marier dans dix jours. Et je pense que vous reconnaîtrez qu'il est injuste pour Mlle Houser d'être ainsi humiliée sans avoir rien à se reprocher.

— J'ai dit et redit à Max qu'on ne devait pas parler de ce mariage.

— Parfait ! s'exclama Livvy, les yeux brillants. Dans ce cas, vous ne verrez aucun inconvénient à ce que nous demandions l'annulation de cette union ?

— Non… aucun.

La jeune femme préféra ne pas se poser de questions sur sa légère hésitation avant de répondre. Elle s'attendait à ce que Max profite de l'occasion pour annoncer à sa mère qu'ils avaient déjà décidé de divorcer, dès qu'elle serait enceinte. Mais il n'y fit pas allusion, et elle garda le silence.

— Formidable ! Je pense que le scandale serait atténué si nous repoussions la date du mariage avec Philadelphia, plutôt que de l'annuler purement et simplement. Max, tu pourrais aller dans le Wyoming et déposer une demande de divorce. Avec un peu de chance, nous réussirons à garder le but de ton voyage secret, et personne n'apprendra jamais ton union avec Louise.

— Ça me convient très bien, affirma celle-ci.

Un vague regret flottait dans son cœur, mais elle n'avait jamais eu l'intention de causer le moindre tort à Max. Sans compter qu'elle était peut-être déjà enceinte. En ce qui la concernait, le problème était résolu.

Mais Livvy McCord n'en avait pas fini.

— Il y a beaucoup d'enfants orphelins, dit-elle. Je vous aiderai à en adopter un, et Max veillera à ce que vous ne manquiez jamais d'argent pour l'élever.

— Ce n'est pas nécessaire, protesta Low Down.

Le moment lui semblait mal choisi pour expliquer qu'elle voulait son propre enfant, pas celui d'une autre.

— Si, c'est nécessaire, insista Livvy. On vous a promis un enfant, et vous aurez un enfant. Nous devons encore régler les détails, mais je crois que nous venons de trouver la solution satisfaisante pour tout le monde et qui évitera le scandale – si, du moins, Philadelphia et son père sont d'accord. Je ne vois d'ailleurs pas pourquoi ils ne le seraient pas. À moins que…

Elle hésita, puis redressa les épaules.

— Je suis désolée d'avoir à poser une question

aussi personnelle, mais je le dois. Une seule chose pourrait... Y a-t-il une chance pour que Louise soit... enceinte ? Avez-vous... Ce que je veux dire, c'est...

Le visage de Low Down s'enflamma brusquement, et celui de Max n'était pas en reste. Même les joues de Livvy semblaient écarlates.

— Oui, répondit-il d'une voix étranglée.

— C'est pourquoi je suis d'accord pour annuler ce mariage et partir, ajouta la jeune femme d'un ton rassurant. Max a fait ce qu'il devait. Nous sommes donc quittes, et je pense que les gars de Piney Creek seraient d'accord aussi.

Loin de paraître rassuré, le visage de Livvy refléta un pur désespoir, et ses épaules s'affaissèrent.

— C'est bien ce que je redoutais... S'il existe une chance pour que vous soyez enceinte, alors impossible d'envisager un divorce. Mon fils n'abandonnera jamais une femme qui porte peut-être son enfant.

Elle se frotta la joue d'un air las.

— Bien. Puisqu'il n'y a aucun moyen de modifier la situation, autant entrer et manger un morceau de gâteau...

Joignant le geste à la parole, elle releva sa jupe et se dirigea vers la maison.

— Madame McCord, attendez ! cria Low Down. Je suis peut-être enceinte, mais peut-être pas. Quoi qu'il en soit, je suis prête à partir d'ici tout de suite, et à donner mon accord pour un divorce ou à prétendre que ce mariage n'a jamais existé. J'ai jamais voulu causer de problèmes à quiconque.

— Le mariage entre vous et mon fils a été consommé. Il est donc valide. Vous faites maintenant partie de la famille, madame McCord... Il ne sera plus jamais question de divorce ou de départ. À vous d'assumer la situation.

Max ne s'était pas trompé sur la réaction de sa mère. Low Down n'avait plus le choix. Elle agrippa son sac des deux mains et se tourna vers son mari.

— Je suis désolée, répéta-t-elle une nouvelle fois.

Il laissa échapper un soupir.

— Comme tu me l'as très justement fait remarquer, ce n'est pas toi qui as mis cette pierre dans ma main.

Ôtant son chapeau, il attrapa le bras de son épouse et l'entraîna vers la maison.

À l'intérieur, tout le monde s'était rassemblé dans le salon, une pièce suffisamment belle pour que Low Down écarquille les yeux, et assez solennelle pour qu'elle comprenne qu'elle était réservée aux grandes occasions.

Elle put constater, aux visages fermés qui les accueillirent, que Livvy avait eu le temps d'annoncer la nouvelle. Il n'y avait plus aucun moyen de se débarrasser d'elle et d'éviter le scandale qui allait s'abattre sur la famille.

Livvy, debout près de la cheminée, attendit que Low Down se soit assise, gênée, les fesses au bord d'un fauteuil de couleur mauve.

— Bienvenue dans la famille McCord, dit-elle.

Elle s'était exprimée de façon polie, mais détachée, résignée. Les autres murmurèrent également quelques mots de bienvenue. Low Down sentait peser sur elle le regard de Gilly, qui détaillait son corsage trop serré et ses chaussures qui avaient connu des jours meilleurs. Les yeux remontèrent jusqu'au chapeau, et sa nouvelle belle-sœur parut tressaillir.

Wally et Dave lui adressèrent un signe de tête, mais elle les soupçonna de la comparer point par point à Philadelphia. Inutile d'être grand devin pour deviner qu'une telle comparaison lui était défavorable. Sunshine paraissait la seule personne présente à ne pas la jauger.

— Quand dois-tu rencontrer les Houser ? demanda Livvy à Max.

— À cinq heures, cet après-midi.

Livvy jeta un coup œil à l'horloge.

— Tu devras partir d'ici une heure. Mme McCord a sauvé la vie de Max et elle est maintenant sa femme, ajouta-t-elle. Cette situation est embarrassante pour tout le monde, mais personne n'est à blâmer.

Low Down s'étonnait de la maîtrise avec laquelle Livvy McCord prenait les choses en main, comme si elle dirigeait cette maison depuis toujours. Pourtant elle sortait à peine de son deuil. À moins que ce ne soit ça, être une mère : tenter de résoudre les problèmes de ses enfants, de les protéger.

— Nous allons manger un peu de gâteau. Puis, les garçons, vous aiderez Max à décharger le chariot.

Elle s'approcha de la table et entreprit de découper le gâteau.

— Tu as acheté une mule ? s'enquit Wally, une fois son assiette sur ses genoux. À moins qu'elle n'appartienne à Mme McCord ?

L'espace d'un instant, Low Down crut qu'il faisait allusion à Livvy, puis, avec un léger choc, elle réalisa qu'il parlait d'elle.

La conversation s'anima ensuite. Tout le monde posa des questions à Max sur l'été qu'il venait de passer dans les montagnes, et ce dernier voulut connaître les dernières nouvelles du ranch. Sans la tension qui se lisait sur les visages et une légère nervosité ambiante, Low Down aurait pu croire que tout le monde avait oublié le rendez-vous de Max.

Comme s'ils lisaient dans ses pensées, les hommes se levèrent brusquement, remercièrent Gilly pour son gâteau et sortirent.

— Allons boire notre café à la cuisine, dit Livvy en se levant et en ramassant les assiettes.

Low Down sauta sur ses pieds, mais Gilly et Livvy avaient déjà les choses bien en main, et elle ne put que leur emboîter le pas vers une grande et belle cuisine, parfaitement équipée et très lumineuse. Pour ne pas les gêner, elle s'assit à la table et s'efforça d'oublier sa robe mal taillée et le corset qui lui coupait le souffle.

— Comment s'appelle ta mule ? s'enquit Sunshine.

— Rebecca. Quel âge as-tu ?

— Cinq ans, et je sais lire et écrire mon nom.

Après avoir déposé les assiettes dans l'évier, Gilly vint s'asseoir en face de Low Down.

— Je suis désolée, j'espère que vous ne prendrez pas ça mal, mais je ne peux m'empêcher de penser à Philadelphia… Mlle Houser, je veux dire, et combien cela va être difficile pour elle. Je ne peux imaginer dans quel état je serais, si on me laissait tomber la veille de mon mariage.

Livvy déposa des tasses de café sur la table et un verre de lait pour Sunshine, puis elle prit place à son tour.

— Je suis moi aussi navrée pour elle, mais je m'inquiète plus de savoir ce que Howard Houser va faire.

— Oh, maman, ne parlons pas de ça…

— La banque de Houser détient une hypothèque sur le ranch de Max.

— Vous ne pensez pas que… commença Low Down, consternée.

— Espérons que je me fais du souci pour rien.

Livvy étudia le chapeau et la robe de Low Down.

— Ma fille et moi avons préparé la maison de Max. Nous avons fait le lit et rempli les placards, mais je crois que vous devriez passer la nuit ici. Il est un peu tard maintenant pour commencer à vous installer. Vous devez être fatiguée.

— Je suis désolée pour tous les tracas que je cause, m'dame, et je suis désolée de pas être le genre de fille que vous auriez souhaité pour votre fils.

Elle était bien trop nerveuse pour soigner son langage.

— Je suis aussi désolée pour mam'zelle Houser, et pour à peu près tout ce à quoi vous pouvez penser. Je sais pas quoi dire…

— Vous paraissez être une femme de caractère, dit Livvy après un silence. C'est vrai, je reconnais que ce n'était pas le genre de mariage que je désirais pour Max. Quelle mère le souhaiterait ? Un homme devrait pouvoir choisir la femme avec laquelle il compte passer sa vie, la future mère de ses enfants.

— J'imagine que vous devez penser la même chose ? intervint Gilly. Ce doit être bizarre de se retrouver avec un mari qui vous a été attribué d'office, sans que vous ayez eu votre mot à dire. Quelle situation difficile pour tout le monde…

Les yeux bleu pâle de Gilly reflétaient une sincère compassion, et Low Down réprima un soupir. Elle n'avait jamais su comment se comporter avec les femmes au cœur tendre.

— Tu as fait quelque chose de mal ? lui demanda Sunshine.

— Pourquoi poses-tu cette question ? s'enquit Livvy en fronçant les sourcils.

— Parce que tante Low Down n'arrête pas de répéter qu'elle est désolée.

— Non, ta tante n'a rien fait de mal. Et son nom n'est pas Low Down. Nous l'appellerons Louise. C'est d'accord ? ajouta-t-elle avec un regard sévère à la jeune femme.

— Je risque d'avoir du mal à répondre au prénom de Louise, grommela-t-elle.

Elle ne connaissait Livvy McCord que depuis deux heures, et celle-ci lui donnait déjà des ordres. Elle n'était pas sûre d'aimer ça.

— Comme les hommes n'ont pas l'air décidés à nous rejoindre, nous pourrions faire un peu connaissance…

Livvy se leva et remplit à nouveau les tasses.

— Nous sommes bien sûr curieuses à votre sujet, et nous aimerions savoir d'où vous venez, où se trouve votre famille…

Pendant un moment, Low Down envisagea de s'inventer un passé idyllique, puis elle y renonça. Ces gens représentaient désormais sa famille et méritaient donc mieux que ça. Relevant le menton et serrant sa tasse entre ses mains, elle entreprit de raconter son histoire, en commençant par le train des orphelins.

Quand elle eut terminé, les deux femmes la considéraient bouche bée.

L'horloge égrena soudain quelques coups et rompit le silence.

— Max devrait se mettre en chemin, s'il ne veut pas être en retard, fit remarquer Gilly d'une toute petite voix.

Mais il était déjà parti, sans même dire au revoir. Low Down baissa la tête et contempla sa bague, déçue qu'il ne soit pas venu prendre de ses nouvelles avant son départ. Puis elle sursauta. Depuis quand avait-elle besoin que quelqu'un s'inquiète de son sort ?

Elle reporta son attention vers Livvy et Gilly, qui l'observaient toujours comme si des cornes venaient de lui pousser sur le crâne.

— Je peux comprendre que vous soyez déçue par mon arrivée, dit-elle en se redressant. Mais je suis heureuse de faire partie d'une famille. Je me suis souvent demandé quel effet cela faisait d'être assise dans une cuisine avec une maman, une sœur et une nièce, et de discuter de tout et de rien... Eh bien, c'est rudement agréable.

— Tu pourrais nous raconter encore quand tu étais chez le Chinois, à la laverie ? demanda Sunshine, tout excitée.

Low Down éclata de rire et reprit son histoire.

7

Un drame était sur le point de se jouer. Max se mordit les lèvres et attacha son cheval à la barrière, devant la résidence des Houser. Il ne possédait malheureusement plus aucun pouvoir sur les événements.

Ce matin, il s'était réveillé avec un terrible sentiment de culpabilité. Faire l'amour à Louise avait été une grossière erreur. Pourquoi n'avait-il pas attendu de parler d'abord avec Philadelphia ? S'il avait patienté, il aurait alors pu accepter l'incroyable suggestion de sa mère…

Il aurait pu parier tout ce qu'il possédait que sa mère se serait toujours opposée à un quelconque divorce… et pourtant, il s'était trompé.

D'un autre côté, quitter Low Down sans lui donner de bébé revenait à trahir sa parole. Comment aurait-il pu conserver le moindre respect envers lui-même ensuite ? À chaque fois qu'il aurait fait une promesse, les hommes de Piney Creek auraient envahi son esprit, pour lui rappeler qu'on ne pouvait lui faire confiance. Quoi qu'il fasse, il semblait toujours opter pour le mauvais choix…

Debout près de son cheval, il repoussait l'instant de frapper à la porte. Il repensa à son voyage. Si tout avait été normal, un accueil chaleureux aurait salué son retour au bercail. Au lieu de cela, ce retour n'apportait que la honte et le scandale sur sa famille. Sans parler de cette femme non désirée qu'il ramenait dans ses bagages.

Il n'avait nourri aucun doute quant à l'attitude des McCord vis-à-vis de Louise. Il savait qu'ils la traiteraient du mieux possible, et ils ne l'avaient pas déçu. Mais la consternation de sa sœur ne lui avait pas échappé, ni la compassion derrière les sourires de Dave et de Wally. Sans parler de sa mère, qui avait été jusqu'à faire une suggestion allant à l'encontre de ses plus intimes convictions !

Fourrant les mains dans ses poches, il sentit la pierre sous ses doigts et la serra très fort. Soudain, il fronça les sourcils. Les rideaux de la fenêtre avaient bougé.

C'était probablement la dernière fois qu'il monterait ces marches et frapperait à cette porte. La dernière fois que Howard Houser l'appellerait « fils » et serrerait sa main avec chaleur. La dernière fois que la belle Philadelphia le contemplerait de ses magnifiques yeux bleus, pétillant d'amour, et lui sourirait tendrement. Comment une si petite pierre avait-elle pu déclencher un tel cataclysme ?

La porte s'ouvrit presque instantanément après qu'il eut frappé. Ridley, le majordome de M. Houser, l'accueillit tout sourire.

— Bienvenue, monsieur McCord. Vous êtes attendu dans le salon.

Ridley prenait le chapeau de Max, quand une voix retentit :

— Je n'attendrai pas une minute de plus !

Dans un nuage de soie rose, Philadelphia se précipita dans l'entrée, ses boucles blondes volant autour de son visage, et se jeta dans les bras de son fiancé, indifférente à la présence de Ridley.

Une semaine plus tôt, Max aurait éclaté de rire devant un tel enthousiasme. Mais aujourd'hui, son cœur se serra tellement qu'il crut qu'il allait éclater.

— Oh, Max ! Vous voilà enfin !

Les bras passés autour de sa taille, Philadelphia le contemplait, des larmes dans les yeux.

— Quand j'ai appris votre maladie, j'ai eu terriblement peur... Je ne sais pas ce que je serais devenue, si vous aviez disparu. Merci, mon Dieu ! Merci !

Du doigt, elle toucha les cicatrices sur le visage de Max, et ses joues s'empourprèrent. Elle s'écarta soudain.

— Il faut que vous voyiez les cadeaux de mariage, s'exclama-t-elle. Ils sont tous plus merveilleux les uns que les autres ! Mais d'abord, venez saluer mon père. Nous allons dîner et ensuite, je vous montrerai les cadeaux.

Elle s'arrêta et lui adressa un long regard.

— J'ai tellement de choses à vous dire...

Puis elle s'élança vers le salon, où son père attendait.

Un léger effluve de rose, familier, persistait dans son sillage. Pourtant Philadelphia semblait différente, sautant d'un sujet à un autre, courant d'une porte vers une autre.

Soudain, Max comprit sa nervosité. Ils ne s'étaient pas vus depuis la fin mai, ce qui faisait près de quatre mois, et ils devaient se marier dans quelques jours. Le délai était bien court, après une si longue séparation, pour refaire connaissance. Quelle jeune femme ne serait pas agitée, en de telles circonstances ?

À moins qu'il n'y ait autre chose. Ses dernières lettres trahissaient une certaine tension...

Tout en souhaitant se trouver à des kilomètres

de là, Max pénétra dans le salon et serra la main de Howard Houser.

— Bienvenue à la maison, fils.

Howard prit ses mains dans les siennes et les pressa avec affection.

— Ma foi, ce dernier été de célibataire semble vous avoir réussi. Vous voilà tout bronzé et plus en forme que jamais ! Mais asseyez-vous… asseyez-vous.

Ridley apporta des verres et servit du sherry. Puis M. Houser se tourna vers sa fille avec un grand sourire :

— Oui, ma chérie. Avec le mariage si proche, tu as ma permission pour t'asseoir près de M. McCord sur le canapé. À en juger par les torrents de larmes versées et les soupirs déchirants qui ont filtré à travers les murs de cette maison, votre absence a été cruellement ressentie, ajouta-t-il à l'intention de Max, avec un clin d'œil de connivence.

Évitant le regard de Philadelphia, le jeune homme examina le salon dans lequel ils avaient pris place, qu'il ne reverrait jamais.

Après la mort de Mme Houser, tout le mobilier un peu usé de la maison s'était retrouvé dans cette pièce, sans considération de couleur ou de style. Et pourtant, malgré l'ameublement disparate et les murs croulant sous les tableaux, la pièce se révélait chaleureuse et confortable.

— Je ne prendrai rien, dit-il en se levant brusquement comme Philadelphia s'installait près de lui.

Impossible d'annoncer la terrible nouvelle avec ses jupes qui frôlaient ses jambes, son parfum qui lui caressait les narines.

Il se dirigea vers la cheminée.

Philadelphia paraissait plus belle que jamais, ce soir. Ses boucles blondes brillaient sous les lampes et nimbaient son visage d'un halo doré. Le rose de ses joues trahissait son excitation, de même que ses yeux pétillants.

Son regard avait brûlé du même éclat, lors de leur dernière soirée. Il n'oublierait jamais son visage éclairé par la lune qui baignait la pièce où ils s'étaient réfugiés, ni la longue rangée de boutons qui couraient dans le dos de sa robe, ni le contact de sa peau nue, si douce sous ses doigts.

Ô mon Dieu ! Il passa une main lasse sur son visage. Ce moment était le pire de toute sa vie.

— Max ?

La voix étonnée de Philadelphia lui parvint comme à travers un brouillard.

— Il y a des tas de choses dont nous devons parler pour le mariage. Vous paraissez si...

Elle s'interrompit, incertaine.

Max pouvait imaginer ce qu'aurait dû être cette soirée. Philadelphia l'aurait interrogé sur son été dans les montagnes, et il aurait répondu en citant d'amusantes anecdotes. Puis, après dîner, Howard Houser l'aurait entraîné dans son bureau pour un cigare et une discussion entre hommes, abordant le sujet de la banque et du poste que le jeune homme occuperait. Howard se serait ensuite discrètement éclipsé, leur accordant une heure de tête-à-tête. Alors Max aurait attiré sa fiancée dans ses bras et, après avoir brièvement parlé du mariage, lui aurait montré à quel point elle lui avait manqué...

— Alors, mon garçon, avez-vous trouvé ce que vous cherchiez dans ces montagnes ?

La question de Howard le ramena dans le présent.

— Nous devons parler de ma maladie... commença-t-il.

Dans trois minutes, il verrait le sourire disparaître du visage de Howard, et le regard de Philadelphia s'éteindre.

— Sans les soins d'une femme appelée Louise Downe, je serais mort, expliqua-t-il.

— Votre mère nous a adressé une copie de la lettre d'un prêtre, qui expliquait à quel point vous étiez malade.

La bouche de Philadelphia esquissa une charmante moue de reproche.

— C'est votre faute, après tout. Je vous avais demandé de ne pas partir. Je vous avais même supplié de rester près de moi…

Mais aucun de ses arguments ne l'avait dissuadé de s'en aller chercher de l'or, comme son père l'avait fait des années auparavant.

— Je ne vous dirai jamais assez combien je regrette de ne pas vous avoir écoutée… murmura-t-il.

Un éclair de satisfaction traversa les yeux de Philadelphia, mais son père se redressa, son instinct en alerte. Et lorsque Max parvint au moment de l'histoire où les hommes avaient décidé d'offrir à Low Down ce qu'elle désirait, la chaleur disparut du visage de Howard. Il fronça les sourcils et reposa son verre. Il ne pouvait encore deviner ce qui allait suivre, mais il pressentait une chose désagréable.

Max termina son histoire en regardant Philadelphia. Il put voir son visage se décomposer et prendre une couleur de cendre.

— Je suis désolé, conclut-il après avoir décrit son mariage.

La jeune fille porta les mains à sa gorge.

— Non ! gémit-elle. Non, ce n'est pas possible…

— Espèce de fils de pute ! cria Howard Houser en se levant. Vous auriez dû vous écarter avec les hommes mariés ! Quelle sorte d'individu se placerait sur les rangs pour épouser une femme, alors qu'il est déjà fiancé à une autre ? Comment avez-vous pu faire une chose pareille ?

— Oh, non... non ! murmura Philadelphia. Vous ne m'auriez pas fait une chose pareille ? Je ne peux pas y croire.

— Je devrais vous tuer, McCord ! Personne ne s'est jamais permis d'humilier ainsi ma fille.

— Je n'avais pas le choix.

Des larmes inondaient maintenant le visage de Philadelphia, qui tremblait de tous ses membres.

— Mon Dieu ! Mais qu'est-ce que je vais devenir ?

— Je vais vous détruire, espèce de salopard ! Ridley, apportez-moi mon fusil ! Dieu me pardonne, je vais vous faire sauter la tête !

— Oh, Max, vous ne savez pas ce que vous avez fait...

Lentement, Philadelphia se leva. Elle croisa les bras devant elle, les mains sur ses épaules, et émit un petit gémissement d'animal blessé. Les deux hommes se figèrent et l'observèrent.

— Qu'est-ce que je vais devenir ? Mon Dieu... qu'est-ce que je vais devenir ?

Elle regarda Max d'un air paniqué.

— Je suis enceinte, annonça-t-elle d'une voix à peine audible.

Ses cils papillonnèrent un instant, puis elle s'écroula sur le sol, inconsciente.

Ridley envoya un serviteur chercher Livvy McCord, pendant que la femme de chambre couchait Philadelphia.

Max trouva une hache dans la grange et entreprit de couper du bois, travaillant comme un possédé et frappant sans relâche. Philadelphia portait son enfant, et il n'y avait rien qu'il puisse faire. Il ne pouvait l'épouser ou la sauver du déshonneur, de la honte, de l'humiliation.

Sa réputation était ruinée à jamais.

Il avait envie de hurler, de s'en prendre à Dieu, au destin, ou à quelque force malveillante qui avait mis cette pierre sous ses doigts. Il aurait aimé remonter le temps et tout remettre en ordre…

Ridley le tira de ses sombres pensées.

— M. Houser souhaite vous parler avant l'arrivée de Mme McCord, dit-il d'une voix atone.

Avant de pénétrer dans la maison, Max prit le temps de passer une main dans ses cheveux et de se reprendre un peu. La solution paraissait évidente : il devait immédiatement divorcer de Low Down. Mais le bébé naîtrait avant que le divorce ne soit prononcé…

Jurant comme un charretier, il enfila sa veste. Quoi qu'il fasse, le scandale éclabousserait Philadelphia et la suivrait jusqu'à sa mort. Elle ne méritait pas ça. Oh, non ! Son seul crime avait été de l'aimer.

— Saviez-vous que ma fille était enceinte avant d'épouser cette femme ? demanda Howard quand il le rejoignit au salon.

— Bien sûr que non.

— Mais vous saviez qu'une grossesse était possible, espèce de salaud !

— Si elle m'avait averti, j'aurais aussitôt quitté Piney Creek. Nous aurions avancé la date du mariage, et tout ce désastre aurait été évité.

— Une grossesse n'est pas le genre de chose qu'une jeune femme honnête mentionne dans une lettre. Et ne vous avisez pas de suggérer que ma fille est responsable de ce que vous avez fait ! Vous l'avez humiliée, trahie et rejetée à quelques jours du mariage. Par votre attitude, vous avez apporté la honte et l'opprobre sur cette famille !

Max se laissa tomber sur une chaise et prit sa tête entre ses mains.

— Je suis le seul coupable, en effet.

Lorsque Howard avait demandé son fusil à Ridley, Max avait espéré qu'il appuierait sur la détente. Il n'aurait pas cherché à se défendre.

— Bon sang, oui, vous êtes foutrement coupable !

M. Houser jeta un coup d'œil vers le fusil, appuyé contre le mur, et ses doigts se crispèrent autour de son verre de whisky.

— Philadelphia aurait pu choisir n'importe quel homme dans ce pays. Mais c'est vous qu'elle voulait. Tous les prétendants qu'elle a eus auraient décroché la lune pour elle, mais pas vous. Je l'avais prévenue qu'elle faisait une erreur. Je lui avais dit de réfléchir à la maison que vous étiez en train de construire pour elle. Je lui avais demandé si elle désirait vraiment vivre dans un ranch, loin de la ville, de sa famille et de ses amis. Si vous aviez tenu compte de ses désirs... Au moins, je vous prenais pour un homme honnête. J'aurais pu jurer que Max McCord n'abuserait jamais de l'innocence d'une jeune fille. Mais je me trompais lourdement. Et vous allez payer pour ça.

Chaque minute de sa vie, Max se souviendrait de la joie que Philadelphia avait manifestée en le revoyant. Chaque minute de sa vie, il se rappellerait son visage décomposé ensuite, quand elle avait saisi l'ampleur du désastre.

Ridley avait pris le manteau de Livvy, mais elle portait toujours son chapeau et ses gants lorsqu'elle pénétra dans le salon, sa jupe bruissant autour de ses bottes. Après avoir jeté un coup d'œil interrogateur vers Max, elle adressa un regard de compassion à Howard Houser.

— Je suis tellement désolée, monsieur Houser, dit-elle.

— Et vous ne savez pas tout, madame McCord. Votre salaud de fils a complètement détruit la vie de ma fille.

Le visage de Howard était cramoisi et ses mains tremblaient.

— Philadelphia est enceinte, annonça Max.

— Ô mon Dieu !

Les genoux de Livvy cédèrent et elle s'écroula sur le sofa.

— Votre fils devrait être fouetté en public, roulé dans le goudron et recouvert de plumes, et promené dans toute la ville…

— Oh, Max !

— Je partirai pour le Wyoming à la première heure demain matin. Philadelphia peut aller dans l'Est. Je la rejoindrai et nous nous marierons dès que le divorce sera prononcé.

— Max, réfléchis. Et si Louise était enceinte, elle aussi ? Vas-tu divorcer d'une femme enceinte pour en épouser une autre ?

Howard émit un grognement de dégoût.

— Vous couchiez avec une autre pendant que ma fille essayait sa robe de mariée ? Vous êtes encore pire que je ne le croyais, salopard ! Vous ne toucherez plus jamais ma fille, vous entendez ? Je préférerais vous tuer plutôt que de vous laisser faire.

La quantité de whisky qu'il avait bu, après le sherry, commençait à faire son effet, et Howard tanguait sur ses jambes.

— Posez ce verre, monsieur Houser, ordonna Livvy d'une voix ferme. Nous ne pourrons trouver une solution si vous êtes soûl.

— Et quelle solution espérez-vous trouver, madame McCord ? La réputation de ma fille est souillée à jamais, et nos deux familles vont connaître un scandale qui alimentera les ragots de cette ville pendant des siècles. Je vais envoyer Philadelphia au loin, pour accoucher de l'enfant de votre fils. Et ensuite ? Si elle revient à la maison avec un enfant, vous savez aussi bien que moi ce que les gens diront. Elle est condamnée à perdre sa réputation.

— Il n'en est pas question.

Livvy se redressa et releva la tête.

— Un McCord a créé ce désastre, un McCord va le réparer.

— Je donnerais ma vie pour pouvoir effacer tout ça, dit Max. Mais rien de ce que je peux entreprendre ne pourra se faire avant la naissance du bébé et…

— Je ne parlais pas de toi, coupa Livvy. Je faisais allusion à Wallace.

Max sursauta et la considéra d'un air incrédule.

— Wally ?

Mais Livvy expliquait déjà son plan à Howard Houser :

— Nous raconterons que Philadelphia a finalement compris que c'était Wally, et non Max qu'elle aimait. Elle a écrit une lettre à Max pour l'en informer et annuler ses fiançailles. Quand Max a appris la nouvelle, il a pris part au tirage pour épouser Louise. Après son retour à Fort Houser avec sa femme, Philadelphia et Wally se sont sentis libres de se marier. Le bébé arrivera un peu tôt, admit Livvy, imperturbable. Nous ne pouvons rien faire pour l'éviter, et les gens jaseront. Mais si nous nous en tenons à cette histoire, nous pourrons au moins convaincre tout le monde que l'enfant est de Wally, ce qui sera positif.

Howard, plus calme soudain, alluma un cigare.

— Ainsi, Philadelphia n'aura pas besoin de quitter la ville…

— Et elle n'accouchera pas fille mère. D'ici là, elle sera mariée.

— Le scandale sera diminué de moitié. Ma fille n'aura pas à subir l'humiliation d'avoir été abandonnée au pied de l'autel et, si nous jouons bien notre rôle, tout le monde croira que c'est elle, au contraire, qui aura rompu ses fiançailles.

Max s'appuya contre le mur et se frotta les yeux. Il ne voulait pas entraîner Wally dans ce désastre...

— Il doit y avoir une autre solution, murmura-t-il.

— Taisez-vous ! gronda Howard. Vous n'avez pas votre mot à dire.

Il se tourna de nouveau vers Livvy :

— Vous êtes certaine que Wally acceptera d'épouser ma fille et d'élever son enfant ?

— Oui, répondit-elle d'une voix tremblante. Les McCord connaissent leur devoir. Si la situation était inverse, je compterais sur Max pour réparer les erreurs de Wally.

Et elle aurait raison, songea le jeune homme.

— Reste la question de savoir si Philadelphia va accepter Wally, poursuivit Livvy.

— La question ne se pose pas, rétorqua Howard Houser d'un ton sec. Quel autre choix a-t-elle ?... Maintenant, sortez de ma maison, Max. Je ne veux plus jamais vous revoir.

Ces mots l'atteignirent comme un coup à l'estomac.

Houser se tourna ensuite vers Livvy :

— Je vous attends, vous et Wallace, demain à la banque, à sept heures précises. Nous mettrons les choses au point.

En silence, Max aida sa mère à descendre l'escalier et à remonter dans son chariot. Il se sentait complètement abattu, vidé. Pour la première fois de sa vie, il éprouvait le sentiment d'avoir été dépouillé de son âme.

— Il va geler cette nuit, fit remarquer Livvy en resserrant les pans de son manteau autour d'elle.

Max alluma les lampes qui pendaient le long du chariot.

— Je me sens terriblement mal... Je n'ai qu'une envie : aller dans un bar, me soûler à mort et provoquer une bagarre. Mais ça ne changerait rien.

— Je sais.

Elle prit les rênes et dévisagea son fils.

— Tu t'es mal conduit, Max. Il faut être deux pour faire un enfant, mais c'est toi qui es le plus à blâmer. Pas pour avoir épousé Louise. Ça, c'était ton devoir. Mais pour avoir profité de l'innocence d'une jeune femme sans réfléchir aux conséquences. Maintenant, Wally va devoir réparer tes torts et se retrouver dans la même position que toi : obligé d'épouser une femme qu'il n'a pas choisie.

Il jura et frappa le chariot du plat de la main.

— Comment pourrais-je jamais réparer mes torts envers elle ? Envers Wally ? Comment vais-je pouvoir supporter de les voir ensemble ?

— Je n'en sais rien, et je suppose que ce ne sera pas facile. Mais je suis heureuse que ton père ne soit plus de ce monde pour assister à ce spectacle.

Sur ce, Livvy claqua la langue et leva les rênes. Le chariot s'éloigna dans la nuit.

Max sauta sur son cheval et la suivit.

Les yeux rouges, exténuée, Philadelphia enfonça son visage dans l'oreiller. Comment les choses avaient-elles pu en arriver là ? Qu'allait-elle devenir ? Les questions tournaient dans sa tête comme une roue infernale.

De toute évidence, elle ne pouvait demeurer à Fort Houser. La honte et l'humiliation la tueraient. Comme tant d'autres jeunes femmes déshonorées, elle annoncerait qu'elle partait dans l'Est pour rendre visite à une tante, une cousine ou une quelconque parente. Les filles en difficulté prenaient toujours la direction de l'est. La plupart d'entre elles revenaient, six ou sept mois plus tard, avec un enfant dans les bras, rejeton présumé de ladite tante, cousine ou parente, morte en le mettant au monde. C'était l'histoire habituelle. Puis la fille ou sa mère élevait l'enfant et s'accrochait obstinément à ses prétendues origines.

Mais tout le monde connaissait la vérité, et les commérages allaient bon train. Une fille partie à l'Est ne retrouvait jamais sa respectabilité, même si elle adoptait ensuite une conduite irréprochable pour le reste de ses jours. Sa réputation et son avenir se trouvaient à jamais ruinés. Les femmes honnêtes ne l'invitaient plus, aucun homme ne se risquait à lui faire la cour.

— Ô mon Dieu…

Philadelphia martela son oreiller de ses deux poings. Cette situation la dépassait. La frustration et la panique l'étouffaient.

Elle ne *voulait pas* être enceinte. Elle ne *voulait pas* partir dans l'Est. Max devait l'épouser. Furieuse et effrayée, elle prit sa tête entre ses mains. Qu'allait-elle devenir ?

« Sois maudit, McCord. Oui, sois maudit… »

Roulant sur le dos, elle contempla le plafond dans l'obscurité et posa la main sur son ventre, effleurant le léger renflement sous sa chemise de nuit. Plusieurs fois par jour, elle le touchait, espérant toujours le trouver plat. Mais à chaque fois, ses doigts éprouvaient la même sensation et cette découverte la glaçait jusqu'au sang.

Comment une chose pareille avait-elle pu lui arriver, à elle ? Les jeunes femmes comme Philadelphia

Houser ne tombaient pas enceintes en dehors du mariage. Le scandale serait énorme. Ceux qui l'enviaient ou la détestaient seraient tellement heureux de la voir tomber de son piédestal. Ils s'empresseraient de commenter sa chute et de ricaner dans son dos. Cette seule idée la rendait folle...

L'horloge dans l'entrée avait sonné minuit, quand son père gratta à la porte de sa chambre.

— Je me doutais que tu ne dormais pas, dit-il en entrant.

La jeune fille s'assit sur son lit et se mit à pleurer.

— Il faut que tu fasses quelque chose, papa... Max doit m'épouser. Il ne peut pas m'abandonner ainsi ! Il ne peut pas...

Comme son père ne se précipitait pas pour la consoler, Philadelphia l'observa entre ses cils. Même dans la faible lumière venue du couloir, elle pouvait voir la colère qui brillait dans ses yeux. Comment pouvait-il être en colère contre elle ? Bien sûr, sa fierté en avait pris un coup, mais sa vie à elle était tout simplement finie. Le ressentiment la fit trembler. Ce n'était pas juste. Voilà qu'elle allait devoir en plus manœuvrer son père, pour apaiser sa colère et inspirer sa pitié !

— Je suis désolée de t'avoir déçu, murmura-t-elle en sanglotant. S'il te plaît, papa, pardonne-moi. J'ai tellement honte...

— Je l'espère bien, coupa-t-il sèchement.

— Quoi ?

La surprise sécha net ses larmes. Son père était supposé soupirer et secouer la tête, puis la prendre dans ses bras et l'appeler sa petite fille.

Il lui tendit un mouchoir.

— Essuie tes yeux et calme-toi. Nous avons à parler.

— Tu empestes le whisky !

Il avait bu. Ce qui expliquait sa réaction inattendue.

— McCord a profité de toi, et il paiera pour ça. Mais si tu lui avais dit non, tu ne serais pas dans cette situation aujourd'hui.

— Tu me rends responsable ? Moi ?

Elle ne parvenait pas à croire ce qu'elle entendait.

— La femme mène la danse. Tu es aussi responsable que McCord.

L'amertume étreignit le cœur de Philadelphia. Elle n'oublierait pas de sitôt cet affront.

— J'ai aussi ma part de responsabilité dans ce malheur, ajouta-t-il en se frottant les yeux. Après la mort de ta mère, je t'ai trop gâtée. J'aurais peut-être dû me remarier. La présence d'une autre femme dans la maison aurait peut-être…

Il agita la main d'un air désabusé et la regarda.

— Je ne peux pas transformer la situation d'un coup de baguette magique, reprit-il. Ta grossesse existe bel et bien, et Max n'est plus libre de t'épouser.

La jeune fille sentit la panique l'envahir. Son univers volait en éclats. Son père avait toujours été là pour résoudre ses petits problèmes et, au fond d'elle-même, elle n'avait pas douté un seul instant qu'il trouverait une solution.

— Que vais-je devenir ? Tout le monde sait que nous n'avons pas de parentes dans l'Est, dit-elle d'une voix proche de l'hystérie. Et je ne peux rester ici. Tu sais ce que tout le monde pensera, que Max a refusé de m'épouser parce que j'étais enceinte… Ô mon Dieu ! Papa, tu dois faire quelque chose. Je t'en supplie !

— Écoute-moi. Après-demain, tu épouseras Wally McCord et vous partirez ensemble pour Denver.

Philadelphia secoua la tête, incrédule, persuadée d'avoir mal entendu. Mais son père continuait de parler et lui relatait l'histoire qu'ils avaient mise au point avec Livvy McCord : ce n'était pas Max qu'elle aimait, c'était Wally et, Dieu merci, elle s'en était aperçue à temps.

— Wally ?

C'était un cauchemar. Elle allait se réveiller. Son père ne pouvait pas sérieusement suggérer qu'elle épouse le frère de Max !

— Bien sûr, il y aura quand même des rumeurs. Nous ne pourrons pas les empêcher. Les gens imagineront les deux frères se disputant tes faveurs, toi et Wally vous rencontrant sitôt que Max avait le dos tourné.

— Je ne peux pas épouser Wally, murmura-t-elle. Je le connais à peine.

— Tu peux l'épouser, et tu vas le faire.

Wally McCord ? Si elle tentait d'imaginer son visage, elle voyait Max en plus jeune et plus tendre, beaucoup plus malléable aussi.

— Tu n'as que trois possibilités, commenta son père d'une voix neutre. Tu peux ne rien faire, rester ici et affronter le scandale et la honte. Tu peux aller dans l'Est, avoir ton bébé, l'abandonner dans un orphelinat, mais tu feras quand même l'objet de ragots. Enfin, tu peux épouser Wally, raconter quelques mensonges pour calmer les esprits, et le remercier d'accepter de donner son nom à ton bâtard. Quelle que soit ta décision, les commérages iront bon train. À mon avis, épouser Wally est la seule issue. Je préférerais que ce ne soit pas un McCord, mais nous n'avons guère le choix.

— Mais je ne veux pas Wally. Je veux Max !

— C'est la chose la plus stupide que tu aies jamais dite ! s'exclama son père. N'oublie pas ceci : l'honneur de McCord était plus important à ses yeux que toi. Max n'était pas obligé de participer au tirage au sort avec ce caillou. Si tu avais compté pour lui, il aurait refusé. Et s'il t'avait vraiment aimée, il n'aurait pas volé ton innocence avant de disparaître dans les montagnes.

Cette fois, lorsque Philadelphia éclata en sanglots, son père l'attira dans ses bras et lui tapota le dos, apaisant, tandis qu'elle pleurait sur son épaule. Elle n'aurait jamais cru qu'il soit possible de détester et d'aimer quelqu'un en même temps, mais c'était exactement ce qu'elle ressentait. Ses sentiments contradictoires envers Max occupaient toutes ses pensées, et une certitude s'imposait à elle : ce n'était certainement pas fini entre eux.

8

Les grandes plaines qui s'étendaient à l'infini, le ciel et l'horizon dégagé apaisaient Max comme aucune montagne ne l'avait jamais fait. Ici, un homme pouvait respirer. Il pouvait voir venir.

Bien calé sur le dos de Marva, il s'absorba dans la contemplation du paysage qui l'entourait. De grands peupliers et des pruniers sauvages bordaient le lit d'une rivière pour le moment asséché, mais dans lequel coulerait à nouveau, le printemps venu, une eau fraîche et limpide. Éternel recommencement, cycle immuable des saisons qui se perpétuerait bien après qu'il serait redevenu poussière.

Habituellement, cette pensée l'obligeait à relativiser ses petits problèmes, mais ce soir la magie ne s'opéra pas. L'ampleur de la tragédie était par trop écrasante.

Un bruit de sabots, derrière lui, le tira de ses réflexions, et il se raidit sur sa selle dans l'attente de son frère.

Wally arrêta son cheval près de lui. En silence, ils observèrent un jeune bouvillon, à peine visible derrière un buisson feuillu.

— Le rassemblement est toujours prévu pour après-demain ? demanda finalement Max.

Philadelphia et lui avaient tenu compte de ce jour, quand ils avaient discuté de la date de leur mariage.

— Oui. Nous amènerons tout le bétail chez maman, puis nous procéderons au partage.

Il y avait de fortes chances que ce soit la dernière année qu'ils gèrent les quatre parcelles comme un seul ranch. Dave avait déjà entrepris de placer des clôtures autour de ses terres, et les hommes de Max faisaient de même pour les siennes.

— Vous allez devoir vous débrouiller sans moi, dit Wally en contemplant la cime des montagnes au loin.

Max serra les dents. Devinant sa nervosité, Marva s'agita sur place.

— J'ai passé la nuit dernière assis dans la grange à réfléchir à… tout ça, murmura-t-il. J'aimerais savoir quoi te dire…

Les deux frères évitaient de se regarder. Max mourait d'envie de savoir comment s'était déroulée la réunion entre Wally, Livvy et Howard Houser, ce matin, mais sa fierté l'empêchait de poser la question.

— Tu aurais fait la même chose pour moi.

— Oui, mais cela ne change rien. Si je n'avais pas tiré cette maudite pierre, si je n'étais pas tombé malade… Si je n'étais pas parti dans les montagnes, pour commencer.

C'était la raison pour laquelle ils avaient fait l'amour. Philadelphia voulait le retenir à Fort Houser, le garder près d'elle. Pourquoi ne l'avait-il pas écoutée ?

— As-tu trouvé ce que tu cherchais, là-haut ?

Wally eut un mouvement de tête en direction des montagnes.

— Tout cela paraît tellement futile maintenant… répondit Max.

Son but avait été de comprendre d'où venait le regret qui perçait dans la voix de son père, quand ce dernier faisait allusion à l'époque où il travaillait dans les mines, près de Central City. De toute évidence, ces trois années consacrées à chercher de l'or avaient été les plus belles de la vie de Jason McCord.

Si son père s'était trouvé près d'eux, à cet instant, son regard se serait tourné vers les sommets au loin et un sourire de nostalgie aurait éclairé son visage. Perdu dans ses souvenirs, il n'aurait pas remarqué le bouvillon dans les taillis, ni les oies qui volaient très haut au-dessus de leurs têtes en formation serrée.

Le jour où Jason McCord avait finalement quitté ses chères montagnes et rejoint sa famille, quelque chose s'était brisé en lui.

Max avait voulu savoir quoi. Et il avait compris. Assez bizarrement, ce n'était pas l'or qui fascinait son père, comme il l'avait d'abord cru, mais la quête en elle-même et les rêves qu'elle suscitait...

— En tout cas, quoi que tu aies trouvé là-haut... cela en valait-il la peine ? interrogea son frère d'une voix étrange.

Max ne répondit pas.

— Nous habiterons avec maman, annonça Wally, changeant brusquement de sujet.

Cette décision surprit Max, qui avait pensé qu'ils s'installeraient en ville.

— De cette façon, Philadelphia aura maman, Gilly et Louise pour l'assister au moment de la naissance, ou si les choses se compliquent pendant la grossesse.

Bon sang ! Il n'avait pas accordé une seule pensée à Louise depuis qu'il l'avait abandonnée dans la cuisine de sa mère, la veille.

— Il y a pas mal d'inconvénients à ce que moi et Mlle Houser... Philadelphia, nous habitions ici, reprit Wally. Mais maman et M. Houser ont estimé que c'était la meilleure solution. Sa grossesse restera secrète un peu plus longtemps. Et puis, ainsi, les gens seront bien obligés de conclure que nous sommes toujours en bons termes, toi et moi.

Max se tourna pour lui faire face.

— Est-ce le cas, Wally ?

Une lueur s'alluma dans le regard de son frère, une flamme qui s'éteignit avant même de brûler.

— Toute ma vie, j'ai dû accepter tes restes, dit-il d'une voix atone. Mes livres d'école portaient ton écriture dans les marges. Tes vieilles chemises ou tes bottes me revenaient. Quand on te jugeait trop âgé pour certaines tâches, c'est à moi qu'on les attribuait. Aujourd'hui, je récupère la femme que tu as repoussée, une femme que tu as déjà possédée... Que crois-tu que j'éprouve ?

— Je donnerais n'importe quoi pour rattraper mon erreur.

— J'ai réfléchi à la situation, et il y a deux ou trois points dont nous devons parler. Je veux bien me sacrifier, mais pas n'importe comment. Je vais essayer de devenir un bon mari pour Philadelphia et un bon père pour son enfant, mais je n'y parviendrai pas si tu ne me facilites pas les choses. À partir de maintenant, tu oublies Philadelphia et tout ce qui a pu se passer entre vous. Tu m'abandonnes la place, sans un regard en arrière. Ensuite, je veux ta promesse que tu n'interviendras jamais entre moi et cet enfant que je vais élever. Bien entendu, tu renonces à en réclamer la paternité. Il ne saura jamais que je ne suis pas son vrai père.

Chaque mot perçait le cœur de Max comme une lame, mais il devait reconnaître que ces requêtes étaient légitimes.

— Tu as ma parole, dit-il lorsqu'il parvint à desserrer les mâchoires. Et… toute ma gratitude.

Ils reprirent le chemin du ranch. Max laissa Wally partir devant et réfléchit à leur conversation. L'optimisme de son frère forçait son admiration. Wally était parvenu à repousser toute amertume ou ressentiment. Il avait accepté son sort, et décidé de tirer le meilleur parti de la situation.

Max espérait se montrer à la hauteur et capable de respecter ses promesses. Ce que son frère avait exigé était raisonnable. Pour que la situation soit vivable, Philadelphia et lui devaient tirer un trait définitif sur le passé. Sinon, le malheur détruirait cette famille.

Mais renoncer à sa paternité ne serait pas une tâche aisée.

Low Down, ou plutôt Louise – elle s'efforçait de s'habituer à son véritable prénom –, passa la matinée dans la grange et autour des enclos derrière la maison. Les préparatifs pour le rassemblement du bétail battaient leur plein, dans une atmosphère joyeuse et surexcitée. Les hommes échangeaient nombre de plaisanteries, mais s'arrêtaient net quand ils remarquaient sa présence. Ils ôtaient alors leurs chapeaux et la saluaient, en lui présentant leurs excuses.

Elle ne s'en offusquait pas. C'était un monde qu'elle connaissait bien : un monde d'hommes, gouverné par la fierté et les attitudes, un monde de défis, où on jugeait les gens sur les actes ou la personnalité, pas sur les vêtements ou la beauté…

Lorsque Livvy l'appela, Louise quitta la grange à regret. Elle aurait préféré rester avec les employés plutôt que de rejoindre Livvy, Gilly et Sunshine sur le chariot qui devait l'emmener vers sa nouvelle demeure.

Mme McCord prit les rênes.

— Si j'en juge par le nombre de vos sacs, vous ne possédez pas une vaste garde-robe, dit-elle.

— Seulement cette robe et une autre.

— C'est bien ce que je pensais. J'ai pris quelques vêtements qui feront l'affaire, en attendant que nous puissions vous acheter plus de choses. Les jupes seront un peu courtes, mais tant pis. Savez-vous coudre ?

— Je sais repriser des chaussettes et reprendre un ourlet.

Mais elle devinait que ce n'était pas ce dont Livvy voulait parler. Elle ravala sa fierté.

— Je vais probablement encore vous décevoir, admit-elle, mais je n'ai jamais eu l'occasion de coudre une robe. En fait, jusqu'à aujourd'hui, les robes ne venaient pas en priorité, dans mes tenues vestimentaires...

— C'est la première fois que je vois une dame qui ne sait pas coudre, commenta Sunshine, étonnée.

— Vous aurez besoin de trois jupes et chemises pour tous les jours, et d'un tailleur pour aller en ville. Il faudra également prévoir deux robes de bonne qualité, plus une de fête. Et, bien entendu, tous les accessoires. Quand les hommes seront partis au rassemblement, nous irons en ville acheter le nécessaire. Ensuite, nous nous mettrons au travail.

Louise fut tentée de demander si Max avait donné son accord pour qu'elle dépense son argent, mais elle garda le silence. Livvy et Gilly discutaient chiffons, et elle se contenta d'écouter vaguement. C'était un domaine qui ne la passionnait pas beaucoup, à vrai dire !

Lorsque la conversation s'orienta sur Philadelphia et Wally, son intérêt se réveilla. Mais, là encore, la mère et la fille s'exprimèrent à mots couverts et elle ne put saisir tous leurs propos. En tout cas, Livvy ne semblait émettre aucune objection à ce que Philadelphia vienne habiter chez elle. Louise se demanda si toutes les familles géraient les coups durs avec autant de facilité que les McCord.

— M. Houser semble croire que cacher Philadelphia ici atténuera le scandale.

Livvy leva les yeux au ciel et ajouta :

— En gros, l'histoire se résume ainsi. Nous raconterons que Philadelphia était fiancée à l'un des deux frères, mais était amoureuse de l'autre et l'a épousé, quelques jours avant la date de son mariage avec le premier. Puis elle est venue s'installer ici, pour vivre avec les deux.

— Pas avec les deux, maman !

— C'est tout comme ! Même si Max possède son propre ranch, il sera amené à venir souvent chez moi. Il tient mes comptes depuis des années et il n'y a aucune raison pour que cela change. Sans parler des déjeuners de famille.

— Ô mon Dieu, j'avais oublié ! gémit Gilly en portant une main à son front. Les déjeuners du dimanche...

— Il n'est pas question que cette histoire détruise ma famille, affirma Livvy avec force. Nous continuerons à prendre notre repas ensemble tous les dimanches.

L'estomac de Louise se contracta, et elle secoua la tête lorsque Gilly lui adressa un regard de désespoir. À cet instant, sa belle-sœur et elle partageaient le même avis : Livvy serait bien la seule à se réjouir de ces rencontres dominicales.

— Vous n'avez pas dit trois mots depuis le petit déjeuner, fit remarquer Livvy en se tournant vers sa nouvelle bru. Que pensez-vous de tout ça ?

— Rien, m'dame.

— Appelez-moi Livvy. Dans la mesure où il y aura bientôt trois « Mme McCord », il vaut mieux dès à présent nous appeler par nos prénoms. Cela simplifiera grandement les choses. Cela vous convient-il ?

— Oui, mais il faut encore que je m'habitue à ce que vous m'appeliez Louise.

Personne n'avait jamais utilisé son vrai prénom, et d'ailleurs il ne lui correspondait pas. « Louise » évoquait une personne très féminine, délicate, pas une grande bringue comme elle.

— Eh bien, il n'est pas question que l'on vous appelle Low Down. Max m'a expliqué d'où vous venait ce surnom, et je refuse que ma belle-fille porte un qualificatif aussi dégradant. Vous êtes une McCord, maintenant.

En fait, Louise devait admettre que son surnom lui procurait un sentiment de confort et de facilité. Personne n'attendait rien de quelqu'un dénommé Low Down. Mais Louise McCord... c'était une autre affaire ! Louise McCord suggérait une femme de valeur, une femme qui maîtrisait sa vie et n'avait besoin de personne pour coudre une robe, par exemple.

— Vous ne me donnez pas l'impression d'être une femme dénuée d'opinions, insista Livvy. Que pensez-vous de toute cette histoire ?

— J'ai mes idées, mais... mais je considère que ce n'est pas mon rôle de me mêler des querelles de famille.

Surtout quand elle en était la cause principale ! Qui aurait pu prédire que le simple fait d'émettre son souhait le plus cher allait déclencher une telle série de catastrophes ? Et voilà que par sa faute, Wally se retrouvait sur le point d'épouser la femme que son frère aimait. Non, personne n'aurait pu prévoir une chose pareille…

— Cette famille est maintenant la vôtre, ce qui signifie que vous avez le droit à la parole au même titre que les autres.

L'irritation et l'énervement perçaient dans la voix de Livvy, qui poussa un profond soupir.

— Rien ne se passe comme je l'avais prévu. Je me retrouve soudain avec deux belles-filles. L'une est enceinte et souhaiterait ne pas l'être. L'autre ne l'est pas et voudrait l'être.

— Maman, les petites cruches ont de grandes oreilles, prévint Gilly.

— Sunshine n'est pas bête. Elle a déjà compris que la vie réservait parfois de drôles de surprises.

Louise faisait peut-être partie de la famille, mais cela ne signifiait pas pour autant qu'elle était acceptée. Reconnaître le mariage de Max ne signifiait pas nécessairement adopter la femme qu'il avait épousée, songea-t-elle. Il valait mieux qu'elle garde ça bien en mémoire.

— Depuis combien de temps êtes-vous mariée ? demanda-t-elle à Gilly.

— Six ans.

— Six ans !

Et Gilly n'avait qu'un seul enfant. Ce n'était guère encourageant… D'un autre côté, Max n'avait couché qu'une seule fois avec Philadelphia, qui n'en était pas moins enceinte. Difficile dans ces conditions de tirer des conclusions…

— Nous sommes arrivées, annonça Livvy. Voici votre nouvelle maison.

Pour avoir lu la lettre de Max, Louise avait une idée de ce à quoi s'attendre. Pourtant, la maison la surprit. Elle n'était pas aussi grande qu'elle l'avait imaginée, surtout à côté du ranch principal.

La maison de Max se dressait sur un terre-plein, haute et étroite, dénuée de fioritures pour en adoucir les angles. Ce que Max avait traduit dans sa lettre par : *des lignes nettes et peu d'espace perdu*.

— C'est assez dénudé, murmura Gilly. Mais ce sera beaucoup mieux si vous plantez des lilas au printemps, et des arbres pour la protéger du vent.

— Je l'aime, dit Louise doucement.

La maison n'avait pas la prétention d'être impressionnante, mais elle pourrait sans peine le devenir, si on y ajoutait une aile pour accueillir les nouveaux membres de la famille. Évidemment, ce futur-là ne la concernait pas. Pour l'instant, l'idée d'habiter dans ces lieux l'intimidait.

— Comme vous n'avez pas de trousseau, j'ai apporté quelques draps supplémentaires et de la vaisselle, dit Livvy en descendant du chariot.

Elle abaissa le hayon.

— Personne ne rentre les mains vides ! prévint-elle d'un air menaçant à la cantonade.

Portant un carton plein de casseroles et d'ustensiles divers, Louise grimpa les marches du perron et pénétra dans ce qui serait sa demeure, le temps que durerait son mariage. L'entrée était si grande qu'elle aurait pu dresser sa tente sur le sol en bois ciré ! À gauche, elle aperçut un salon avec une grande baie vitrée. À droite, la salle à manger. Un escalier montait à l'étage, et le couloir lambrissé devant elle débouchait sur la cuisine à l'arrière, comme elle le découvrit en suivant Gilly.

— La cuisine est spacieuse et claire, commenta cette dernière en déposant un carton de torchons sur la table.

— Oncle Max est allé à Denver pour acheter ce qu'il y avait de mieux, affirma Sunshine.

Louise pouvait d'ores et déjà le constater. Elle n'avait jamais vu de plus belle cuisinière que celle qui trônait, étincelante, dans un coin. Au-dessus de l'évier, une pompe permettait d'avoir l'eau courante.

— De l'eau dans la cuisine ! s'exclama-t-elle, émerveillée. Il n'est même pas nécessaire de sortir.

— Vous rangerez tout cela plus tard, décréta Livvy. Pour l'instant, j'imagine que vous avez plutôt envie de visiter les lieux ?

— Si ça ne vous dérange pas…

Louise prit bien garde de ne rien toucher tandis qu'elle passait d'une pièce à l'autre, admirant les meubles, le papier peint et les tapis. Depuis qu'elle connaissait la maison de Livvy, elle avait appris quelques rudiments, et elle remarqua aussitôt des endroits vides, comme le manteau de la cheminée dans le salon. C'était probablement Mme McCord qui avait meublé la maison, en l'absence de Max, et qui avait laissé de la place pour que Philadelphia puisse déposer ses propres affaires.

Elle ne devait pas oublier que cette maison était avant tout destinée à Philadelphia, comme le rappelaient la chambre peinte en rose et le papier peint à motifs floraux. La cuisine attendait les casseroles et les torchons de Philadelphia. C'est elle qui aurait dû faire le tour de la maison, en s'émerveillant devant chaque pièce.

Le moral au plus bas, Louise regagna la cuisine, où Livvy et Gilly avaient déjà enfilé des tabliers et mis en route un ragoût pour le dîner.

Gilly pelait des pommes de terre, Sunshine assise près d'elle, tandis que sa mère pétrissait de la farine pour le pain, à l'autre bout de la table.

— Il y a une tarte à la rhubarbe dans le four et du café frais sur la cuisinière, précisa Livvy.

— Je ne pensais pas avoir été aussi longue.

— Nous avions tout prévu pour le souper. Pas question de vous mettre aux fourneaux pour votre première soirée dans votre nouvelle résidence. Vous avez sûrement envie de ranger vos affaires.

— Ce ne sera pas long, fit remarquer Louise en se versant une tasse de café.

Elle les observa, pensive, tandis qu'elles s'activaient dans la cuisine.

— Pourquoi faites-vous tout ça ? demanda-t-elle enfin.

Livvy releva la tête.

— Que voulez-vous dire ?

— Ma présence n'est pas la bienvenue ici, à juste titre. Je n'ai fait qu'apporter malheur et disgrâce chez les McCord. Alors pourquoi vous montrez-vous aussi gentilles avec moi ? Pourquoi préparez-vous mon dîner et envisagez-vous de coudre mes robes ? Pourquoi cherchez-vous à m'aider ?

— Parce que tu es la femme d'oncle Max et que tu fais partie de la famille, répondit Sunshine avec un grand sourire. Nous ne voulons pas que tu partes.

— Pourquoi êtes-vous restée à Piney Creek pour soigner ces hommes ? rétorqua Livvy.

— Je n'en sais vraiment rien. Il m'a semblé que c'était la seule chose à faire, c'est tout.

Avec un haussement d'épaules fataliste, Livvy reprit son pétrissage.

Gilly, un sourire aux lèvres, enchaîna :

— Si les McCord avaient une devise, ce serait certainement : « Fais ce que tu as à faire. »

Louise remarqua quand même que seule Sunshine avait répondu à sa question. Quel que soit le mal que se donnaient Livvy et Gilly pour ne pas la rendre responsable des événements, elles n'y parvenaient pas tout à fait. Le devoir dictait leur conduite.

Après leur départ, Louise rangea ses maigres possessions, puis drapa un châle autour de ses épaules et sortit par la porte de derrière. Debout sur la première marche du perron, elle savoura la douceur du soleil sur son visage. La porte ouverte laissait échapper les effluves odorants du ragoût qui mijotait sur la cuisinière, de la tarte à la rhubarbe dans le four, et du pain qui refroidissait sur la table.

Des cordes à linge oscillaient doucement dans la brise. La jeune femme nota qu'il y avait suffisamment d'espace, au-delà de la véranda, pour un petit jardin. Elle y songerait, si elle était encore là au printemps.

À l'ouest, la terre ondulait comme une vague en direction des montagnes lointaines. À l'est, le sol était plus plat, plus broussailleux, et les arbres étaient rares. Louise ne pouvait apercevoir le ranch principal, ni d'autres toits indiquant la présence de voisins. Sans les voix qui montaient de la grange plus bas et des écuries, elle aurait pu se croire seule au monde.

Une semaine plus tôt, elle se serait dirigée vers les voix et se serait présentée, puis aurait passé l'après-midi à faire connaissance avec les hommes. Mais tout était différent aujourd'hui, et son instinct lui disait que la femme du patron n'avait rien à faire dans la grange avec les employés.

Un gros soupir lui échappa. Peu importait. Elle connaissait bien la solitude, son amie de toujours. Et puis, elle avait ses livres de chansons. Dès le lendemain, les activités ne manqueraient pas. La cuisine, le ménage, la lessive...

Livvy avait précisé que les hommes s'étaient chargés jusque-là de nourrir les poulets et de traire la vache, d'un ton qui sous-entendait que ce rôle lui incombait à présent.

Quand les ombres s'allongèrent et que l'air fraîchit, elle s'apprêta à rentrer. À cet instant, le trot d'un cheval attira son attention. Même à cette distance, elle reconnut Max et Marva. Elle les vit franchir une haie et bifurquer vers l'écurie.

C'était *son mari*… son mari qui rentrait à la maison pour dîner. Soudain, à son étonnement, la chose lui paraissait tout à fait naturelle.

Dans son for intérieur, elle n'avait pas encore décidé si elle devait maudire ou remercier le père Jellison, pour avoir ainsi bouleversé sa vie. Grâce à lui, elle découvrait une existence qu'elle n'aurait jamais eu aucune chance de connaître autrement. Après quelques secondes de réflexion, elle décida d'attendre avant de se prononcer.

Pour l'instant, une tâche plus importante l'attendait. Tourner le ragoût et mettre la table !

Mince alors…

Elle ne parvenait pas à y croire.

9

Le plan original prévoyait une aile supplémentaire au sud avec un solarium, une bibliothèque et une salle de séjour au rez-de-chaussée, une nursery et des chambres d'amis à l'étage.

Max avait néanmoins choisi de patienter avant d'achever la construction, le temps de voir comment Philadelphia s'adapterait à la vie du ranch. Au fond de son cœur, il avait gardé l'espoir qu'elle partagerait un jour son amour de la terre.

Aujourd'hui, en contemplant la maison, il se disait que Philadelphia n'aurait jamais supporté cette vie isolée, si loin de son père et de ses amies. Sans compter qu'il avait oublié de prévoir des logements pour un cuisinier et une bonne…

Perdu dans ses pensées, analysant ses erreurs passées, Max approchait de l'écurie lorsqu'il aperçut Louise sur le perron, son châle autour des épaules. Elle se tenait droite et immobile, sans un geste pour signaler sa présence, avec l'air de quelqu'un qui n'espère rien, qui se contente d'observer.

Son premier réflexe fut de continuer vers l'écurie, mais son devoir et un sentiment familier de culpabilité l'arrêtèrent. Jurant entre ses dents, il tira sur les rênes et guida Marva vers la maison. Qu'allait-il bien pouvoir lui raconter ?

Ce fut elle qui rompit le silence.

— Le dîner est prêt. Nous pouvons passer à table quand tu veux.

Contrairement à ce qu'il attendait, elle ne lui fit aucun reproche pour l'avoir abandonnée.

— Je voudrais d'abord faire un tour à la grange et parler aux hommes.

Il les connaissait tous de longue date, puisqu'ils travaillaient déjà au ranch de sa mère, avant le partage. Et ils s'attendaient certainement à ce qu'il vienne les saluer, après une si longue absence.

— Prends ton temps, le dîner attendra... Il y a une bassine d'eau dans le cellier. Tu pourras te rafraîchir.

Les rayons du soleil couchant jouaient sur ses cheveux, les parant de reflets auburn, et éclairaient ses yeux d'un éclat noisette.

— Max ? ajouta-t-elle, rougissante. C'est une maison magnifique.

Cette réflexion ne l'étonna guère. Quatre murs et un toit représentaient pour elle un luxe inhabituel. Contrairement à Philadelphia, elle ne remarquait pas l'absence de logements pour les domestiques...

— Elle paraît assez fidèle aux plans, reconnut-il avec satisfaction.

Ce dont il n'avait jamais douté. Surtout avec Shorty Smith pour superviser la construction. Shorty était son homme de confiance, celui qui veillait à tout en son absence.

Sans un mot de plus, Max fit tourner son cheval et se dirigea vers la grange. Il passa l'heure suivante à faire le tour des bâtiments et à discuter avec son contremaître.

— Je voulais te remercier pour ton travail, lui dit-il d'un ton bourru.

— De rien, patron. Ce n'est pas tous les jours qu'un homme peut faire partie d'un ranch dès la construction.

Shorty s'appuya nonchalamment contre la barrière et poursuivit :

— Je vous souhaite, à vous et à la patronne, beaucoup de bonheur dans votre nouveau foyer.

Il ne poserait jamais de questions indiscrètes, mais Max pouvait sans peine les imaginer. Les cow-boys étaient encore pires que les matrones pour les commérages, et les spéculations avaient dû aller bon train. Le patron rentrait avec une épouse, à quelques jours de son mariage avec une autre... De quoi alimenter les conversations un bon bout de temps !

Et, le lendemain, tout le monde s'interrogerait sur la visite en ville de Wally, vêtu de ses habits du dimanche. Le surlendemain, avant même le petit déjeuner, les hommes ne manqueraient pas de noter que Wally ne participait pas au rassemblement. À ce moment-là, la nouvelle se répandrait qu'il s'était enfui à Denver avec Philadelphia...

Max serra les poings et se tourna vers le soleil couchant.

— Les jours raccourcissent, dit-il. Demain, je ferai visiter les dépendances à Mme McCord. Tu pourrais demander aux hommes de se raser et d'enfiler une chemise propre...

N'ayant plus rien à ajouter, il prit le chemin de la grande maison.

— Où est la serviette ? demanda-t-il, après s'être lavé.

— Quelque part, mais je ne sais pas... Tiens, prends ça.

Louise le rejoignit dans le cellier attenant à la cuisine, et lui tendit un torchon.

La première chose que Max remarqua, quand il pénétra dans la cuisine, fut la cuisinière. En fonte, avec des bordures en nickel et des poignées en bois, elle fonctionnait au bois aussi bien qu'au charbon.

— C'est pas la plus belle cuisinière que tu aies jamais vue ? s'enquit Louise en suivant son regard. Et regarde ça, il y a même une glacière, pour garder les aliments au frais.

Ouvrant la porte, elle en retira une motte de beurre.

— Ta mère et ta sœur ont préparé le souper, précisa-t-elle.

Après avoir posé le beurre sur la table, elle recula et fronça les sourcils.

— Je n'ai pas mis les cuillères parce qu'on n'en aura pas besoin. Oh… si, bien sûr ! Pour tourner le café. Mais… j'ai oublié de faire du café.

— Ce n'est pas grave, la rassura Max.

Il s'installa au bout de la table. Excitée comme une puce, la jeune femme courait d'un côté à l'autre de la cuisine.

— Louise, appela-t-il au bout d'un moment, exaspéré. Viens t'asseoir.

— Le ragoût est prêt, mais je pensais que tu voudrais peut-être faire le tour de la maison avant de manger ?

— Je verrai ça plus tard… Désolé d'avoir disparu sans prévenir, hier, mais je savais que maman et Gilly s'occuperaient de toi.

— Je n'ai pas besoin qu'on s'occupe de moi, répliqua-t-elle vertement. Je sais qu'il s'est passé beaucoup de choses depuis hier. Ta mère m'a raconté. Je suppose que ça n'a pas dû être facile, d'apprendre que Philadelphia est enceinte.

Max n'avait plus faim, tout à coup.

— Je préférerais qu'on parle d'autre chose.

Tandis que la nuit tombait au-dehors, la lampe sur la table dispensait une lumière agréable, baignant la pièce d'une douce intimité.

— Je vais m'absenter une bonne semaine pour le rassemblement, reprit-il.

Elle le considéra d'un air étonné.

— D'après Livvy, ça devait durer plus longtemps...

— Il est impossible de ramener le troupeau en une seule fois. Nous faisons plusieurs voyages. Je reviendrai avec le premier, et je resterai pour le marquage des bêtes. Tu pourras te débrouiller toute seule pendant une semaine ? Je peux laisser l'un de mes hommes pour veiller sur toi, si tu veux...

— J'ai pas besoin d'une nounou, rétorqua-t-elle d'un ton offensé. Mais... j'ai une meilleure idée. Pourquoi ne pas m'emmener ? Ainsi, j'apprendrais à attraper les veaux...

— Probablement, mais je doute que les hommes apprécieraient beaucoup d'avoir une femme dans les jambes.

Elle le fusilla du regard.

— Je n'ai rien d'une petite fleur délicate, McCord. Je suis capable de me débrouiller aussi bien qu'un homme.

Max réalisa soudain qu'il adorait quand elle était en rogne...

— J'en suis certain. Ma mère et Gilly avaient coutume de nous accompagner, avant que Gilly ne devienne une dame. Ma mère pouvait débusquer une bête dans les buissons plus vite que n'importe quel homme. Et j'ai vu Gilly guider toute seule un troupeau.

— Alors tu vois ! s'écria-t-elle, les yeux brillants. Je serais sûrement capable le faire aussi !

— Pour pouvoir attraper des veaux, il faut avoir grandi dans ce milieu. Ce n'est pas une chose qui s'apprend en quelques heures. Il faut comprendre l'animal, anticiper ses réactions. Ce serait dangereux pour toi autant que pour les autres.

Max lut la déception sur son visage. Mais il savait qu'il avait utilisé le bon argument, en attirant son attention sur le danger qu'elle ferait courir aux autres.

— Tu pourrais t'installer au ranch avec maman, suggéra-t-il pendant qu'elle servait la tarte.

Il n'aurait jamais accepté de laisser Philadelphia seule, et tenait à traiter Louise avec la même courtoisie.

— Je lui rendrai sûrement visite, mais je vais rester ici. Quelqu'un doit nourrir les poulets et traire la vache... Et puis, qui sait ? Je dénicherai peut-être quelques bêtes égarées, qu'il faudra ramener à l'écurie...

Il secoua résolument la tête.

— Surtout pas ! Imagine que la bête charge ton cheval, et que celui-ci se cabre et te fasse tomber. Tu resterais clouée au sol pendant une semaine avec une jambe cassée, sans eau ni nourriture, sans que personne ne s'en aperçoive.

Elle esquissa un pauvre sourire.

— Ça t'arrangerait peut-être, finalement. Je crois que personne ne verserait une larme, si je me rompais le cou.

— Personne ne s'en réjouirait non plus, répliqua-t-il. Quoi que tu fasses, maintenant, le sort en est jeté. Vis ou meurs, pars ou reste, Wally n'en sera pas moins le mari de Philadelphia...

S'apercevant qu'il avait élevé la voix, Max s'arrêta net et s'appuya contre le dossier de sa chaise d'un air las.

— Veux-tu toujours un bébé ? demanda-t-il.

— Oui.

— Alors arrête de pleurer sur ton sort. Je reconnais que l'accueil n'a pas été des plus chaleureux, avec maman qui t'a proposé le divorce avant même que tu n'enlèves ton chapeau. Ma famille a essayé de faire au mieux, sans te juger le moins du monde. Mais, la vérité, c'est que plusieurs vies ont été bouleversées par ton désir d'avoir un enfant…

— Ou parce que tu voulais passer un été à la montagne. Ou parce que le destin a mis cette pierre dans ta main.

— Je sais. Mais il n'en demeure pas moins que Wally n'aurait pas été obligé d'épouser Philadelphia, si tu avais exprimé le souhait d'avoir un piano ou une maison.

— Qu'essaies-tu de me dire ?

Il poussa un soupir.

— Je voudrais que tu comprennes que je ne t'accuse pas, mais que tu as néanmoins une certaine responsabilité dans cette histoire, que tu le veuilles ou non. Je veux te dire aussi que tu peux disparaître, si ça te chante, ou risquer ta vie. Mais, crois-le ou non, je n'ai pas envie de te voir te rompre le cou. J'ai envie de croire qu'une personne au moins aura bénéficié de ce fiasco. Si tu souhaites vraiment partir, alors je ne te retiens pas. Tu n'es pas prisonnière. Quoi que tu décides, ne pleure pas sur ton sort.

— Je reste, et je n'ai pas changé d'avis au sujet de ce bébé.

Elle se leva brusquement et se dirigea vers l'évier, où elle actionna la pompe avec une telle force que l'eau jaillit un peu trop vivement.

— Je n'ai jamais espéré un accueil en fanfare et je n'ai jamais laissé entendre que ta famille m'avait mal traitée. Ils se sont montrés polis, charmants et attentionnés. Pas pour moi, mais pour toi. Et je comprends. Mais il n'en demeure pas moins vrai que si je mourais maintenant, personne ne verserait une larme. Ça a toujours été ainsi, et ça le restera. Je ne pleure pas sur mon sort.

Incapable de se rappeler comment cette querelle avait commencé, Max se leva et quitta la cuisine. Le moment était bien choisi pour visiter la maison, songea-t-il, agacé.

Il se dirigea d'abord vers le salon et la salle à manger et, après avoir allumé les lampes, constata que ses ordres avaient été suivis à la lettre. La couleur préférée de Philadelphia dominait sur le papier peint, et le canapé du salon avait été recouvert d'un tissu bleu foncé. Ces mêmes tons se retrouvaient sur le tapis fleuri et dans les franges des abat-jour. Les pièces correspondaient exactement à ce qu'il avait en tête, quand il les avait dessinées.

Sauf que…

Fronçant les sourcils, il s'avança vers la cheminée du salon. Sur le manteau, il avait imaginé les deux magnifiques bougeoirs de famille, légués à Philadelphia par sa mère, accompagnés d'un gracieux arrangement de fleurs en soie et velours.

À la place, se trouvait une simple cuillère en argent appuyée contre le papier peint, calée par un vieil écrin de montre en étain.

Son premier réflexe fut de glisser les objets dans un tiroir, plutôt que de les laisser à cette place d'honneur. Les exposer ainsi était tout simplement ridicule. Embarrassant, même.

Puis le souvenir de Louise lui montrant sa cuillère, un soir, lui revint en mémoire. Il se frotta les yeux avec un soupir.

Pour quelque temps au moins, cette maison était également la sienne, et elle avait autant le droit d'exposer ses trésors que lui sa collection de livres rares dans la bibliothèque.

Il remarqua également une pile de livres de chansons, sur l'une des étagères. Curieux, il s'avança vers le piano et découvrit une autre pile de livres de chansons, comme si elle n'avait pas été capable de décider si elle devait les considérer comme des livres ou comme de la musique.

En jurant, il enfonça les mains dans ses poches et toucha la pierre.

C'était exactement ce qu'il détestait chez elle. À chaque fois qu'il était en colère – à juste titre, à son avis –, elle trouvait le moyen de dire ou faire quelque chose qui lui coupait ses moyens !

Il contempla la cuillère une bonne minute, puis reprit le chemin de la cuisine. Appuyé contre la porte, il la regarda terminer la vaisselle, un torchon posé sur son épaule.

— Je n'essuierai pas la vaisselle, déclara-t-il.

Elle ne se tourna pas vers lui.

— Je ne t'ai rien demandé.

— Mais je viderai la cuvette dehors.

— Non, merci. Je m'en charge.

Max s'exhorta mentalement au calme.

— Ça ne me gêne pas de le faire, insista-t-il.

— Je ne veux pas que tu fasses quoi que ce soit ! décréta-t-elle sèchement.

Il n'avait jamais pu comprendre pourquoi une femme en colère interdisait toujours à un homme de faire quelque chose d'utile. Sa mère avait eu la même attitude, du vivant de son père. Comme elle, Louise s'agitait furieusement dans la cuisine, essuyant, frottant tout ce qui lui tombait sous la main…

— Vas-tu me dire ce que tu as ?

— Je ne pleure pas sur mon sort ! explosa-t-elle enfin. Je n'imaginais même pas qu'il existait des cuisinières comme celle-ci, et voilà que je fais la cuisine dessus ! Et cette maison est la plus belle que j'aie jamais vue. Ce sera un plaisir pour moi de m'en occuper. Alors ne viens pas m'accuser, moi, de pleurer sur mon sort, parce que c'est pas vrai ! Si tu n'étais pas là, je serais la plus heureuse des femmes. Et si tu veux mon avis, c'est toi qui as tendance à t'apitoyer sur ton sort.

Maintenant, il comprenait. Il l'avait insultée, ou du moins blessée.

— Tu trouves que je m'apitoie sur mon sort ?

En fait, il n'appréciait pas trop la remarque, lui non plus.

Louise s'appuya contre l'évier et croisa les bras sur sa poitrine.

— Les semaines à venir vont être difficiles pour toi, Max, dit-elle d'un ton plus calme. Certains jours, en particulier. Comme celui où Wally et Philadelphia reviendront au ranch et s'installeront chez ta mère. Elle sera devenue la femme de ton frère… Puis chaque dimanche, pour le déjeuner de famille, alors que son ventre s'arrondira. Et le jour de la naissance…

— Où veux-tu en venir ?

— T'en prendre à moi ne te facilitera pas les choses, tu sais.

La colère faillit étouffer Max. Une épouse ne parlait pas ainsi à son mari ! Elle venait de lui donner une raison supplémentaire de la détester.

Il la considéra avec froideur.

— Si tu n'y vois pas d'inconvénient, je vais me coucher.

— Je t'en prie.

Avec un soupir exaspéré, elle attrapa la cuvette et sortit jeter l'eau dans la cour.

— Je monterai quand j'aurai fini ! cria-t-elle pardessus son épaule.

Max avait oublié qu'une seule chambre était prête, Philadelphia ayant laissé entendre qu'elle aimerait se charger de la décoration des deux autres. Que ça lui plaise ou non, il allait devoir partager son lit avec Louise...

Lorsqu'il alluma la lampe, le décor de la chambre le fit tressaillir. Du papier peint rose, des mètres de rubans et de dentelle, une coiffeuse. Son but avait été de faire plaisir à Philadelphia. Mais, aujourd'hui, ce cadre l'agressait.

Dans le dressing, Louise avait soigneusement séparé ses quelques vêtements personnels des siens...

Quand son indésirable épouse monta, Max était déjà au lit et lisait. Pour la circonstance, il avait cru bon d'enfiler une chemise de nuit, ce qui ne lui plaisait pas trop. Sans lever le nez de son livre, il l'entendit entrer dans le dressing, d'où elle ressortit quelques minutes plus tard, vêtue de son immense chemise de nuit, ses cheveux nattés.

Elle souleva le drap et s'installa à son côté. Après avoir casé les mètres de tissu de sa chemise de nuit, elle redressa un oreiller contre le cadre du lit et s'appuya, les bras croisés sur la poitrine – un signal de contrariété qu'il commençait à connaître.

— La lumière te gêne ? demanda-t-il, irrité.

Si elle répondait oui, comme il s'y attendait, il lui faudrait choisir entre arrêter sa lecture pour la satisfaire, ou passer outre.

— Tu avais raison, reconnut-elle à voix basse. Je m'apitoyais peut-être un peu sur mon sort... Ta famille s'est montrée très gentille, mais je sais bien qu'en fait, ils m'en veulent.

Elle lui jeta un coup d'œil rapide.

— Alors j'ai commencé à me sentir mal et à me reprocher de ne pas avoir demandé un piano ou un sac d'or. Mais je ne voulais pas de piano ! Et tout le monde – même toi – insistait pour que j'exprime mon plus cher désir. Ce n'est pas juste, et je ne vois pas comment les choses pourraient s'arranger. Ce que j'aimerais savoir, c'est combien de temps nous allons nous renvoyer la balle… Quelques semaines ? Quelques mois ?

Max ferma son livre et le posa sur la table de nuit. De toute façon, il était incapable de se concentrer et n'avait pas dû lire plus de dix phrases en quarante minutes.

Il contempla le mur en face de lui.

— Reconnaître sa responsabilité n'est pas la même chose que se faire des reproches, dit-il finalement. Si quelqu'un est à blâmer, c'est moi. Je n'aurais jamais dû aller à Piney Creek.

— C'est une question que je me suis posée. Pourquoi as-tu fait ça, exactement ?

Pas facile de répondre. Il avait bien essayé d'expliquer ses raisons à Philadelphia, mais sans succès, et il doutait que Louise comprenne. Il se décida quand même à lui parler de Jason McCord.

— Je suis né au Mexique, commença-t-il. Wally est né en Californie et Gilly, dans un camp de mineurs, près de Central City. Tous ces endroits avaient un point commun : l'or.

— Ton père était chercheur d'or ?

Elle se tourna vers lui et le contempla d'un air étonné.

— Je croyais qu'il était fermier…

— Non, c'est ma mère qui a grandi dans un ranch, dans le sud du pays. Elle a rencontré mon père alors qu'il travaillait dans une ville voisine, pour gagner de quoi financer sa prochaine aventure.

Que deux personnes aussi différentes, tant sur le plan du vécu, des rêves ou de la personnalité, aient pu s'aimer et se marier… cela restait un mystère pour lui.

— Tu te souviens de ces hommes, à Piney Creek, qui arrivaient avec toute leur famille ? Eh bien, mon père faisait de même. Au début, je pense que ma mère a dû apprécier ces voyages, l'aventure, la découverte de nouveaux endroits. Vivre dans des camps lui a peut-être paru romantique. Mon père aurait probablement continué ainsi toute sa vie, mais un jour ma mère a pris conscience de la situation. Elle avait trois enfants qui grandissaient dans des camps de fortune, pas de maison, aucune sécurité. Une vie au jour le jour, sans avenir… Alors, elle a décidé de réagir.

« Elle a commencé par faire du pain et des tartes, qu'elle vendait devant notre tente. Finalement, elle est parvenue à gagner suffisamment d'argent pour acheter une petite pension de famille, dans la rue principale de Central City. Trois années plus tard, elle achetait ce ranch. Elle a continué d'exploiter la pension durant un an, puis elle l'a vendue, et nous sommes venus nous installer ici, tous les quatre. Pendant la construction de la maison, nous avons vécu dans une tente, près de la rivière.

— Tous les quatre ?

— Mon père avait choisi de rester à Central City, précisa-t-il d'une voix tendue. Son rêve était le plus fort, et il a laissé sa famille partir sans lui.

À cette époque, Max était suffisamment grand pour lire la douleur dans les yeux de sa mère, et assez âgé pour se sentir abandonné, rejeté.

— Quand mon père a enfin décidé que sa famille était plus importante pour lui que chercher de l'or, la maison était construite, et les premières récoltes étaient rentrées. Il est revenu tête basse, mais il n'a jamais pardonné à ma mère d'être parvenue à s'enrichir dans les montagnes alors que lui avait toujours échoué. Il n'a jamais oublié qu'elle avait acheté le ranch avec de l'argent qu'elle avait gagné seule, et qu'il vivait des fruits de son travail à elle.

— Rien ne coûte plus cher que ce qui nous est donné, murmura Louise avec un soupir.

Max l'observa, sidéré qu'elle ait pu comprendre.

— Lorsque ma mère a quitté les montagnes et les camps, elle a trouvé la stabilité et la sécurité. Mon père, lui, a perdu sa raison de vivre. Il n'est jamais retourné là-haut, mais il n'a jamais été complètement avec nous non plus. Une partie de son âme était restée avec les chercheurs d'or...

« De plus, leur séparation avait cassé quelque chose entre eux. Ma mère n'a peut-être pas pardonné à mon père de lui avoir préféré cette autre vie... À moins qu'elle n'ait découvert qu'elle n'avait pas vraiment besoin de lui, après tout ? Peut-être lui reprochait-il l'abandon de ses rêves ou peut-être, tout simplement, n'étaient-ils pas faits l'un pour l'autre...

— Et toi ? Lui as-tu pardonné de t'avoir abandonné au profit de son rêve ?

— Bon sang ! s'exclama Max, choqué par sa perspicacité.

Il se rendit compte qu'il serrait les poings.

— Je pensais que cet été me permettrait de mieux comprendre mon père, expliqua-t-il lentement.

En bâillant, Louise rabaissa son oreiller et se glissa entre les draps.

— Je crois que ce séjour à Piney Creek était nécessaire pour ton équilibre, conclut-elle d'une voix endormie.

Elle lui tourna le dos et éteignit sa lampe.

— Bonne nuit.

— Bonne nuit...

À son tour il éteignit sa lampe, mais resta assis un long moment, tandis que la jeune femme dormait près de lui.

Il se rappela son enfance, les campements près des rivières, sa mère qui cuisait ses pains et ses tartes. Puis le ranch et sa découverte de la terre. Il avait alors compris que c'en était fini de l'errance, et qu'il avait trouvé une véritable maison.

La douleur que lui causait l'absence de son père s'était progressivement transformée en une colère très profonde, à tel point qu'il avait été contrarié quand celui-ci s'était décidé à les rejoindre.

Avait-il pardonné à son père ? Pas au cimetière, en tout cas, où il tenait la main de sa mère pendant que le révérend Dawson priait...

Et aujourd'hui ? Après cette expérience à Piney Creek ?

Au bout d'un moment, il se tourna vers Louise et remonta la couverture sur ses épaules. Il était encore étonné de la facilité avec laquelle elle l'avait percé à jour, alors que Philadelphia n'avait jamais compris.

Philadelphia...

Aussi incroyable que cela puisse paraître, il avait oublié l'espace d'un instant que ce soir, c'était la nuit de noces de Philadelphia.

Mais cette pensée raviva sa douleur.

Elle était devenue Mme Wallace McCord.

À quatre heures, ils avaient grimpé les marches de la mairie de Denver. En moins de temps qu'il n'en faut pour le dire, Wally avait trouvé quelqu'un pour les marier, dans un bureau qui empestait le tabac froid, la colle et l'encre. Quelques minutes encore et ils se retrouvaient dehors, hébétés et gênés, incapables de croire que leurs vies venaient d'être liées à jamais.

Ils s'étaient rendus au bureau du télégraphe, et avaient envoyé un message à Livvy McCord et

Howard Houser. Le texte avait été soigneusement élaboré à l'intention de M. Graham, qui dirigeait le bureau de Fort Houser, et qui était connu pour son incapacité à respecter le caractère privé des plis qui passaient entre ses mains. Dès demain, l'histoire officielle aurait fait le tour de la ville.

Puis Wally lui avait demandé si elle avait faim, et elle avait hoché la tête, malgré la nausée qu'elle sentait poindre. Elle doutait de pouvoir avaler la moindre bouchée.

Il l'avait entraînée vers la salle à manger de l'hôtel, où ils avaient retenu une chambre à leur arrivée, et ils avaient dîné. Philadelphia aurait été incapable de dire ce qu'on avait mis dans son assiette. Après le café, un taxi les avait emmenés au théâtre, où tout le monde sauf eux arborait une tenue de soirée. Là encore, Philadelphia avait été incapable de comprendre un traître mot.

Ils étaient à présent de retour dans la suite. Wally avait pris place dans un fauteuil en face d'elle, son chapeau entre ses mains, paraissant plus jeune encore qu'elle ne le pensait, et terriblement mal à l'aise.

La jeune femme avait ôté sa cape en laine à la mode, assortie à son très élégant ensemble bleu et rouge. Elle refusait de penser à la magnifique robe de mariée, pendue dans son armoire, qu'elle ne porterait jamais...

Relevant les bras, elle ôta les longues épingles qui retenaient son chapeau, et posa celui-ci sur ses genoux.

— Je te remercie du fond du cœur, dit-elle d'une voix basse en caressant les plumes et les fleurs en soie qui garnissaient le chapeau.

Elle lui jeta un regard en coin et ajouta dans un souffle :

— J'ai tellement honte…

Les larmes apparurent dans ses yeux, glissèrent sur ses joues.

— Tu dois me haïr, murmura-t-elle. Tu dois détester cette situation. Te retrouver ainsi coincé avec une femme telle que moi…

En un instant, Wally fut à ses pieds, lui offrant son mouchoir.

— Ne pleure pas… Je ne te hais pas du tout.

Il leva les mains, comme s'il voulait s'emparer des siennes, mais il ne se sentait pas autorisé à une telle intimité.

— Tu es une femme bien, et je ne suis pas coincé avec toi, comme tu dis.

Elle se couvrit le visage de ses mains.

— Tu es si bon… Comment pourrais-je jamais te remercier de m'avoir sauvée du scandale ?

— Philadelphia…

C'était la première fois qu'il l'appelait par son prénom.

— Je t'en prie, regarde-moi.

Après avoir essuyé ses yeux, elle leva vers lui un regard triste.

— Je reconnais que les circonstances ne sont guère favorables, dit-il. Mais d'autres couples ont réussi à transformer un mauvais début en quelque chose de bien. J'ai l'intention d'être un mari dévoué, et un bon père. Je t'en fais la promesse. J'espère seulement qu'un jour, tu m'aimeras autant que…

Ses joues s'étaient empourprées et il suspendit sa phrase.

— Le passé ne compte pas, conclut-il. Seul importe l'avenir.

— Merci, murmura-t-elle d'une petite voix.

Puis elle se pencha et posa sa tête sur l'épaule de Wally, l'autorisant ainsi à la réconforter. Quelques secondes passèrent, avant qu'il ne caresse son dos maladroitement en chuchotant des paroles gentilles.

C'était un homme facile à manœuvrer. Comme tous les hommes qu'elle avait rencontrés jusque-là...

Sauf Max.

Oh, Max ! pensa-t-elle, et soudain les larmes inondèrent son visage, des larmes de désespoir et de colère.

C'est lui qui aurait dû être là, ce soir.

10

Louise sympathisa tout de suite avec les hommes, notamment Shorty Smith, qui lui rappelait Stony Marks. Et elle serait volontiers restée plus longtemps en leur compagnie, mais Max avait été clair à ce sujet. La femme du patron pouvait se montrer amicale envers les employés, mais dans une certaine limite.

En guise de protestation, elle consacra son après-midi à préparer des tartes aux merises, qu'elle adoucit avec des tonnes de sucre brun. Lorsqu'elles furent prêtes, elle en apporta quatre au dortoir – nom donné au bâtiment qui abritait les chambres des employés.

Hormis cet intermède pâtissier, sa journée fut employée à découvrir les tâches inhérentes à son statut d'épouse.

Vaste programme…

Au saut du lit, elle devait se précipiter au poulailler pour récupérer les œufs frais. Ensuite, elle devait allumer la cuisinière avec du petit bois. En fait, elle décida d'emblée qu'à l'avenir, elle allumerait d'abord la cuisinière avant d'aller chercher les œufs : ainsi, la cuisine aurait le temps de se réchauffer pendant son absence.

Après le petit déjeuner et avant de laver la vaisselle, il fallait courir à l'écurie pour traire Missy, la vache, de crainte que celle-ci n'ameute tout le voisinage. Il fallait écrémer le lait et décider s'il était nécessaire de battre la crème pour faire du beurre. Ensuite il fallait sortir Missy et la mener au champ, puis nettoyer l'écurie et retourner à la maison, ranger la cuisine, commencer à penser au déjeuner et au souper. Il fallait pétrir la pâte pour le pain, la laisser reposer et nourrir les poulets.

Elle avait bien failli oublier ces satanés poulets !

Louise avait fait frire du jambon et des pommes de terre pour le déjeuner. La pâte à pain n'étant pas prête, les hommes avaient dû s'en passer. Après le repas, elle avait remis la cuisine en état puis, armée d'un chiffon à poussière, avait fait le tour de la maison, avant de sortir cueillir les merises pour les tartes. Pendant la cuisson des tartes, la jeune femme était restée près de la cuisinière, jusqu'à ce qu'elle en ait compris le fonctionnement.

Le jour commençait déjà à décliner, et le temps était venu de remettre la table !

— Je suis épuisée, annonça-t-elle à Max quand il la rejoignit à l'heure du dîner.

Comment parviendrait-elle à tout faire, les jours de lessive ?

Il s'assit et posa sa serviette sur ses genoux.

— Les hommes ont apprécié les tartes, dit-il. C'était une gentille attention… tant que ça ne devient pas une habitude.

— Je n'étais pas certaine de les réussir. Je n'avais pas utilisé un four depuis des années.

Louise prit soudain conscience que, le lendemain, après le départ de Max et des hommes pour le rassemblement, elle devrait en plus s'occuper des chevaux qui restaient au ranch.

— Je commence à me dire que chercher de l'or était une partie de plaisir, comparé à la vie d'une femme au foyer.

Max ne put retenir un sourire.

— C'est si difficile que ça ?

— Le travail n'est pas difficile, mais il y a tellement de choses à faire ! J'ai l'impression d'avoir passé la journée à cuisiner et à nettoyer, tout en courant entre-temps pour m'acquitter des autres tâches.

Aucun doute, elle ne maîtrisait pas encore le fonctionnement de la cuisinière... La viande se révéla un peu trop cuite et les pommes de terre, pas assez, ce qui ne serait jamais arrivé sur son feu de camp. Qu'elle ait réussi les tartes tenait du miracle !

Ce soir-là, elle aurait volontiers abandonné à Max le soin de vider la cuvette, mais il ne proposa pas son aide. Après le dîner, il quitta la cuisine pour s'installer au salon, ce qui choqua terriblement Louise, qui croyait le salon réservé aux grandes occasions.

Lorsqu'ils montèrent se coucher, elle ne put s'empêcher d'y faire allusion, tandis que son mari se déshabillait dans le dressing.

— J'avais besoin de revoir les comptes du ranch, expliqua-t-il.

Il revint dans la chambre et s'étonna :

— Pourquoi souris-tu ?

— Pour rien.

Elle n'aurait jamais imaginé qu'il portait une chemise de nuit pour dormir ! La longue tunique descendait jusqu'aux genoux.

— Tu aurais pu étaler tes papiers dans la cuisine.

— Inutile de commencer une discussion sur ce sujet. Les chaises et les fauteuils de cette maison sont destinés à être utilisés. De plus, je ne voulais pas te déranger.

— Tu ne m'aurais pas dérangée.

Elle pénétra à son tour dans le dressing pour se déshabiller. Puis elle brossa ses cheveux. Les natter n'était pas chose facile, dans le noir, mais elle n'osait pas se promener en petite tenue dans la chambre.

Bon sang, assez d'enfantillages ! se gronda-t-elle. C'était sa chambre, après tout...

Aussi dignement que possible, elle quitta le dressing et s'installa devant la coiffeuse, en prenant soin d'ignorer Max.

Celui-ci lisait quand elle grimpa dans le lit. Plus tôt, dans l'après-midi, Louise avait monté le livre de chansons, cadeau d'un chercheur d'or, et l'avait posé sur sa table de nuit. Elle l'ouvrit et se mit à lire.

— Qu'est-ce qui se passe ? demanda-t-il, étonné, en l'entendant rire.

— Ce sont des histoires de cow-boys. Écoute : « Oh, c'est nuageux à l'ouest, ce soir. On dirait bien qu'il va pleuvoir et, bien sûr, mon vieux ciré est encore au fond du chariot... »

— *La Piste du vieux Chilsolm*, reconnut Max avec un petit sourire.

— Tu connais cette histoire ? Moi aussi, mais je n'avais jamais lu cette strophe avant... Que lis-tu ?

— *Les Aventures de Tom Sawyer*.

Il se frotta les ailes du nez d'un air pensif. Les soucis l'empêchaient de se détendre. Le rassemblement qui débutait le lendemain, Philadelphia, les comptes du ranch...

Louise se demanda s'il s'inquiétait de l'abandonner ces quelques jours, toute seule au ranch.

Elle posa son livre et croisa les bras. Ils étaient si près l'un de l'autre qu'elle pouvait sentir la chaleur de son épaule. En fait, elle avait attendu cet instant toute la journée. Même si les rubans et les dentelles qui décoraient la chambre lui déplaisaient, la pièce constituait un petit havre, chaud et accueillant, qui les isolait du reste de l'univers.

— À quoi penses-tu ? s'enquit-elle. Si je ne suis pas indiscrète...

Il resta si longtemps silencieux qu'elle crut qu'il ne répondrait pas.

— Les papiers que j'ai examinés ce soir montrent que les dépenses du ranch sont plus importantes que je ne croyais. Dans mes calculs, mon salaire à la banque devait compenser les surcoûts éventuels...

Elle hocha la tête.

— J'avais oublié ce poste de banquier. Pour être franche, j'ai un peu de mal à t'imaginer dans ce rôle...

Max était un homme de la terre. Il aimait les grands espaces. Comment aurait-il pu passer ses journées en costume, le col serré par une cravate, confiné entre quatre murs ?

— La seule chose que je regrette vraiment, c'est le salaire, admit-il. J'avais cru possible de mener de front un travail en ville et la gestion de mon domaine. Mais les choses n'auraient peut-être pas été aussi faciles que ça.

— Un homme ne peut avoir deux maîtres, énonça Louise sentencieusement. Un jour, il t'aurait fallu choisir.

De toute évidence, l'idée de transformer Max en banquier venait de Philadelphia...

En tout cas, pensa-t-elle avec un petit soupir de satisfaction, c'était décidément le meilleur moment de la journée. Elle appréciait la chaleur de son corps, sa voix profonde. Si elle bougeait un peu, elle pourrait même toucher son pied. Elle ne le fit pas, mais elle aurait pu... Elle se demanda – juste un peu – quand se présenterait la prochaine occasion de faire l'amour. Ce qui lui fit penser à...

— Max ? J'ai quelque chose à te dire.

Elle baissa les yeux et se sentit rougir jusqu'à la racine des cheveux.

— Je ne suis pas enceinte. Nous allons devoir… tu sais… recommencer.

Max rejeta la tête en arrière et regarda en direction de la fenêtre.

— Je suis désolé, dit-il.

— Moi aussi.

Elle le savait depuis la veille, mais il lui avait fallu tout ce temps pour se remettre de sa déception et décider d'en parler. Il lui semblait injuste que certaines femmes puissent tomber enceintes du premier coup, et pas d'autres.

— Nous savions tous les deux que cela peut prendre du temps.

À son froncement de sourcils, elle comprit qu'il avait pensé – ou plutôt espéré – qu'une fois suffirait. Elle aussi, bien sûr…

Du coin de l'œil, elle contempla ses cheveux noirs, qui bouclaient sur le col de sa chemise de nuit. Un jour ou l'autre, ils referaient l'amour.

À cette idée, ses joues s'empourprèrent et son estomac se contracta. La brusque chaleur qui irradia son ventre ne laissait aucun doute quant à la nature de l'émotion qu'elle ressentait.

C'était du désir…

Max se réveilla comme l'aube pointait, et fut étonné de se retrouver enroulé autour de Louise, sa chemise de nuit entortillée autour de ses jambes. Consterné, il se demanda comme une telle chose avait pu se produire.

Il avait dû se rapprocher de la jeune femme pour se réchauffer. La chambre était en effet glacée, parce qu'il aimait dormir la fenêtre entrouverte.

Il prit soudain conscience de ses fesses pressées contre son entrejambe et en ressentit une violente excitation, amplifiée par l'odeur de ses cheveux et de sa peau.

Gêné de cette réaction intempestive, il se dégagea doucement, se glissa sans bruit hors du lit et s'habilla.

Ses chaussures à la main, il descendit à la cuisine. Louise avait eu l'idée de rentrer du petit bois, la veille. En quelques minutes, la cuisinière ronronnait et Max commençait à se raser.

Il devait reconnaître que Louise semblait posséder un esprit pratique. Elle avait apporté du bois, rempli le réservoir d'eau et mis la table pour le petit déjeuner. Et ce n'était que ses premiers jours au ranch. D'ici une semaine ou deux, elle tiendrait sa maison avec autant d'efficacité que sa mère ou sa sœur.

Mais elle n'était pas enceinte...

Baissant le rasoir, il contempla son reflet dans le miroir. Ils allaient devoir continuer à vivre ensemble, prendre des habitudes, apprendre à se connaître...

Wally et Philadelphia feraient la même expérience. Posant ses mains sur la bassine, Max baissa la tête, abattu. Ce serait Wally qui regarderait Philadelphia ôter ses bas ou mettre ses jarretières, Wally qui lui prendrait la brosse des mains pour coiffer ses cheveux, Wally qui découvrirait ses manies et ses petits défauts, ce qui la peinait, ce qui la réjouissait...

Il avait envie de hurler sa frustration !

Quand Louise descendit, Max avait fini de se raser et retrouvé ses esprits. Il était trop tard pour changer quoi que ce soit. Philadelphia se trouvait maintenant reléguée au fond de sa mémoire, comme derrière une solide porte en fer.

Et il s'agissait de garder cette porte hermétiquement fermée.

Louise, debout sur le perron, regardait Marva s'éloigner sur la route en direction du ranch principal, d'où partirait le convoi pour le rassemblement.

À son avis, aucun banquier ne montait à cheval comme Max. Admirer son dos bien droit et ses larges épaules lui réchauffait le cœur.

Mais elle était heureuse qu'il parte.

Quelques jours de dur labeur éloigneraient peut-être de son esprit l'image de Philadelphia. Louise devinait aussitôt ses pensées lorsqu'il songeait à cette sainte femme, parangon de toutes les vertus féminines, la merveilleuse Mlle Philadelphia Houser, aujourd'hui Mme Wally McCord. Une lueur distraite apparaissait dans ses yeux et il se faisait distant, froid, comme pendant le petit déjeuner, ce matin.

Tournant les talons, elle regagna la cuisine. Elle se servit une nouvelle tasse de café, avant de sortir la lettre que Max avait écrite à Philadelphia et de l'étaler sur la table. Elle en connaissait chaque mot. Chaque syllabe témoignait de l'amour que Max éprouvait pour sa fiancée. Il la grondait gentiment parce qu'elle menaçait de lui faire payer son abandon. Il plaisantait au sujet des cadeaux de mariage qui commençaient à arriver, l'appelait sa bien-aimée, et l'assurait de compter les jours qui les séparaient de leur mariage.

La première fois que Louise l'avait lue, les mots lui avaient plu, et elle s'était surprise à rêver qu'un jour, peut-être, quelqu'un lui adresserait une telle missive. Puis, après son mariage avec Max, la lettre lui avait paru triste, comme une preuve des caprices du destin. Aujourd'hui, elle ne ressentait plus qu'une colère sourde, qu'elle ne s'expliquait pas.

Bien sûr, Max pensait toujours à Philadelphia. Il l'avait aimée, au point de souhaiter passer sa vie auprès d'elle. De tels sentiments ne disparaissaient pas d'un coup de baguette magique. La perte de cet amour hanterait son esprit longtemps encore, peut-être pour toujours.

Pensive, la jeune femme sirota son café, debout devant la fenêtre. Une mince couche de gel recouvrait l'herbe autour du ranch, et les feuilles des arbres pâlissaient chaque jour un peu plus.

Garder cette lettre ne lui procurait plus aucune satisfaction. Sans réfléchir, elle attrapa les pages abandonnées sur la table, les froissa et les jeta dans le feu. Le papier s'enflamma aussitôt et ne tarda pas à s'évanouir en fumée.

Louise aurait souhaité que Philadelphia puisse disparaître aussi facilement...

Le départ de Max la soulageait pour une autre raison. Depuis leur mariage, elle n'avait pas eu une seule minute pour elle. Elle menait depuis longtemps une vie solitaire et avait du mal à s'habituer à cette soudaine cohabitation. Elle ressentait le besoin de se retrouver un peu seule, pour pouvoir digérer tout ce qui lui arrivait et réfléchir à l'avenir.

Debout au milieu de la cuisine, elle décida que les tâches ménagères pourraient attendre. Aujourd'hui, elle abandonnerait son rôle de Mme McCord pour redevenir Low Down.

Avec détermination, elle grimpa dans sa chambre et se débarrassa de sa robe. Comme ses vêtements de chercheur d'or avaient depuis longtemps disparu, elle emprunta l'une des salopettes de Max. La taille était trop large, mais une ceinture régla le problème.

Par-dessus, elle enfila une chemise en flanelle. Enfin, elle attrapa son chapeau et ses gants.

L'abandon de son corset lui procura une grande satisfaction. Le cœur léger, elle redescendit et quitta la maison. D'un pas alerte, elle se dirigea vers l'enclos pour choisir un cheval parmi ceux qui restaient. Rebecca se promenait le long de la barrière, suivi par un hongre noir, plus très jeune. Elle la caressa un long moment, puis flatta l'encolure du hongre.

— Tu n'apprécies pas d'être abandonné, n'est-ce pas ? murmura-t-elle doucement.

Elle escalada la barrière et sauta près du cheval.

— À ton âge, le bétail ne doit plus avoir de secret pour toi. Tu vas pouvoir m'aider.

Le hongre hennit légèrement lorsqu'elle entreprit de le seller : de toute évidence, il était aussi content qu'elle d'aller gambader. Une fois en selle, elle laissa l'animal s'en donner à cœur joie, et éclata de rire quand il s'envola par-dessus le mur en pierre qui limitait le pré.

Pendant une heure, elle chevaucha sans but, appréciant les rayons du soleil sur son dos et l'air frais qui lui fouettait le visage. Ils dévalèrent des vallons et suivirent des rivières, traversèrent des bois et galopèrent dans de vastes prairies. De temps en temps, elle apercevait un veau ou un bœuf, et le hongre dressait les oreilles. Elle le sentait se raidir, attendant son signal pour foncer.

Max n'approuverait sûrement pas son initiative. Mais l'obéissance ne faisait pas partie de ses qualités principales, et prendre des risques ne l'avait jamais effrayée. Si elle se blessait, elle s'en inquiéterait à ce moment-là. Inutile de se faire du souci avant !

— Très bien, dit-elle au cheval. La prochaine fois que tu aperçois un bouvillon, fais ton devoir et j'observerai.

Presque instantanément, l'animal s'élança à la poursuite d'une vache qu'il avait repérée avant la jeune femme. Pour cette dernière, il ne fut pas question d'observer, mais de se cramponner ferme tandis que le cheval bifurquait dans une direction, puis une autre, puis une autre encore, derrière la bête qui cherchait à s'échapper.

Le hongre passa à pleine vitesse, puis s'arrêta net, la tête baissée, les pattes avant plantées devant lui.

Louise effectua un magnifique vol plané et atterrit sur les fesses, à quelques mètres de là. Elle resta quelques secondes étourdie, puis fit l'inventaire. Rien de cassé. Elle s'en tirerait avec quelques bleus, Dieu merci…

Les lèvres serrées et l'air déterminé, elle attrapa les rênes du cheval et remonta en selle. Un coup d'œil autour d'elle lui apprit que la vache ne l'avait pas attendue.

— Tu t'en tires bien pour cette fois ! cria-t-elle au vent. Mais je reviendrai !

La deuxième fois que le cheval repéra un bouvillon, Louise savait à quoi s'attendre. Elle résista plus longtemps, sans chercher à contrôler sa monture, lui laissant le champ libre. Malheureusement, l'aventure connut la même issue : Louise se retrouva les quatre fers en l'air dans l'herbe.

À la fin de la journée, après l'avoir désarçonnée une énième fois, le cheval la contempla d'un air dégoûté, puis partit au trot en direction de l'écurie, laissant la jeune femme rentrer à pied à la maison, à trois bons kilomètres de là !

Quand elle atteignit enfin le ranch, le froid s'était fait mordant et son corps n'était plus qu'une grande douleur.

Sans rancune, elle dessella le hongre et lui donna à manger, avant de clopiner jusqu'à la maison en rêvant d'un bon bain. Entre autres choses, elle retiendrait de cette journée que chasser le bétail n'était pas aussi facile qu'il paraissait...

Au matin du quatrième jour, ses efforts commençaient à porter leurs fruits. À son grand étonnement, le bétail était bien plus malin et rapide qu'elle ne l'aurait cru.

Elle se dirigeait vers la porte de derrière, prête pour une nouvelle journée de chevauchée, quand la voix de Gilly retentit :

— Louise ? Vous êtes là ?

Un grand sourire éclaira le visage de Louise. Un membre de sa famille venait lui rendre visite !

Folle de joie, elle se précipita vers la porte.

— Salut ! lança-t-elle joyeusement.

La bouche de Gilly s'ouvrit toute grande lorsqu'elle découvrit la salopette de Max. Déconcertée, elle jeta un coup d'œil vers Sunshine qui considérait sa tante, les yeux ronds.

— Maman et moi, on s'inquiétait pour vous, alors je suis venue voir si tout allait bien... Et j'ai apporté un gâteau. Louise... pourquoi diable êtes-vous habillée ainsi ? demanda-t-elle finalement.

— J'apprends à attraper des veaux. Mais c'était ma tenue habituelle avant, expliqua-t-elle. Entrez, entrez... et excusez le désordre. J'ai pas eu le temps de faire le ménage. Mais tout sera en ordre quand Max rentrera.

Pourquoi fallait-il qu'elle se remette à mal parler devant les membres de sa nouvelle famille ?

— Je vais réchauffer le café.

Gilly et Sunshine la suivirent dans la cuisine.

— Cela m'étonnerait que Max approuve votre idée d'attraper des veaux.

Louise hocha la tête et posa les tasses sur la table, ainsi qu'un verre de lait.

— Je sais, mais si j'attends après lui pour m'apprendre, j'y serai encore lors du Jugement dernier.

— Dave est pareil, reconnut Gilly avec un sourire. Il est toujours en train de dire que nous ferons ceci ou cela, mais je ne vois jamais rien venir... Maman pense que nous devrions aller en ville, demain, acheter du tissu pour vos nouveaux vêtements. Il faut que ce soit demain parce que dans deux jours, Wally et Philadelphia seront à la maison et le premier troupeau arrivera. Maman et moi – et vous, si vous voulez – nous ferons la cuisine pour tout le monde.

Louise contemplait Sunshine, parfaite réplique de sa mère. De longues boucles de cheveux bruns apparaissaient sous son chapeau, et elle possédait les magnifiques yeux bleus des McCord.

— Demain, c'est parfait, dit-elle. Je vous aiderai volontiers pour la cuisine. Je ferai des tartes.

Au moins, elle était sûre de pouvoir préparer des pâtisseries mangeables.

Wally et Philadelphia seraient bientôt là... Pas besoin d'être un grand devin pour prédire que la situation risquait de se compliquer. Leur arrivée allait briser le fragile équilibre qu'elle et Max étaient parvenus à établir.

Gilly ôta son chapeau et sortit le gâteau du panier, ainsi que du raccommodage. Louise réalisa alors qu'elle n'avait pas l'intention de repartir tout de suite – ce qui paraissait compréhensible, compte tenu du trajet.

Se dirigeant vers la fenêtre, elle aperçut le hongre qui piétinait dans l'enclos, impatient. Il attendait sa venue. « Pas de chance, mon vieux, songea-t-elle. Aucun cheval ne pourrait faire le poids face à une visite de la famille... »

Souriante, elle apporta des assiettes et des couverts, et offrit à Gilly de couper le gâteau. Puis, curieuse, elle lui demanda de décrire sa maison. Pendant que Gilly parlait, elle pétrit de la pâte à pain. Sunshine jouait tranquillement avec la poupée que Max lui avait apportée de Denver.

Les anecdotes de Gilly l'amusèrent beaucoup, et elle en raconta quelques-unes de son cru. Elle l'interrogea sur les rassemblements et la façon dont ils prenaient soin des bêtes durant l'hiver. Gilly lui posa des questions sur les chercheurs d'or et la vie dans les camps.

Finalement, sa belle-sœur jeta un coup d'œil à l'horloge.

— Seigneur ! s'exclama-t-elle en fourrant ses affaires dans son sac.

Louise les regarda partir, le cœur serré. Elle était radicalement différente de Gilly, mais elles avaient néanmoins passé un bon moment ensemble, et elles s'étaient même découvert des points communs. L'impasse avait été prudemment faite sur les sujets délicats, mais c'était un début…

Qui sait ? Peut-être deviendraient-elles amies, avec le temps ?

Les yeux de Louise s'embuèrent.

Elle n'avait jamais eu d'amie.

11

La première personne que Philadelphia aperçut, quand elle descendit l'escalier avec Wally, fut son père, debout près d'une grande fougère. Les sourcils froncés, il semblait soucieux.

La présence de son père dans le hall de l'hôtel ne la surprit pas vraiment, et il ne lui vint même pas à l'idée de s'interroger sur sa venue.

Elle s'élança sur le sol en marbre et se jeta dans ses bras, retenant ses larmes.

Howard Houser la serra contre lui en murmurant des paroles apaisantes, avant de la repousser et de s'adresser à Wally :

— Je vais prendre le petit déjeuner avec ma fille. Revenez la chercher dans deux heures.

Rougissant d'être congédié, Wally tournait son chapeau entre ses mains, incertain, et son regard passait de Philadelphia à son père. Son hésitation énerva la jeune femme. Max n'aurait jamais accepté d'être ainsi traité. Il se serait avancé, aurait posé le bras autour des épaules de Philadelphia et aurait fait comprendre à son beau-père que l'invitation valait pour lui aussi.

Mais Wally ne possédait pas son assurance. Comme elle s'y attendait, il hocha la tête et se dirigea vers les portes de l'hôtel.

Le chassant de son esprit, Philadelphia prit le bras de son père et ils gagnèrent la salle à manger de l'hôtel. Au lieu de la table centrale, où Wally et elle avaient mangé depuis leur arrivée, le maître d'hôtel les entraîna près d'une fenêtre qui dominait les jardins, dessinés de manière à offrir une vue agréable en toute saison, comme en témoignait un flamboyant prunier.

Du café et du thé furent apportés comme par magie.

Son père renvoya le serveur qui voulait prendre leur commande, avant de la fixer d'un air sévère.

— Je suppose que tu sais, à présent, si la solution que nous avons choisie a une chance de réussir... Alors, qu'en penses-tu ? demanda-t-il brusquement.

— Tu aurais dû obliger Max à m'épouser, attaqua-t-elle, tandis que des larmes de désespoir noyaient ses yeux.

Il grimaça.

— Tu sais bien que c'était impossible. Ce vaurien avait déjà une femme. Si tu avais dû attendre qu'il divorce de cette Jézabel, tu te serais retrouvée devant le prêtre avec un bâtard dans les bras. C'est ce que tu voulais, dis-moi ? Un enfant né en dehors des liens du mariage ?

Les événements s'étaient enchaînés à un rythme effréné, depuis que Max était revenu. Philadelphia en était encore tout étourdie. On lui avait choisi un mari, on avait élaboré leur fugue amoureuse et décidé de leur futur lieu de résidence. Et tout cela, sans que personne ne juge bon de lui demander son avis !

— Bien sûr que non, répondit-elle avec un soupir.

Plusieurs générations de Houser se retourneraient dans leurs tombes, si elle mettait au monde un bâtard ! Le déshonneur qui la touchait était suffisant.

Une goutte roula le long de la vitre, prélude à une violente averse qui s'abattit sans tarder sur le jardin.

— Que disent les gens ? demanda Philadelphia en contemplant le déluge.

— Quelques minutes à peine après la réception du télégramme, la nouvelle de ta fugue avait déjà fait le tour de la ville.

— Ils savent que Max s'est marié ?

— *La Gazette de Fort Houser* a consacré un quart de page à ton mariage. Un texte très simple, qui stipule que Wallace a toujours été l'homme de ton cœur. Sur une autre page, se trouve l'annonce du mariage de Max…

Le ton cinglant de son père fit comprendre à Philadelphia que sa colère n'était pas retombée. Il lui en voulait toujours et la rendait responsable – au moins partiellement – de ce désastre.

— Qu'as-tu fait des cadeaux ? Je suppose que tu les as renvoyés, vu les circonstances ?

Ces cadeaux avaient été offerts en vue de son mariage avec Max, et il semblait donc normal de les rendre. D'un autre côté, elle s'était quand même mariée…

— Je n'ai eu ni le temps ni le désir de décider quoi que ce soit au sujet de ces cadeaux. Tu n'as qu'à les garder, ajouta-t-il en haussant les épaules.

C'était la réponse qu'elle désirait entendre. Elle se versa un peu de thé et orienta la conversation sur un autre sujet :

— Maintenant que j'ai eu le temps d'y réfléchir, j'ai décidé que je ne voulais pas vivre dans un ranch perdu au fin fond de la campagne. Je ne l'ai jamais souhaité, d'ailleurs.

Partager la maison de Livvy McCord était la pire chose qui pût lui arriver. Les yeux bleus et perçants de Livvy la mettaient mal à l'aise, et lui donnaient toujours l'impression de ne pas être à la hauteur, ce qui était totalement ridicule.

— Je veux que nous nous installions avec toi en ville, papa.

Son père secoua la tête.

— Le scandale est déjà assez grand, sans que les gens découvrent en plus que tu es enceinte, rétorqua-t-il. Lorsque vous viendrez vous installer en ville, vous aurez votre propre maison, avec une nursery.

Elle s'était doutée de sa réponse.

— Je mourrai sans doute avant, dit-elle, les larmes aux yeux. Max a vendu du bétail pour construire sa maison, mais Wally dit qu'il ne veut pas réduire son troupeau pour louer quelque chose en ville. Je pourrais le faire changer d'avis, mais cela prendra certainement des mois. J'aurai le temps de périr d'ennui dans cet endroit perdu.

Le serveur réapparut et, une seconde fois, son père le renvoya d'un geste impatient.

— C'est exactement comme tu l'avais prévu, papa. Les ranchers sont toujours à court d'argent liquide. Si tu ne nous aides pas, nous n'aurons jamais de maison en ville.

— Bon sang, Philadelphia, je ne peux pas transformer en financiers tous les hommes qui s'entichent de toi ! Il aurait déjà fallu que je surveille Max de près, pour éviter qu'il n'accorde un prêt à tous les fermiers qui auraient traversé une passe difficile. Et maintenant, tu voudrais que Wally devienne banquier ?

Il secoua la tête en buvant une gorgée de café.

— Ça m'étonnerait que ton mari reconnaisse une table d'amortissement, si on la lui mettait sous le nez. Rien dans son attitude ne me donne à penser qu'il aurait des dispositions.

— Je ne t'ai jamais demandé de prendre Wally à la banque, murmura-t-elle. Mais, en y réfléchissant, c'est une idée intéressante... Un salaire généreux nous aiderait à nous installer en ville.

La même conversation avait eu lieu, quelque temps auparavant... à la différence qu'il s'agissait alors de Max.

— J'ignore ce qu'en penserait Wally, ou si les finances l'intéressent, reprit la jeune femme en soupirant. Mais, évidemment, je ne voudrais pas que tu te sentes obligé de le faire. Prends le temps de bien le connaître, avant de lui faire une offre. Franchement, je crois que tu seras surpris. À mon avis, la banque lui conviendra à merveille.

Il la considéra en secouant la tête.

— Parfois, tu ressembles tellement à ta mère – qu'elle repose en paix – que c'en est incroyable!

Philadelphia comprit qu'il faisait allusion à sa façon de le manipuler.

Sa relation avec Wally suivrait sans doute le même chemin, songea-t-elle. Ce dernier était persuadé que la décision de ne pas exercer ses droits conjugaux jusqu'à la naissance venait de lui. Et, le moment venu, il serait également convaincu d'avoir opté pour une maison de la même taille que celle dans laquelle Philadelphia avait grandi. Wally McCord ferait et croirait tout ce qu'elle voulait qu'il fasse ou croie...

Comme elle gardait le silence, son père fit signe au serveur et obligea sa fille à commander plus de nourriture qu'elle n'en désirait. Il ne précisa pas qu'elle devait désormais manger pour deux, mais l'allusion était à peine voilée.

Heureusement, la jeune femme pouvait enfin penser à sa grossesse, sans avoir aussitôt la tentation de sauter par la fenêtre. Elle ne s'était toujours pas pardonné cette terrible erreur, indigne d'elle. Mais il était trop tard pour regretter.

Bientôt, tout le monde comprendrait que les dates ne correspondaient pas… Quand la panique menaçait de la submerger, elle posait les yeux sur son alliance et se calmait. Max l'avait peut-être trahie, mais Wally lui resterait fidèle. Ils étaient maintenant mari et femme. Il n'avait plus le choix : il devait la soutenir en toute circonstance.

Tournant la tête vers la fenêtre, elle observa la pluie qui cinglait les vitres. Elle tentait parfois d'imaginer sa prochaine rencontre avec Max. Comment se comporteraient-ils ? Que se diraient-ils ? La jeune femme avait pris la décision de le rendre jaloux, et de l'obliger à se sentir coupable. Mais elle hésitait encore sur les moyens à employer. Elle devrait redoubler de prudence, car les autres McCord ne les quitteraient pas des yeux.

— Je veux le punir, dit-elle à voix haute. Il doit payer pour ce qu'il m'a fait.

Elle n'eut pas besoin de préciser à qui elle faisait allusion. Son père hocha lentement la tête, et son regard se durcit.

Le fait qu'elle soit autant responsable que Max n'entrait pas en ligne de compte. Max l'avait trahie, et il avait refusé de l'épouser. Il lui avait tourné le dos, au moment où elle avait le plus besoin de lui. Rien ne serait arrivé s'il avait été raisonnable. Mais non, il fallait qu'il parte dans ces maudites montagnes ! S'il était resté près d'elle, un autre homme aurait épousé la créature qui était maintenant sa femme…

Elle voulait qu'ils souffrent. Tous les deux.

Comme la plupart des villes américaines, Fort Houser s'était édifiée autour de la rue principale. Les grandes et belles demeures occupaient les différents quartiers du centre, tandis que les maisons les plus modestes se situaient aux alentours de la ville.

Louise remarqua que les gens s'arrêtaient pour regarder passer les femmes McCord sur leur chariot. Sa personne, surtout, semblait retenir l'attention… et cela la mettait mal à l'aise.

— Y a-t-il un bar dans cette ville ? demanda-t-elle.

Elle avait bien besoin d'un whisky. Peut-être que Livvy et Gilly ne refuseraient pas un petit remontant, elles non plus ?

— Les bars et les maisons de jeu se trouvent à deux kilomètres au nord de la ville.

Livvy gardait le regard fixé sur la route, mais le ton de sa voix trahissait sa nervosité.

— Les dames de la bonne société tentent depuis des années d'en obtenir la fermeture, mais en vain.

Bon. De toute évidence, Livvy et Gilly n'avaient pas soif…

Les grands ormes qui ombraient la rue témoignaient de la longévité de la ville. Fort Houser n'était pas une de ces cités modernes, nées sur un coup de tête et aussi vite disparues. Ici, tout indiquait une ville bien établie, des fondations solides. Les frontons en brique des maisons dégageaient une aura de respectabilité, le clocher de l'église qui dominait la ville suggérait une communauté religieuse organisée. Si le grand-père de Philadelphia avait été encore de ce monde, il aurait probablement été très fier de la ville qu'il avait fondée.

Livvy arrêta le chariot devant le magasin et tira le frein.

— Ce ne sera qu'un moment difficile à passer, dit-elle tranquillement. Toutes les deux, gardez la tête haute et n'oubliez pas que vous êtes des McCord. Gilly, ne te laisse pas entraîner dans une discussion sur les mariages. Louise, conduisez-vous comme une dame, pas comme une séductrice.

— Comme ça ?

Livvy leva les sourcils, masquant un sourire.

— Ne prenez pas non plus cet air de chien battu. Ni trop assurée ni trop modeste. J'ai remarqué que vous releviez le menton quand vous vous préparez à la bagarre, ou que vous vous renfrognez quand vous souhaitez disparaître dans un trou de souris.

— Vraiment ?

Sa question était de pure forme, car elle savait que Livvy avait vu juste.

— Trouvez une attitude intermédiaire, ordonna sa belle-mère en descendant du chariot.

Elle prit le temps de lisser sa jupe et de réajuster son chapeau.

— Et restez près de moi, ajouta-t-elle. N'allez pas vous promener.

L'enthousiasme que Louise avait ressenti à la perspective de cette expédition en compagnie de sa famille, se refroidit quelque peu. Elle devinait que Livvy n'aurait jamais jugé nécessaire de demander à Philadelphia de se comporter comme une dame, ou de lui dire comment se tenir.

Les lèvres serrées, elle sauta du chariot et s'examina.

Elle portait l'un des ensembles qu'elle avait achetés à Denver. En comparaison des tenues de Gilly et Livvy, sa jupe et sa veste paraissaient terriblement démodées, mais au moins la longueur de la jupe était à peu près correcte. Par ailleurs, elle avait pris la peine de cirer ses bottines, qui étincelaient.

Elle releva le menton et ses yeux se durcirent. Elle estimait ne devoir aucune excuse à personne pour son apparence. Elle avait fait du mieux qu'elle pouvait, avec ce qu'elle avait. Si les gens n'étaient pas contents, qu'ils aillent se faire cuire un œuf !

Gilly attrapa son bras et lui adressa un sourire d'encouragement.

— Votre veste s'accorde très bien avec la couleur de vos cheveux et de vos yeux. N'est-ce pas, maman ?

— Oui, mais vert et or auraient été mieux encore.

Le soleil jouait dans les cheveux de Livvy, et Louise songea une nouvelle fois qu'elle était restée une belle femme. Elle avait certainement été une véritable beauté, dans sa jeunesse.

— Gilly, je compte sur toi pour choisir la passementerie dont nous avons parlé, ajouta Livvy.

Elle s'avança vers la porte du magasin, qu'elle s'apprêta à pousser.

— Louise, venez avec moi. Je veux mettre le tissu près de votre visage avant d'acheter quoi que ce soit. Le vert peut se révéler particulièrement flatteur, mais également donner un air maladif, selon la nuance. Évidemment, nous ne serons sûres de rien tant que vous n'aurez pas perdu votre bronzage…

Le magasin bruissait d'un brouhaha discret. Mais dès qu'elles franchirent le seuil, le silence s'établit. Dans ce calme irréel, Louise eut l'impression que leurs pas résonnaient affreusement sur le parquet.

L'air fier et imposant, Livvy se dirigea vers le fond du magasin, Gilly sur ses talons, fragile et délicate, les joues toutes roses. Louise, quant à elle, se sentait empotée, cible idéale pour le ridicule et le mépris.

Gilly s'arrêta devant le rayon des rubans et des dentelles.

Louise continua derrière Livvy.

— Relève la tête, ordonna cette dernière à mi-voix.

Le sourire aux lèvres, elle s'approcha d'une vendeuse, debout derrière un comptoir, un mètre passé autour du cou.

— Madame McConigle, j'espère que vous n'êtes pas trop occupée aujourd'hui, car nous avons besoin de votre aide pour une grosse commande.

Sans attendre la réponse, Livvy tira une liste de son sac et se tourna vers Louise.

— Je pense que cet ensemble sera grandement amélioré si nous ajoutons un liseré à l'ourlet de la jupe. Nous aurons besoin de popeline et de fin drap noir, dit-elle en se tournant vers la vendeuse. Assez pour une demi-douzaine de liserés.

Louise se tenait raide comme un piquet, son sac serré devant elle, les yeux fixés sur les rouleaux de tissu. La serge, le drap, le velours, le coton et le vichy lui étaient familiers. Mais il y avait également des laines fines et des tissus dont elle ignorait les noms.

— Nous voulons du whipcord de couleur brun doré, qui sera parfait pour un tailleur.

Livvy raya un nom de sa liste.

— Du taffetas français. Épais, précisa-t-elle après avoir observé Louise comme si elle la voyait pour la première fois. Et vert. Par contre, je me demande quelle quantité prendre…

— Ai-je mon mot à dire ? intervint Louise, mal à l'aise.

— Tout a déjà été discuté, répliqua Livvy en agitant sa liste.

Mme McConigle déroula un rouleau de taffetas vert et entreprit de le mesurer.

L'air détaché, elle tendit un journal à Louise.

— Pourriez-vous tenir ceci, je vous prie ? demanda-t-elle. Il me gêne, et l'encre pourrait tacher ce magnifique tissu.

Louise jeta un œil au journal et retint son souffle. Le gros titre s'étalait en première page : *La petite-fille du fondateur de la ville épouse un fermier*. Les noms de Philadelphia et de Wally se détachaient nettement.

— Quand vous en aurez fini avec le taffetas, nous aurons besoin de batiste pour des corsages, de l'uni et de l'imprimé, s'il vous plaît.

Livvy regarda le journal, puis barra un nouveau mot sur sa liste.

— Espérons que Gilly pensera aux corsets, grommela-t-elle.

Seules ses joues empourprées trahissaient son trouble.

Et soudain, les murmures s'élevèrent, suffisamment forts pour que Livvy et Louise n'en perdent pas un mot.

— … la fiancée de son propre frère, vous vous rendez compte ? C'est indécent…

— Elle avait une liaison avec l'un des frères, alors qu'elle était fiancée à l'autre…

— Je crois que le plus vieux a dû la rejeter et, pour se venger, elle s'est tournée vers le jeune…

— Et voilà celle que Max McCord a épousée, alors qu'il était fiancé à…

— Comment osent-elles…

Les commentaires allaient bon train lorsque Gilly les rejoignit, écarlate.

— Je pense que je n'ai rien oublié, dit-elle. Tout est dans le chariot. Êtes-vous prêtes ?

Ses yeux les suppliaient de dire oui.

— Nous ne serons pas trop de trois pour transporter tous ces paquets, répliqua Livvy en chargeant les deux jeunes femmes.

Prenant les derniers sacs, elle se dirigea vers la porte. Mais cette fois, elle ne garda pas le silence.

— Bonjour, madame Howard. Mademoiselle Greene...

Aucune des dames ne lui retourna son salut.

— Quelle belle journée, madame Peabody. Madame Johnson...

Près de la porte, elle s'arrêta net.

— Madame Halston, cela fait une éternité que je ne vous ai vue ! Puis-je vous présenter ma belle-fille, Mme Max McCord ?

La voix de Livvy n'avait rien de chaleureux. Son ton était coupant comme de l'acier.

— Comment allez-vous ? murmura Louise, un pâle sourire aux lèvres.

Mme Halston l'ignora ostensiblement, ses yeux froids et accusateurs rivés sur Livvy.

— Dois-je en conclure qu'il n'y aura pas de mariage dimanche prochain, madame McCord ?

— Je crois que le journal du jour est clair à ce sujet, madame Halston, répliqua Livvy. Si vous voulez bien nous excuser...

Avec un signe de tête, elle prit congé et toutes trois franchirent la porte.

En silence, elles déposèrent leurs paquets dans le chariot et reprirent leurs places.

— Tenez-vous droites, la tête haute...

Livvy desserra le frein et secoua les rênes.

Lorsqu'elles furent sorties de la ville, Gilly poussa un profond soupir et passa une main tremblante sur son front.

— Elles parlaient si fort que j'ai compris qu'elles voulaient que j'entende. Je suis heureuse d'avoir laissé Sunshine chez Mme Radowitz...

— Que disaient-elles ?

— Elles parlaient de la « si parfaite Philadelphia »...

— Philadelphia est loin d'être parfaite, décréta sèchement Livvy.

— Selon certaines, Wally est un mufle qui flirtait avec Philadelphia dans le dos de son frère et l'a convaincue de le trahir. Pour d'autres, c'est Louise la coupable. Elle a su le séduire, de telle façon qu'il a oublié Philadelphia et l'a épousée. Quand Philadelphia a appris sa trahison, elle s'est tournée vers Wally pour se venger.

— À partir de maintenant, le scandale fera partie de nos vies. Il faut s'y préparer. Les commérages vont aller bon train, et les gens vont compter les mois jusqu'à la naissance du bébé. À ce moment-là, une nouvelle vague de ragots va déferler sur nous. En tout cas, une chose est sûre : les invitations ne pleuvront pas sur Philadelphia ou Louise…

Les montagnes bordaient l'horizon, au loin, majestueuses et immuables. Louise contempla les sommets enneigés. Elle aurait aimé pouvoir remonter le temps, jusqu'à Piney Creek et la soirée donnée en son honneur. Cette fois, elle demanderait un sac d'or !

Elle éprouvait un sincère attachement envers Livvy, Gilly et Sunshine, et elle apprécierait probablement Wally et Dave quand elle les connaîtrait mieux. Pourtant, elle ne leur avait apporté que le déshonneur et la disgrâce…

Personne ne parla, jusqu'à ce que le chariot tourne dans le chemin qui conduisait au ranch de Max. Soudain, Louise respira un grand coup, pinça la bouche et lança d'une voix hautaine :

— Dois-je en conclure qu'il n'y aura pas de mariage dimanche prochain, madame McCord ?

Livvy et Gilly la fixèrent, sidérées, et la jeune femme regretta immédiatement son imitation de Mme Halston. Elle commençait à se sentir mal, quand Gilly éclata de rire.

— Oui, et c'est bien fait pour vous, vieille peau ! rétorqua-t-elle.

Louise mit le journal plié dans ses mains.

— Peut-être souhaitez-vous lire les gros titres, madame Halston, et deviner toute seule s'il y aura ou non un mariage ?

— Je connais déjà la réponse, madame McCord, rétorqua Gilly en toisant Louise de toute sa hauteur. Je vous interroge seulement dans le but de vous mettre mal à l'aise, et d'attirer l'attention sur la conduite inqualifiable de vos fils.

— Et qui avons-nous là ? renchérit Louise en se regardant de haut en bas. N'est-ce pas cette terrible séductrice, responsable de tout ce désastre ? Celle à qui aucun homme ne résiste ?

— Mon Dieu ! s'exclama Gilly d'un air horrifié. Mais oui, vous avez raison ! N'avez-vous donc aucun amour-propre, ma fille ? Comment osez-vous vous montrer en public ?

— Parce que j'en ai rien à fou… euh, rien à faire, madame Halston.

Louise et Gilly se regardèrent et partirent d'un fou rire. Incapables de s'arrêter, elles se tenaient les côtes, les larmes aux yeux. Même Livvy souriait, lorsqu'elle arrêta le chariot devant le porche.

Gilly parvint tant bien que mal à reprendre son souffle.

— Quelle horreur ! Comment peut-on dire des choses aussi méchantes ?

— Et la façon dont elles se tenaient, raides comme la justice, renchérit Louise. Elles ne m'ont pas dit un mot, elles ne m'ont même pas regardée.

— Oh, si !

— En tout cas, je suis heureuse de constater que vous trouvez cela très amusant, intervint Livvy. Pouvez-vous reprendre vos esprits quelques instants, et porter ces paquets à l'intérieur ?

Elle chargea les deux jeunes femmes, puis elle considéra Louise un instant et tordit la bouche en une grimace de dédain :

— Puisque vous semblez incapable de comprendre l'article de *La Gazette,* madame Halston, peut-être devriez-vous aller à l'église dimanche prochain ? Si vous n'y trouvez aucun marié ni aucun invité, alors je crois que l'on pourra en conclure que le mariage a bien été annulé !

Sur ce, levant le nez, Livvy se dirigea vers la porte.

Louise en resta bouche bée, puis elle adressa un clin d'œil à Gilly. Elles éclatèrent une nouvelle fois de rire, avant de lui emboîter le pas.

Tout en buvant un café, elles examinèrent les tissus qu'elles avaient achetés. Puis Livvy mesura Louise des pieds à la tête, et Gilly nota toutes les indications – tour de taille, de hanches, de poitrine, longueur des bras, distance des épaules à la taille, de la taille jusqu'aux pieds...

Louise n'avait rien espéré de cette journée en ville. Elle avait deviné que cette sortie constituerait une épreuve, autant pour Livvy et Gilly que pour elle, et elle ne s'était pas trompée. Mais la journée avait également eu ses moments agréables.

Elle se leva pour prendre la cafetière et remplir à nouveau les tasses. La mère et la fille dessinaient des modèles de robes et de tailleurs sur les emballages.

Avant leur départ, elles jetèrent un coup d'œil au salon et remarquèrent la cuillère en argent de Louise. Difficile d'ailleurs de ne pas la voir, dans la mesure où celle-ci représentait le seul bibelot sur le manteau de la cheminée.

— C'est une très belle cuillère, commenta Gilly après un long silence.

Livvy s'approcha de la cheminée et s'empara de la cuillère, qu'elle examina avec attention.

— J'ai du produit qui ôtera ce dépôt qui la ternit. La prochaine fois que vous viendrez à la maison, n'oubliez pas de m'y faire penser.

Serrant les dents pour ne pas pleurer, Louise hocha la tête. Un flot d'émotions contradictoires s'étaient succédé en elle. D'abord de la gêne, un embarras terrible de n'avoir qu'une cuillère à exposer. Puis une réaction de fierté : cette cuillère était son seul bien, et elle se moquait de ce qu'elles pouvaient en penser. Et enfin, une immense gratitude qui lui noua la gorge. Les deux femmes ne s'étaient pas moquées d'elle, et ne l'avaient pas considérée avec mépris ou ironie.

Debout sur le perron, elle regarda le chariot s'éloigner.

Comment réagirait-elle, à cet instant, si l'occasion lui était donnée d'exprimer à nouveau un vœu devant la cabane d'Olaf, dans les montagnes ?

Max arrêta son cheval à côté de celui de Dave, repoussa son chapeau en arrière et passa la main sur son front.

— Je ne sais pas si c'est une impression, mais on dirait que le troupeau a diminué de moitié, depuis l'année dernière...

Il avait décidé de retourner au ranch avec le premier contingent et de commencer le marquage des nouvelles bêtes, mais jusque-là, partager le troupeau ne s'était pas révélé nécessaire. Ce matin, quatre-vingts têtes supplémentaires étaient venues s'ajouter et il paraissait maintenant possible – mais toujours pas indispensable – de scinder le troupeau. En fait, pour l'instant, les gars n'éprouvaient aucune difficulté à contenir et à guider les bouvillons.

— Je ne crois pas que le moment soit bien choisi pour diviser le bétail en quatre parts, approuva Dave. Personne n'y gagnerait. Nous en avons trop vendu, au printemps. Mais qui aurait pu prédire qu'avec cette sécheresse, nous perdrions autant de têtes ?

Le notaire, chargé de l'exécution du testament de Jason McCord, avait insisté pour que le bétail soit compté et marqué au nom des propriétaires, afin d'éviter toute contestation ultérieure. Il en avait été fait ainsi, mais Dave et les McCord avaient continué d'exploiter les quatre parcelles comme un seul ranch.

Au printemps, une réunion de famille s'était tenue, et tous avaient convenu que gérer quatre fermes comme une seule et même propriété n'était pas un arrangement efficace à long terme. En effet, dans ces conditions, comment décider quels employés seraient chargés de nourrir le bétail durant l'hiver ? À qui appartiendraient les veaux du printemps ? Qui serait responsable de quelles tâches, et de quelles dépenses ? Max et Dave avaient tous deux pris des hypothèques sur leurs parts pour pouvoir construire leurs maisons. La banque exigeait évidemment de connaître le nombre exact de têtes détenues par chacun.

Finalement, ils avaient convenu de partager le troupeau quand chaque propriété serait délimitée. Dave était maintenant prêt à accueillir ses bêtes, de même que Max. Shorty et les gars se chargeraient de les nourrir pendant l'hiver.

La banque…

Max alluma un cigare et secoua l'allumette. Au printemps, il avait vendu cinquante bouvillons à la moitié du prix qu'il en aurait obtenu s'il avait attendu quelques mois. Mais il avait besoin d'argent liquide pour aménager sa maison. Les dépassements de coût ne l'avaient pas alarmé outre mesure. Quand il avait commandé la meilleure cuisinière et choisi le papier peint le plus cher, quand il avait acheté le piano pour le salon, il avait en tête son futur salaire de banquier, qui lui aurait permis de rembourser le prêt.

Les conditions étaient généreuses, et il avait supposé que Howard Houser ne lui tiendrait pas rigueur d'un retard éventuel dans le règlement de ses échéances.

Mais aujourd'hui, les choses avaient changé, et lorsqu'il imaginait le troupeau qu'il avait sous les yeux partagé en quatre, il se sentait découragé.

Un point positif, néanmoins : son ultime échéance ne tombait qu'en juin de l'année prochaine, ce qui lui donnait un peu de temps pour trouver une solution. C'était bien la seule lueur d'espoir dans les ténèbres qui l'entouraient.

Sans compter que, d'ici deux jours, il se retrouverait face à son frère... et face à la femme qui portait son enfant.

12

Même si l'idée de devenir une parfaite petite épouse offusquait Louise dans son principe, elle estima que Max méritait de retrouver une maison propre, à son retour.

À contrecœur, elle releva donc ses cheveux, passa un tablier et entreprit de frotter les sols et de cirer les meubles, jusqu'à ce que tout brille. Elle lava ensuite les vêtements qu'elle avait empruntés à son mari. Dieu seul savait quand l'opportunité d'enfiler des pantalons se présenterait à nouveau !

Une fois la lessive étendue, elle prit quelques pommes dans le garde-manger et descendit jusqu'à l'enclos, pour les offrir à sa mule et au hongre noir.

— Les hommes seront bientôt là, leur annonça-t-elle.

Mais elle ne put se résoudre à reconnaître que Max lui avait manqué.

Resserrant le châle autour de ses épaules, elle s'appuya contre la barrière et regarda la maison. Combien de fois avait-elle admiré de telles maisons, par le passé ? Avec du linge qui séchait dans le jardin, et des enfants qui couraient entre les draps fraîchement lavés... Avec des fleurs dont on devait s'occuper, année après année.

La jeune femme doutait d'être encore là au printemps prochain, pour planter des fleurs autour de la véranda.

Pourtant, une partie de son rêve s'était concrétisée. Cette maison qu'elle regardait, avec du linge étendu derrière, était la sienne...

Elle réintégra sa cuisine et entreprit de peler les pommes que Livvy avait apportées.

Pendant que les tartes cuisaient, elle s'appuya au rebord de la fenêtre et resta ainsi un long moment, le regard fixé sur le linge qui battait au vent.

Louise se réveilla bien avant le chant du coq. Comme elle l'avait fait toute la semaine, elle roula du côté du lit où dormait Max, pour respirer son odeur. Mais, aujourd'hui, la taie fraîchement lavée embaumait le savon et l'air frais.

Debout dans l'obscurité, elle enfila rapidement ses vieux vêtements, ses bottines, et un châle épais pour se protéger du froid matinal.

À son retour de sa virée quotidienne, un panier plein d'œufs et un seau de lait en main, l'eau qu'elle avait mise à chauffer pour son bain frémissait doucement.

Une fois propre et luisante comme un sou neuf, elle s'assit près de la porte ouverte du four et fit sécher ses cheveux, en réfléchissant à sa tenue pour la journée. Soudain elle se redressa, incrédule, et leva les yeux au ciel. Qui aurait pu croire qu'un jour, Louise Downe gaspillerait deux minutes de son temps pour décider quelle robe la ferait paraître à son avantage ?

Mais Max revenait aujourd'hui.

Ainsi que Philadelphia...

La jeune femme attela le chariot et chargea ses

tartes. La pâte de certaines avait un peu bruni sur le pourtour, mais rien de bien méchant. Elle pourrait garder la tête haute, quand les hommes se serviraient.

En prenant la direction du ranch de Livvy, elle remarqua les premières manifestations de l'automne. Du rouge et du jaune s'ajoutaient au vert pâlissant des collines et, par-ci, par-là, un frêne ou un érable se dressait vers le ciel telle une flamme orangée. Elle aperçut également des faisans, et une famille de cailles dans les fourrés près de la route. Dommage qu'elle n'ait pas pris son fusil, car il y avait là de quoi remplir son garde-manger pour une semaine !

À sa connaissance, personne n'avait encore suggéré qu'apporter de la viande à la maison faisait partie des tâches d'une épouse. Ce qui valait peut-être mieux. Il ne faisait en effet aucun doute que s'il lui prenait l'envie de ramener un faisan à la maison, on s'attendrait également à ce qu'elle le prépare. Cette pensée la mit en colère.

Tirant sur les rênes, elle arrêta le chariot devant le ranch. Gilly l'avait précédée, et elle se précipita pour l'aider à décharger. Les jeunes femmes transportèrent les tartes dans la cuisine de Livvy, qui embaumait le jambon fumé, le pain fraîchement cuit, les haricots et le bacon qui mijotaient dans une large marmite sur la cuisinière.

— Que puis-je faire ? s'enquit Louise en ôtant son chapeau et sa veste.

— Vous pourriez peler les pommes de terre.

Gilly lui tendit un tablier, avant de se remettre à écosser le maïs.

— L'un des hommes est venu, il y a une demi-heure, nous prévenir qu'ils seraient tous là avant le déjeuner…

— Bonjour, tante Louise ! cria Sunshine en entrant par la porte de derrière. Tu portes des vêtements de dame ?

— Bonjour, Sunshine. Je t'ai apporté une pierre.

— Une pierre ? Ah bon...

La fillette fit un gros effort pour dissimuler son manque d'enthousiasme, et Gilly retint un sourire.

Louise glissa la main dans sa poche et en retira une pierre de la taille d'un œuf, qu'elle posa dans la petite main tendue.

— Regarde, dit-elle.

Elle suivit du doigt une veine, de la largeur d'un fil, qui courait sur le caillou.

— C'est de l'or.

— De l'or ! répéta Sunshine d'une voix emplie de respect, ses yeux bleus brillant de fascination.

Elle inspecta la pierre avec une intense concentration.

— Oui, de l'or. C'est ce que ton grand-père cherchait, il y a longtemps... et aussi ton oncle Max, cet été.

— Toi aussi, tu as trouvé de l'or ?

— Oui.

— Maman, je peux l'emporter à l'écurie pour la montrer à M. Deke ?

Gilly approuva d'un signe de tête, et Sunshine se jeta au cou de Louise qu'elle embrassa sur la joue.

— Merci, tante Louise ! C'est le plus beau cadeau que j'aie jamais reçu.

Le cœur serré, Louise se redressa et posa un doigt sur sa joue. Sunshine l'avait embrassée et l'avait appelée « tante »...

— Vous savez vous y prendre, avec les enfants, remarqua Gilly. Sunshine vous adore. Elle dit qu'avec vous, elle se sent comme une grande personne.

Les joues de Louise s'empourprèrent sous le compliment, et elle s'empressa de reprendre ses pommes de terre.

— Où est Livvy ? demanda-t-elle pour cacher son trouble.

— En haut. Elle vérifie qu'il ne manque rien dans la chambre de Wally et de Philadelphia.

— Oh…

À partir de maintenant, plus rien ne serait pareil. Philadelphia allait vivre ici, et sa présence modifierait sans doute considérablement les relations qui s'étaient établies entre Livvy, Gilly et elle. Philadelphia ferait partie de la famille et serait la nouvelle tante de Sunshine.

Fronçant les sourcils, elle se concentra sur sa pomme de terre, mais c'était plus fort qu'elle… Avant même de s'en rendre compte, elle s'entendit poser des questions qu'elle s'était juré de ne pas poser :

— Quel genre de femme est Philadelphia ? Comment est-elle ?

— Elle a les yeux bleus ou verts, selon la lumière ou les vêtements qu'elle porte, répondit Gilly après un temps de réflexion. Elle est blonde, de ma taille…

Louise retint un soupir. Dans son cœur, elle avait deviné que Philadelphia devait être l'une de ces jeunes femmes fragiles et très féminines qui la feraient paraître immense, gauche et maladroite, avec autant de féminité qu'un poteau indicateur. Gilly lui avait donné ce sentiment, au début, mais sa gentillesse avait aidé Louise à oublier leurs différences.

— Philadelphia a beaucoup de goût. Tout le monde la copie, à Fort Houser. Elle reçoit des magazines de mode de France et achète tous ses chapeaux et ses chaussures à Denver. Et pour ce qui est du caractère... Sa mère est morte quand elle avait douze ans, je crois. Très vite, elle s'est révélée une excellente hôtesse pour son père.

— Qu'est-ce que c'est, une hôtesse? s'enquit Louise.

— M. Houser reçoit beaucoup de gens importants, de la ville et d'ailleurs. Des financiers, des banquiers, des politiciens. Des gens qu'il rencontre lors de ses déplacements. Philadelphia choisit le menu des dîners, décide du plan de table, dirige la conversation et la relance. Après le dîner, elle distrait ses invités en jouant au piano ou en chantant. Elle organise également des thés et des déjeuners pour les clubs et les associations dont elle fait partie.

— Eh bien... murmura Louise.

Elle espérait que Max ne lui demanderait jamais de jouer à l'hôtesse, parce qu'elle en serait incapable!

— Philadelphia se charge également de faire visiter la ville aux relations de son père, elle les accompagne quand ils souhaitent faire des courses ou les distrait quand son père est occupé. Par exemple, l'un des invités de son père l'a accompagnée au pique-nique du 4 juillet.

Donc, en plus d'être petite et extrêmement féminine, Philadelphia se révélait une personne charmante et une hôtesse accomplie.

Tant mieux pour elle! pensa Louise avec une certaine aigreur.

— En fait, je ne la connais pas si bien que ça, reprit Gilly. J'ai vingt-six ans, et elle n'en a que vingt. Nous n'avons pas les mêmes amies, et elle est très mondaine, contrairement à moi.

Louise avait donc sept ans de plus que mademoiselle la parfaite. Elle se sentit soudain vieille, sans attraits, dénuée de la plus petite trace de féminité. Génial!

À cet instant, Livvy pénétra dans la cuisine, un chiffon à poussière sur l'épaule, charriant derrière elle une odeur de cire au citron et d'huile de lampe.

— Est-ce que Deke est arrivé ? J'aimerais qu'il installe la grande table, dehors.

Elle inspecta les tartes et pressa l'épaule de Louise.

— Vous apprenez, constata-t-elle avec un sourire. Mettez un peu de sucre dessus et personne ne remarquera la bordure.

— Ça m'étonnerait que je devienne un jour une bonne cuisinière.

— Ridicule ! Toutes les femmes peuvent cuisiner. Il suffit simplement d'être patiente.

Le temps que Livvy aille chercher Deke, Louise et Gilly avaient fini de préparer les pommes de terre et le maïs.

— Vous feriez mieux de vous préparer, dit Livvy. Le troupeau n'est plus loin. Une fois que les bêtes seront dans les enclos, les hommes viendront manger.

Max était là…

À cette idée, l'estomac de Louise se contracta et une impatience fiévreuse l'envahit. Elle dissimula ses mains dans les plis de son tablier, afin que Gilly ne remarque pas leur tremblement. Mais cela ne suffit pas. Il fallait qu'elle s'occupe ! Elle décida de préparer la purée, et écrasa les pommes de terre avec la même ardeur qu'elle aurait mise à piétiner un serpent.

— Je vais couper le pain. Pouvez-vous emporter le beurre sur la table dehors ? demanda Gilly un peu plus tard. Je crois que Sunshine a mis le sel et le poivre, mais vous feriez bien de vérifier. Je me demande où elle est passée…

Des nuages de poussière s'élevaient aux alentours des enclos lorsque la jeune femme sortit. Le temps qu'elle arrive près de la table, les hommes se dirigeaient vers la maison.

Le regard de Louise chercha aussitôt Max. Visage bronzé, yeux bleus, cheveux noirs bouclés, larges épaules, hanches étroites : cet homme était assez beau pour faire perdre la tête à n'importe quelle femme !

Vivement, elle repoussa une mèche de cheveux et passa la main sur sa joue en feu. Baissant les yeux, elle remarqua une tache sur sa robe et jura entre ses dents. Pourvu qu'il ne remarque rien.

Max leva la tête, et Louise retint son souffle quand il croisa son regard. Mais il ne fit que l'effleurer, et ses yeux se fixèrent sur un point derrière elle. L'espace d'un instant, son pas s'altéra. Louise crut qu'il avait trébuché sur une pierre. Puis elle remarqua l'expression tendue de son visage.

La gorge serrée, elle tourna la tête, devinant déjà ce qu'elle allait découvrir. Wally et une jeune femme, qui ne pouvait être que Philadelphia, venaient d'apparaître au coin de la maison.

Philadelphia était telle que Gilly l'avait décrite. Menue, très soignée, vêtue d'un ravissant costume de voyage vert émeraude avec le chapeau et la cape assortis. Elle était tout simplement magnifique.

Malgré elle, Louise ressentit une jalousie féroce, comme elle n'en avait jamais connu. Philadelphia possédait tout ce qu'une femme pouvait rêver d'avoir, tout ce que Louise n'aurait jamais.

De plus, Max l'aimait… et elle portait son enfant.

Le pas de Philadelphia vacilla et elle s'arrêta brusquement en apercevant Max, comme si sa vue l'avait pétrifiée sur place. Son visage exprima une profonde tristesse, bientôt remplacée par du désespoir. Elle s'accrocha à Wally et se pressa contre lui, posant son front contre son épaule. Le bras du jeune homme l'entoura, protecteur.

Puis Livvy apparut comme par magie, tout sourire, débitant des paroles de bienvenue aux jeunes mariés, pendant que les autres respiraient un bon coup afin de retrouver leurs esprits.

Louise, debout près de la table, vit Max et Wally s'affronter du regard. Puis Max tendit la main, que son frère saisit. Philadelphia recula, parut se ressaisir. Mais ses yeux avaient retrouvé leur tristesse.

Quand Gilly et Sunshine sortirent à leur tour, Louise entreprit d'arranger les assiettes sur la table pour s'occuper. Son mouvement attira l'attention de Livvy, qui se pencha vers Philadelphia et fit un geste dans sa direction. Celle-ci frissonna et leva les mains en secouant la tête.

Louise comprit alors que Livvy souhaitait les présenter. Malgré sa jalousie, elle regrettait sincèrement le mal qu'elle causait à Philadelphia. Cette dernière n'avait rien fait pour mériter ce qui lui arrivait, et elle se retrouvait pourtant la principale victime. Elle avait perdu l'homme qu'elle aimait, alors qu'elle portait son enfant. Elle avait été forcée d'épouser un homme qu'elle n'aimait pas. Pour le reste de sa vie, elle serait l'objet des commérages et des remarques perfides. Et tout cela, parce qu'une femme qu'elle ne connaissait pas avait voulu un enfant à elle !

Comme Philadelphia refusait de se tourner vers Louise, Livvy fronça les sourcils et fit signe à cette dernière d'approcher. Louise aurait de beaucoup préféré sauter d'un train en marche ! Mais il allait bien falloir en passer par là, à un moment ou à un autre… Elles faisaient maintenant partie de la même famille et ne pourraient s'éviter éternellement.

À contrecœur, elle les rejoignit. Elle adressa un regard désespéré en direction de Max, mais en vain.

Lui et Wally faisaient face à Sunshine, qui leur montrait la pierre que Louise venait de lui offrir. Tous deux affichaient un visage impassible.

Livvy la présenta à Philadelphia et se mit à jacasser, expliquant que trois « Mme McCord » pouvaient prêter à confusion et qu'il valait donc mieux en venir tout de suite aux prénoms. Puis Livvy prit le bras de Gilly et l'entraîna, laissant les deux femmes en tête à tête.

Louise réprima une bordée de jurons. Puis elle prit une profonde inspiration. Enfin, elle fit ce qu'elle croyait le mieux. Une règle qu'elle avait appliquée toute sa vie, mais qui se traduisait généralement par la plus difficile approche. La règle de la franchise.

— Je sais que ça ne facilitera pas les choses et ne changera rien, mais je suis sincèrement désolée d'être la cause de tous vos malheurs. Je n'ai jamais voulu blesser quiconque.

Les yeux de Philadelphia lancèrent des éclairs.

— Je sais tout de vous, *Low Down* ! cracha-t-elle comme une insulte. Vous n'êtes qu'une petite rien du tout. Vous vous moquiez de savoir qui tirerait la pierre. De toute façon, vous auriez couché avec n'importe lequel de ces hommes ! Vous êtes une honte pour toutes les femmes. Vous n'avez rien à faire parmi les gens respectables.

Bon… Elle ne s'était pas attendue à des félicitations, de toute façon. Philadelphia avait toutes les raisons du monde de la détester.

Mais Louise avait toujours cru que les vraies dames se conduisaient comme Mme Halston, affichant une réserve froide et distante, dénuée d'émotion, comme si elles flottaient bien haut au-dessus des passions qui agitaient le commun des mortels. Cette barrière glacée tenait la racaille à distance.

Ainsi protégée, une vraie dame manifestait la même politesse acerbe en toute circonstance.

En tout cas, c'est ce que Louise croyait, et l'attitude de Livvy l'avait confortée dans cette opinion. Elle ne pensait pas non plus qu'une vraie dame aurait parlé comme Philadelphia venait de le faire, ou serait tombée enceinte avant le mariage, quels que soient ses sentiments pour son fiancé. Les gens comme Louise se moquaient des conventions, mais pas les « vraies dames ».

À moins qu'elle ne soit tout simplement en train de chercher une bonne raison de critiquer Philadelphia…

— Je ne sais pas quoi dire, avoua-t-elle.

— Ne dites rien ! Ne m'adressez plus jamais la parole et restez hors de ma vue !

Se détournant brusquement, Philadelphia appela Livvy :

— Madame McCord, puis-je voir ma chambre ? Le voyage a été fatigant. J'aimerais me reposer un moment.

— Bien sûr. Votre chambre est prête.

Prenant les bras de Wally et de Philadelphia, Livvy les entraîna vers la porte d'entrée. Sunshine leur emboîta le pas. Le regard de Gilly passa de Max à Louise, puis elle s'excusa et se précipita à l'intérieur, à la suite des autres.

Max ne quitta pas Philadelphia des yeux, jusqu'à ce qu'elle disparaisse derrière la porte. Il ne semblait pas avoir remarqué la présence de son épouse, près de lui.

— Tu vas bien ? demanda Louise d'une toute petite voix.

Que ressentait un homme en voyant la femme qu'il aimait se diriger vers une chambre qu'elle partagerait avec un autre ?

Max tourna la tête et posa les yeux sur Louise sans la reconnaître. Puis il parut reprendre pied dans la réalité. Ôtant son chapeau, il passa la main dans ses cheveux.

— Comment ça va, à la maison ? Pas de problèmes ?

— Non, tout va bien…

Elle mourait d'envie de le toucher, et de lui demander de la regarder. Juste de la regarder.

— Tu viendras dormir à la maison, ce soir, ou comptes-tu rester ici avec les gars ?

— Je rentrerai après le dîner.

Puis, grommelant qu'il devait faire un brin de toilette, il s'éloigna.

L'odeur lourde du whisky frappa ses narines avant même qu'elle ne pénètre dans la cuisine obscure. Elle devina l'ombre de Max, assis à la table. La lumière de la lune, qui filtrait par la fenêtre, était suffisante pour lui permettre d'attraper un verre sur l'étagère.

Elle le rejoignit à la table.

— Tu n'avais aucune raison de te lever, dit-il.

— Je sais.

Le whisky lui brûla la gorge. Relevant les jambes, elle posa les pieds sur le bord de la chaise et enserra ses genoux de ses bras.

— J'espère qu'il ne va pas se mettre à neiger, avant que tout le troupeau soit marqué.

Max s'empara de la bouteille et se resservit. Il n'ajouta rien, mais Louise s'en moquait. Elle se sentait bien, à son côté. Les bons amis n'avaient pas besoin de mots pour se comprendre.

— Il s'est passé un truc bizarre pendant que je n'étais pas là, dit-il au bout d'un moment.

— Quoi donc ?

— Huit bouvillons sont entrés tout seuls dans l'enclos, en prenant soin de fermer la porte derrière eux.

Elle prit le temps d'avaler une nouvelle gorgée de whisky.

— Vraiment ?

— Et une drôle de tempête a dû souffler, suffisamment forte en tout cas pour répartir de la paille dans l'enclos et nourrir ces bouvillons.

— En effet, c'est bizarre...

Nouveau silence.

— Quel cheval as-tu utilisé ? demanda-t-il finalement.

— Le hongre noir.

— Son nom est Hoss. Un bon choix, si tu parviens à rester en selle.

— J'ai passé quelque temps à ne pas y rester.

Louise devina qu'il n'allait pas la réprimander d'avoir enfreint ses ordres. D'ailleurs, il pouvait constater qu'elle ne s'était rien cassé.

— Je suppose que si tu n'as pas marqué les bêtes, c'est uniquement parce que nous avions tout le matériel ?

Elle soupira.

— Max... Est-ce que ça va devenir une habitude ? De rester assis ainsi au milieu de la nuit, pour boire ?

Cette fois, le silence s'éternisa si longtemps qu'elle perdit l'espoir d'une réponse.

— Je *devais* le faire, marmonna-t-il enfin, sur la défensive. Je croyais dur comme fer que passer un été à Piney Creek me permettrait de comprendre. Finalement, papa ne rêvait que d'une chose : réussir en faisant ce qu'il aimait le plus au monde. Mais c'est maman qui a gagné la partie, et mon père ne l'a pas supporté. Quelque chose s'est brisé en lui. Par la suite, à chaque fois que quelqu'un le félicitait au sujet du ranch, la blessure s'élargissait un peu plus.

Voilà donc ce qui avait occupé ses pensées pendant tout le rassemblement. Ressasser encore et encore les raisons de son départ pour Piney Creek, qui avait bouleversé tant de vies.

Elle se resservit à boire.

— En fait, reprit-il, j'aurais pu comprendre ça sans même quitter Fort Houser.

Le dégoût teinta ses derniers mots.

— Max… la journée a été longue. Tu devrais dormir un peu.

— Mais je tenais à partir. Même si ce départ signifiait qu'il n'y aurait pas de fête pour nos fiançailles. Même si cela signifiait laisser Shorty s'occuper seul de la construction de la maison. Comment ai-je pu ainsi abandonner mes responsabilités ?

— Si tu avais appris que Philadelphia était enceinte, tu serais revenu au grand galop.

Il hocha la tête.

— Je ne comprends pas pourquoi elle ne m'en a pas parlé. J'avais ses lettres dans ma poche, quand je suis tombé malade. Elles ont brûlé avec mes vêtements, mais je m'en souviens parfaitement. J'y repense sans arrêt… Peut-être n'ai-je pas su saisir l'allusion ? Elle voulait que je revienne, bien sûr, mais elle n'a jamais précisé qu'elle avait une bonne raison de souhaiter mon retour.

— Tu te fais du mal pour rien, Max. C'est fait, et rien ne peut être changé.

Les mots étaient durs, mais elle les prononça gentiment.

— Bon sang, je suis tellement en colère !

Il posa les coudes sur ses genoux et mit sa tête entre ses mains.

— Je sais.

Elle connaissait bien ce sentiment d'impuissance et de fureur mélangées. Elle avait ressenti la même chose quand Philadelphia lui avait parlé, et tant d'autres fois au cours de sa vie. Rien ne pourrait apaiser le désespoir de Max ou diminuer l'injustice des événements. Mais il n'était pas dans la nature de Louise de rester sans réagir devant la détresse d'un être humain.

Elle le contempla un moment, immobile. Puis elle se leva, alla chercher le manteau de Max dans le placard et le jeta sur le sol. Elle roula ensuite son châle en boule et le posa sur le manteau. Enfin, elle s'approcha de lui.

— Je n'ai pas grand-chose à t'offrir pour te changer les idées, mais je te donne ce que j'ai…

Lentement, elle fit glisser sa chemise jusqu'à la taille.

Max eut un hoquet de surprise, et la jeune femme se rendit compte que sa silhouette se découpait dans la lumière de la lune.

Ce n'était pas le moment de se montrer timide. C'était son idée, après tout.

Elle poussa la chemise de nuit sur ses hanches et la laissa tomber.

— La dernière fois que quelqu'un m'a vue toute nue, j'étais un bébé, avoua-t-elle, résistant à la tentation de croiser les bras devant sa poitrine.

Personne ne pensait qu'elle avait des principes, mais elle en avait, et la pudeur en faisait partie. Se tenir nue devant un homme, fût-il son mari, tenait de l'exploit pour elle. Mais la fin justifiait les moyens, et son intention était de lui faire oublier sa colère. De toute façon, elle voulait tomber enceinte.

Max ne prononça pas une parole, ne bougea pas. Soudain, Louise se demanda si s'offrir ainsi n'était pas une terrible erreur. Mais il était trop tard pour reculer. Elle tendit la main, la posa sur sa tête et l'attira vers elle.

Un son étranglé s'échappa de la gorge de Max. Il appuya la joue sur son ventre et la serra très fort contre lui.

— Seigneur...

— Tout va bien, murmura-t-elle en caressant ses cheveux.

Elle eut l'impression qu'il tentait de résister. Puis, la repoussant soudain, il se pencha et ôta ses bottes. Il se leva et déboutonna sa chemise, qu'il enleva d'un mouvement brusque, dégrafa sa ceinture et baissa son pantalon.

Sa peau était pâle dans la lumière lunaire, mais ses yeux brûlaient d'un feu qui perçait la pénombre.

Une fois nu, il se tint en face d'elle et ils se regardèrent un long moment, sans se toucher.

Max tendit la main et ses doigts descendirent lentement entre ses seins, jusqu'à sa taille. Tremblante, elle l'imita, posant la main sur sa poitrine, caressant la peau ferme et douce.

La scène paraissait irréelle. Louise se dit que, le lendemain, ils penseraient tous les deux avoir rêvé. Elle s'agenouilla sur le manteau et tendit la main. À son regard, elle sut qu'il attendait son autorisation pour la rejoindre, tant il redoutait la colère qui l'habitait.

Elle prit sa main et la posa sur sa poitrine.

— Tu ne me feras pas de mal, dit-elle doucement.

Et elle savait que c'était vrai.

Sans le quitter des yeux, elle ôta la pince qui retenait ses cheveux, sentant instinctivement qu'il le souhaitait. Puis elle s'allongea sur le manteau et posa la tête sur le châle. Même s'il s'agissait d'un rêve, elle ne put supporter son regard qui se promenait sur sa peau nue et dut fermer les yeux.

Avec un gémissement, il la recouvrit de son corps chaud et musclé. Sa bouche s'empara de ses seins, ses mains explorèrent son corps, et il la prit comme elle s'y attendait, s'enfonçant en elle profondément, furieusement, exprimant toute sa rage intérieure...

Plus tard, quand ils eurent regagné leur lit et que Max se fut endormi près d'elle, Louise posa la main sur son ventre et souhaita qu'ils aient conçu un bébé cette nuit, sur le sol de la cuisine.

Un tel miracle ne pouvait résulter d'un simple rapport anodin. La vie devait commencer dans un cataclysme de passion et de chaleur... et de bonheur.

Cette nuit avait été tout cela, et elle ne l'oublierait jamais.

13

Le lendemain, le père de Philadelphia apporta des malles de vêtements et d'objets personnels au ranch.

Les deux jours suivants, Philadelphia repassa et rangea ses affaires, agacée de ne pas avoir une bonne pour le faire à sa place.

Le cinquième jour la trouva désœuvrée. La retraite volontaire qu'elle s'imposait devenait insupportable, mais elle refusait de descendre tant que cette *créature* serait dans la maison. Louise venait en effet tous les jours pour aider Livvy et Gilly à préparer les repas.

Irritée, Philadelphia s'approcha de la fenêtre et observa la grande table dehors, où les hommes viendraient déjeuner. De temps en temps, Gilly sortait pour déposer des affaires sur la table.

Quand Louise apparaissait, Philadelphia ne pouvait la quitter des yeux. Grande, plutôt maigre, elle se déplaçait d'un pas décidé, sans grâce. Compte tenu de son passé, son ignorance de la mode ne surprenait personne, mais n'en était pas moins pathétique.

Ses jupes étaient trop courtes et laissaient apercevoir ses bas épais, d'une façon totalement indécente. Ses corsages étaient sombres et unis, sans le moindre ruban ou morceau de dentelle pour les égayer. Quant à ses cheveux, elle ne devait pas passer plus de cinq minutes à les arranger, dans la mesure où ils étaient juste rassemblés en queue-de-cheval sur sa nuque.

Pourtant, elle n'était pas aussi dénuée de charme que Philadelphia l'aurait souhaité. Ses traits se révélaient réguliers, sinon fins. Ses yeux, grands et clairs – noisette, avec des éclats mordorés –, étaient surmontés de sourcils bien dessinés. Même sans corset, sa silhouette présentait des courbes très désirables. Elle n'était pas jolie, sauf lorsqu'elle souriait, mais elle possédait une espèce de charme qui retenait l'attention.

Ce qui rendait Philadelphia particulièrement malade, c'était le seul bijou qu'elle portait : une alliance en or.

Elle se moquait que Low Down ait soigné Max pendant sa maladie, comme elle se moquait des circonstances de ce mariage. Low Down lui avait volé son fiancé. Point final.

Philadelphia ne croyait pas un instant que le hasard seul soit intervenu pour désigner Max. Cette immonde créature le voulait et s'était arrangée pour qu'il tire la bonne pierre. Et Max s'était laissé piéger, plutôt que de perdre la face devant un groupe d'étrangers qu'il ne reverrait jamais. Il aurait mieux valu qu'il meure, pendant sa maladie !

En tout cas, Max devait certainement regretter son choix, chaque fois qu'il posait le regard sur cette femme débauchée et sans grâce. Chaque fois qu'il la comparait à celle qu'il avait perdue. Chaque fois qu'il se remémorait leur dernière soirée ensemble et pensait à l'enfant qu'elle portait…

Elle espérait sincèrement que les remords et la culpabilité le rongeraient jusqu'à son dernier jour !

La porte s'ouvrit, et Livvy passa la tête dans l'entrebâillement. Aussitôt, Philadelphia s'éloigna de la fenêtre, surprise en flagrant délit d'espionnage.

Sans attendre d'y être invitée, Livvy pénétra dans la chambre.

— Vous sentez-vous bien ? demanda-t-elle.

— Bien sûr. Pourquoi ?

— J'ai frappé à votre porte plusieurs fois.

Livvy s'assit dans l'un des fauteuils devant la cheminée.

— J'ai été si occupée à cuisiner et à nettoyer, ces derniers jours, que je n'ai pas encore eu le temps de discuter avec vous de certains aspects pratiques…

Voilà ce qui énervait le plus Philadelphia. Cette critique sous-entendue, quand Livvy mentionnait qu'elle avait été *si* occupée. Elle ne comptait quand même pas sur elle pour cuisiner et faire le ménage pour une bande de cow-boys ?

Avec grâce, la jeune femme s'installa dans le deuxième fauteuil et croisa les mains sur ses cuisses. Elle baissa les yeux et afficha un air modeste.

— Si vous faites allusion à la décision de Wally de dormir dans son ancienne chambre et de me laisser l'usage de cette charmante pièce, je reconnais que j'ai accepté avec plaisir. Je n'ai jamais partagé ma chambre avec quelqu'un, et nous avons décidé… eh bien, de dormir séparément, jusqu'à ce que nous nous connaissions mieux.

En réalité, elle n'avait pas la moindre intention de partager sa chambre avec un homme. Ni aujourd'hui ni jamais.

— Les arrangements entre un mari et son épouse ne concernent qu'eux, répliqua sèchement Livvy.

Son regard s'arrêta sur la taille de la jeune femme.

— Nous devons parler vêtements.

C'était là une surprise agréable ! Dieu savait que sa belle-mère avait besoin de quelques conseils en matière vestimentaire. Même dans sa propre maison, on devait pouvoir se distinguer du personnel.

Alors que Philadelphia cherchait un moyen diplomate d'exprimer cette idée, sa belle-mère reprit la parole :

— Bien que vous ne le paraissiez pas, vous devez en être à quatre mois. Votre état ne tardera pas à se voir. Avez-vous réfléchi à la question ?

Philadelphia sursauta à cette évocation de sa grossesse, qu'elle avait tendance à oublier.

— Je ne crois pas en être arrivée à ce stade, dit-elle d'une voix blanche.

— Vous ne devez pas en être loin, puisque Max est parti pour les montagnes le 30 mai. Si j'ai bien compris, vous et lui…

Livvy toussa nerveusement derrière sa main, avant de poursuivre :

— Je compte donc depuis le 29 mai… Ma chère, vous devriez cesser de serrer votre corset de cette façon. Je comprends que vous ne souhaitiez pas que les gens s'en aperçoivent, mais vous êtes mariée, maintenant, et il n'est pas bon pour le bébé de vous comprimer ainsi le ventre. Je pense que le mieux serait de cesser de porter un corset.

— Peut-être.

— Nous pourrions également commencer à relâcher un peu la taille de vos robes, et vous coudre d'autres vêtements.

— Il n'est pas question que vous preniez cette peine. Tous les travaux nécessaires seront effectués par ma couturière.

En fait, elle allait vraiment avoir besoin de nouveaux vêtements. Cette pensée lui redonna le moral.

Wally pourrait peut-être l'emmener à Denver pour effectuer ses achats ?

— Je dois vous rappeler que Wally n'est pas riche. Il a dû vous expliquer qu'il ne pourrait vendre plus de bétail cette année.

— Oh, je suis certaine que nous nous en sortirons...

La jeune femme ne tenait pas à porter un coup à la fierté des McCord en précisant que son père paierait la couturière, comme il l'avait toujours fait. Et elle comptait sur la fierté des Houser pour obliger son père à financer son excursion à Denver, plutôt que de la voir s'exhiber dans des vêtements repris.

— Il y a un autre sujet que nous devons aborder, dit Livvy. Depuis votre arrivée, vous êtes restée enfermée dans votre chambre. Pas besoin d'être grand clerc pour deviner la raison de cet isolement. C'est à cause de Louise, n'est-ce pas ?

— Je ne tiens pas à voir ou à parler à cette personne, répondit froidement Philadelphia. La présence de cette créature est une insulte pour n'importe quelle femme digne de ce nom.

Livvy se pencha et prit sa main.

— Philadelphia, la pire chose qui pourrait arriver à cette famille serait de se diviser. Vous venez de vivre des moments particulièrement douloureux, et je peux comprendre que vous en rejetiez tout le blâme sur Louise. Mais je vous supplie de faire un effort, pour le bien de tous.

Retirant sa main, Philadelphia se leva et retourna vers la fenêtre. À travers les rideaux, elle aperçut les hommes qui s'approchaient, venant des enclos ou de la grange. L'air au-dehors devait empester la poussière et le fumier. Combien de temps encore devrait-elle supporter de vivre dans un ranch ?

— La famille au grand complet déjeunera ici tous les dimanches. Pour le bien de tous, je vous demande d'accepter la présence de Louise pendant quelques heures à cette occasion.

Après toutes les concessions qu'elle avait dû faire ! Qu'on puisse lui suggérer de partager la table de cette putain était une véritable insulte !

Max et Wally arrivaient derrière les cow-boys. Tous deux affichaient un air buté, comme s'ils venaient de se disputer.

— Vous m'en demandez un peu trop, madame McCord. Par respect pour moi, Max devrait laisser Low Down chez lui, le dimanche, et assister seul au déjeuner.

— Son nom est Louise, corrigea Livvy d'un ton cinglant. Et si je ferme ma porte à Louise, je perds Max. Aucun de mes fils n'accepterait que la famille rejette son épouse.

Livvy se tut, de toute évidence dans l'attente d'une réaction de la part de Philadelphia. Mais cette dernière, trop en colère pour parler, garda le silence.

— L'unité de cette famille dépend de vous, reprit Livvy. Je suis désolée de vous imposer un tel fardeau, mais je n'ai pas le choix. Si vous pouviez oublier le passé, la trahison que vous venez de vivre, et considérer votre avenir avec Wally et cet enfant à naître, alors la famille McCord aurait une chance de s'en sortir. Par ailleurs, manifester un minimum de politesse, adopter une attitude correcte envers Max et Louise ferait certainement taire les ragots.

Dehors, Max et Wally se firent soudain face. La jeune femme ne put entendre ce qu'ils disaient, mais leurs poings fermés et leurs attitudes menaçantes étaient éloquentes. Elle vit les employés se retourner, Gilly et Louise suspendre leurs gestes pour les regarder.

Quand son regard se posa à nouveau sur les deux frères, ils en étaient venus aux mains et se battaient comme des chiffonniers.

— Ce spectacle me brise le cœur, murmura Livvy, juste derrière elle.

Cette dispute était stupide et n'aurait jamais dû dégénérer ainsi !

Max se moquait que Wally ait obtenu quelques veaux de plus. En fait, il n'était même pas sûr que ce soit le cas, car ils n'étaient pas encore parvenus à un décompte final. De plus, c'était Dave qui avait commencé à diviser le troupeau en quatre, pas Wally.

Sans réfléchir, il avait fait un commentaire sur le fait que Wally se retrouvait avec davantage de veaux, et ce dernier avait réagi comme si on l'accusait d'être un voleur. Max n'avait pas eu le temps d'expliquer qu'il ne s'agissait que d'une simple observation : Wally lui avait sauté à la gorge, fou de rage...

— Depuis son retour de Denver, Wally cherche la moindre excuse pour déclencher une bagarre, grommela Max.

— C'est un mensonge ! cria son frère. Mais j'ai peut-être des raisons d'être en colère. Tu t'absentes pendant plusieurs mois et, à ton retour, tu espères reprendre ta place comme si de rien n'était. La situation n'a pas été facile pour nous, cet été. Impuissants, nous ne pouvions que regarder les ruisseaux s'assécher, et suivre les vautours pour récupérer les bouvillons morts. Si tu avais été ici, comme tu aurais dû...

— Ça suffit, tous les deux ! coupa Livvy. Assieds-toi, Max... Toi aussi, Wally.

Ils se trouvaient dans la cuisine, où Livvy venait de soigner leurs blessures. Ils s'en tiraient tous deux avec un œil au beurre noir, quelques bleus et des égratignures.

Gilly leur avait jeté un regard triste, avant de se diriger vers les enclos pour retrouver Dave. Louise avait fixé Max un long moment, impassible, avant d'emboîter le pas de sa belle-sœur. Quant à Philadelphia, Max supposait qu'elle se trouvait dans sa chambre. Il avait vu les rideaux bouger.

— Vous devriez avoir honte, gronda Livvy en leur lançant ce fameux regard qui les terrifiait tant, quand ils étaient enfants. Vous battre ainsi comme deux chiens enragés, et devant vos employés, en plus !

— Tu parles ! Ça les a amusés, fit remarquer Wally, boudeur.

Max approuva de la tête, se rappelant comment les hommes les avaient encouragés.

— Je suppose qu'ils ont également apprécié de voir ta femme s'interposer pour stopper le carnage, Max ? interrogea Livvy froidement.

Max fronça les sourcils et plia ses jointures douloureuses. Il avait arrêté son poing une fraction de seconde avant d'envoyer la jeune femme au tapis. Sauter ainsi au milieu d'une bagarre n'était pas très malin, et il n'arrivait pas à croire qu'elle l'avait fait. Elle s'était avancée entre eux sans la moindre crainte ou hésitation, et les avait frappés à la poitrine avec la paume de sa main, les repoussant en arrière.

— Cessez de vous conduire comme des gamins ! avait-elle lancé d'un air dégoûté. Maintenant, filez à la maison vous excuser auprès de votre mère, pour lui avoir fait honte devant vos employés !

En d'autres circonstances, cette scène l'aurait beaucoup amusé…

— Vous ne trouvez pas qu'il y a déjà assez de ragots et de commérages sur notre compte sans en rajouter ? demanda Livvy. Tous ceux qui entendront parler de cette bagarre vont croire que vous vous battiez à cause de Philadelphia. C'est exactement ce que raconteront les hommes dans les saloons de la ville, ce soir.

— C'était au sujet du bétail, protesta Max.

— La dernière fois que vous vous êtes battus, vous n'étiez encore que des gamins, et maintenant vous en venez aux mains pour du bétail ? Mon Dieu, je rêve… En tout cas, j'espère que c'est la dernière fois que je vois ça, vous entendez ?

Max passa la main sur ses yeux. Évidemment, personne ne croirait jamais qu'ils s'étaient battus pour quelques vaches…

— Les choses peuvent se passer de deux façons, reprit Livvy. Ou vous mettez le passé derrière vous et tentez d'aller de l'avant, ou bien… ou bien vous vous acharnez à gâcher votre vie. C'est ce que vous voulez ? Vivre dans un climat permanent d'animosité ? Démoraliser votre sœur ? Sans parler de ce que cela me fera, à moi… Si vous voulez tirer un trait sur toute une vie d'affection à cause d'une femme, je ne peux pas vous en empêcher, mais réfléchissez bien avant de prendre votre décision !

Elle les regarda comme si elle avait envie de les gifler, mais se contenta de sortir en claquant la porte derrière elle.

— Bon sang, qui t'a appris à te battre comme ça ? demanda Max au bout d'un moment.

Il effleura sa lèvre fendue.

— Toi. Je ne vais pas pouvoir respirer à fond pendant au moins une semaine, constata Wally en se massant les côtes.

— Je suppose que ça devait arriver, grommela Max.

L'idée que Wally soit le mari de Philadelphia – et visiblement amoureux d'elle – lui paraissait inconcevable. Et imaginer que Philadelphia l'aimerait peut-être en retour, un jour, le rendait fou. Il détestait l'idée de ne pouvoir poser la main sur son ventre, pour sentir leur enfant bouger. Il détestait l'idée de ne jamais connaître son fils ou sa fille comme un vrai père.

Il avait eu besoin de punir Wally, pour ses propres erreurs.

— J'avais envie de te cogner dessus depuis le début, et j'attendais seulement que l'occasion se présente, reconnut Wally.

Max hocha la tête. Il comprenait. Wally avait dû sauver l'honneur de la famille, au mépris de son bonheur. Il savait que Philadelphia était amoureuse de Max et que celui-ci l'avait possédée. Et, comble de tout, sa femme portait l'enfant de son frère.

— En ce qui me concerne, c'est fini, dit Max d'un ton décidé.

— Pour moi aussi.

— Y a-t-il encore quelque chose que tu voudrais ajouter ?

— Non. La situation est claire, et nous l'avons acceptée.

Ils se levèrent et se serrèrent la main.

Ensuite, les deux hommes retournèrent aux enclos. Max savait que sa mère avait raison. Il ne voulait pas détruire la famille en alimentant sa rancœur. Le passé était le passé.

Ses sentiments ne changeraient pas d'un coup, mais pour la première fois depuis qu'il avait pioché cette fichue pierre au fond du chapeau, il reconnut qu'il n'avait jamais vraiment cru que tout était fini entre Philadelphia et lui. Au fond de son cœur, il gardait encore l'espoir que, d'une façon ou d'une autre, tout rentrerait dans l'ordre.

Mais cela n'arriverait jamais. Il devait l'accepter complètement, et pour toujours, ou sa vie deviendrait un enfer.

Ils ne firent aucune allusion à leurs ébats sur le plancher de la cuisine, ni même à la bagarre avec Wally. C'était inutile. Philadelphia était la cause directe de ces deux événements, et tous les deux le savaient.

En fait, la jeune femme devait admettre que Philadelphia n'était pas son sujet de conversation préféré, même si elle occupait l'essentiel de ses pensées. Plusieurs fois par jour, elle revivait dans sa tête leur brève rencontre, et imaginait tout ce qu'elle aurait pu répliquer à ses réflexions acides.

Elle n'avait gardé un profil bas que parce qu'elle savait que Livvy n'aurait pas supporté une dispute. Pour sa belle-mère, Louise était décidée à tout faire afin de ne pas envenimer la situation, même si cela signifiait se laisser humilier par Philadelphia. Elle en avait vu d'autres.

D'ailleurs, si un jour l'envie lui prenait de la remettre à sa place, Louise n'aurait aucun mal à lui clouer le bec. Elle avait tiré quelques enseignements fort utiles de sa vie dans un monde essentiellement masculin. Un sens de la repartie, quelques remarques caustiques et une bordée d'injures bien senties tenaient les importuns à distance.

Mais ce n'était pas la seule raison de son silence face à Philadelphia. Ce que cette dernière avait dit contenait une part de vérité. Louise devait admettre que, pour avoir un bébé, elle aurait accepté de dormir avec n'importe lequel des chercheurs d'or.

Mais elle n'était pas une prostituée pour autant. Ni immorale. À vingt-huit ans, elle n'avait connu que deux hommes, et le second était son mari. Si c'était là un affront envers les honnêtes femmes, alors elle ne souhaitait pas devenir respectable !

« Sois ce que tu es. » C'était l'un des proverbes qu'elle avait choisis comme ligne de conduite. Elle ne prenait pas de grands airs, ne cherchait pas à enjoliver son passé, ne s'excusait pas pour sa façon de vivre. Elle faisait de son mieux pour bien se conduire et rester en dehors des histoires, et menait ce qu'elle considérait être une vie honorable, même si Philadelphia et ses congénères pouvaient en douter.

Il y avait près d'un million de règles de bonne conduite dans la société, et elle tentait de suivre les plus raisonnables. Le fait qu'une femme soit prête à coucher avec n'importe quel homme, dans le but précis d'avoir un bébé, n'aurait pas dû être considéré comme indécent.

Levant la main, elle frappa les touches du piano qu'elle était en train d'épousseter. Le son discordant lui procura une certaine satisfaction. Elle recommença, encore et encore, jusqu'à ce que Max apparaisse dans l'embrasure de la porte. Elle ne savait pas qu'il était rentré.

— Qu'est-ce que tu fais ? demanda-t-il.

Louise releva la tête et lui lança un regard mauvais.

— Tout le monde sait jouer du piano, dans la famille McCord. Même Sunshine. Elle me l'a dit.

Il sourit et répliqua que ni lui ni Wally n'en était capable.

— Tu sais ce que je veux dire, rétorqua-t-elle.

Il haussa les épaules.

— Je suis certain que Gilly serait ravie de t'apprendre.

— Eh bien, je vais peut-être le lui demander…

Elle referma le couvercle et passa près de lui pour se diriger vers la cuisine.

— Ou peut-être pas, ajouta-t-elle. Après tout, on peut vivre sans savoir jouer un seul morceau de piano. Que fais-tu ici ?

— Je suis venu manger, répondit-il patiemment en lui emboîtant le pas.

— Ô mon Dieu ! C'est déjà l'heure de déjeuner ? Il me semble que je viens juste de ranger les affaires du petit déjeuner.

— Du pain et du bacon suffiront.

— Tu dois te nourrir convenablement, rétorqua-t-elle d'un ton sans réplique.

Il se tenait trop près d'elle. Cette promiscuité la troublait. Elle ne se rappelait pas avoir connu un homme qui sentait aussi bon que Max McCord. Il embaumait toutes sortes d'odeurs agréables. Le cuir et la fumée, le cheval, le bétail, le savon aussi et le grand air, la terre et le soleil.

— Louise…

Max lui faisait face, si près que sa jupe frôlait ses jambes. Son regard intense suggérait qu'il avait en mémoire la scène d'amour qui avait eu lieu dans cette même pièce, l'autre nuit.

— Monsieur McCord ?… Max ? Vous êtes là ?

— C'est toi, Shorty ?

Max posa un doigt sur les lèvres de Louise. Son geste fut léger, mais il la cloua sur place.

— Toi et moi, nous devons parler, chuchota-t-il. Je reviens tout de suite.

Louise hocha la tête et s'appuya, toute tremblante, contre l'évier. De quoi voulait-il parler ? Le choix était large… Des leçons de piano ? Des dépenses ? Du rassemblement ? Du temps ? De son œil au beurre noir ?

Sans oser se l'avouer, elle caressait le secret espoir qu'il s'agissait de tout autre chose, comme en témoignaient la vague de chaleur au creux de son ventre et l'accélération des battements de son cœur.

Lorsque ses jambes consentirent de nouveau à la porter, elle se redressa et entreprit de préparer le déjeuner, guettant le retour de son mari.

Soudain, les voix au-dehors lui parurent bien trop fortes. Les sourcils froncés, elle s'approcha de la porte de derrière et écouta :

— Je suis désolé, monsieur McCord. Vous savez bien que nous ne vous quitterions pas, si nous pouvions faire autrement...

Louise mit la main devant sa bouche, retenant un petit cri.

— Vous pourriez me donner quelques jours pour tenter d'arranger les choses, grommela Max, visiblement en colère.

— Il n'y a rien à faire. Les gars sont en train de nettoyer les dortoirs. Nous partirons dès qu'ils auront terminé.

Un silence, troublé par le raclement d'une botte sur le sol.

— Je suis désolé, reprit Shorty. J'avais l'impression d'être chez moi, ici...

— Si les choses s'arrangent, il y aura toujours de la place pour toi.

— J'espère que tout va rentrer dans l'ordre, patron. Vraiment.

Ils se serrèrent la main, puis Shorty s'éloigna.

Max rentra d'un pas décidé et claqua la porte derrière lui. Une fois dans la cuisine, il se laissa lourdement tomber sur une chaise.

Louise remplit une tasse de café et la mit dans ses mains.

— Que s'est-il passé ? Je n'ai entendu que la fin.

— Les hommes sont allés en ville hier soir, pour se détendre un peu…

— Et ?

— Personne n'a voulu prendre leur argent. On les a ignorés ou jetés dehors. Ils n'ont pas pu boire un verre ou voir une femme, ni même se faire raser. Aucun restaurant n'a voulu les servir. L'un des adjoints du shérif les a suivis toute la soirée, pour voir comment ils étaient traités. Il souriait, quand il a compris que Shorty et les autres n'obtiendraient rien en ville.

La jeune femme était consternée.

— Mais… pourquoi ? Pourquoi un bar refuserait-il des clients ?

— Parce que les propriétaires ont reçu des ordres.

— Mais de qui ? Je…

Louise s'arrêta net.

— Howard Houser !

— Ceux qui travaillent pour moi sont considérés comme des parias en ville.

— M. Houser ne détient quand même pas une hypothèque sur tous les commerces de Fort Houser, fit-elle remarquer.

— Il n'y a qu'une banque, et elle lui appartient. J'ai déjà vu la pièce où sont entreposés les dossiers. Il y en a des centaines. Emprunts, hypothèques, investissements… Si quelqu'un fait une transaction financière, Howard Houser est de la partie.

Furieuse, elle pinça les lèvres.

— Qu'il aille au diable ! Nous trouverons d'autres hommes.

— Qui va accepter de venir ici ? Bientôt, tout le monde saura que travailler pour McCord revient à travailler à l'œil, puisqu'on ne peut pas dépenser son argent.

Jurant entre ses dents, Louise observa Max, perdu dans ses pensées.

— Tu pourrais peut-être parler à M. Houser ?

Avant même de terminer sa phrase, elle avait deviné que cette idée était ridicule.

— Houser sait très bien ce qu'il fait. Cet ostracisme durera, jusqu'à ce qu'il décide que je suis assez puni.

— Ce n'est pas juste ! s'exclama Louise, ulcérée. Même ta mère a dit que tu as fait ce qu'il fallait. Tu n'as rien à te reprocher !

— C'était avant que l'on apprenne que Philadelphia était enceinte. Je suis responsable de sa grossesse. C'est la raison pour laquelle Howard ne peut pas me pardonner... Je réagirais probablement de la même façon si un salaud avait mis ma fille enceinte.

Après un moment de réflexion, Max laissa échapper un soupir.

— Bon, je ne peux pas nourrir le bétail tout seul. Et je connais Howard Houser : si j'envisageais de mélanger mes bêtes à celles de Dave, de Wally ou de maman, leurs employés subiraient le même sort que les nôtres. Il ne me reste plus qu'à tout vendre. Je préfère encore me débarrasser des bêtes, plutôt que de les regarder mourir de faim pendant l'hiver.

— Tu ne comptes quand même pas abandonner le ranch ?

Combien de temps Max allait-il subir le contrecoup de cette fameuse journée à Piney Creek ? Il avait déjà perdu sa fiancée, son enfant, un avenir de banquier... Il pouvait encore perdre son frère, et maintenant son ranch.

Non ! La jeune femme ne permettrait pas qu'une telle chose se produise.

— Pas question ! s'écria-t-elle en se penchant en avant, les yeux brillants. Tu m'as, moi, et je vaux bien trois hommes. À nous deux, nous parviendrons à nourrir le bétail jusqu'au printemps.

Il secoua la tête.

— Tu ne sais pas de quoi tu parles. Il ne s'agit pas d'une partie de plaisir. Il faudra nourrir les bêtes tous les jours, par tous les temps, et il faudra empêcher l'eau de geler dans les mares. Je ne peux pas te demander ça, vraiment…

— Tu ne m'as rien demandé. Je suis volontaire. Pas question de baisser les bras.

Elle le regarda dans les yeux et décréta :

— Nous allons nous battre.

14

— Je suis désolée, mais je ne me mêle jamais des affaires de mon père.

Combien d'heures avait-elle passées à regarder par la fenêtre de sa chambre ? Elle détestait vivre ici. La monotonie des journées la rendait folle.

— J'irai en ville demain et je lui parlerai, annonça son mari.

Wally se pencha vers l'âtre où il déposa des bûches.

— Tenter de ruiner Max est mesquin et ne mène à rien. Cela doit cesser.

Mesquin ! Philadelphia espéra pour lui qu'il ferait preuve de plus de tact, face à son père !

— Est-ce Max qui t'a demandé d'intervenir ?

Si Max perdait son ranch, il serait obligé de s'installer en ville, comme elle le lui avait demandé. Le destin se montrait parfois ironique…

— Non. Comptes-tu venir avec moi en ville ? demanda Wally.

Il était particulièrement beau, aujourd'hui, bien habillé et prêt pour le déjeuner dominical. Si elle s'y prenait bien – et elle savait s'y prendre, aucun doute là-dessus ! – il ne porterait plus jamais de chemise en flanelle et de jeans.

— Tu avais parlé de t'arrêter chez Mme White… ajouta-t-il.

Les vêtements que cette couturière confectionnait pour elle ressemblaient à des sacs. D'un autre côté, ses robes commençaient à tirer à la taille. Chaque jour, elle examinait son ventre dans la glace et détestait la rondeur qu'elle découvrait. Elle ne parvenait toujours pas à se convaincre que le sort était jeté, et qu'elle serait bientôt gonflée comme une vache. Cette perspective lui paraissait inconcevable.

— Les tenues de Mme White ne demandent guère d'essayages.

Dehors, le vent glacial balayait les feuilles mortes. Philadelphia aurait eu envie de se trouver à des kilomètres de là.

— Je sais que tu t'ennuies beaucoup. Je te laisserai chez la couturière et ensuite, tu pourras faire des courses ou rendre visite à tes amies… Nous ne sommes pas pressés.

La jeune femme ne tenait pas à retourner dans les boutiques de la ville. La semaine précédente, elle avait été désagréablement surprise par l'attitude de ses anciennes amies. Des femmes qu'elle connaissait depuis toujours l'avaient snobée, et les portes s'étaient fermées devant elle. Même les sœurs Grayson avaient ordonné à leur gouvernante de dire qu'elles étaient sorties. Comme si Philadelphia ignorait qu'elles recevaient tous les mercredis après-midi !

Tant d'injustice l'avait démoralisée. Apparemment, les commères croyaient qu'elle avait fréquenté les deux frères en même temps, puis les avait montés l'un contre l'autre. Tout cela à cause de l'histoire que son père et Livvy McCord avaient cru bon d'inventer !

Elle ne se serait pas sentie davantage humiliée si la véritable histoire avait été connue – au moins, dans ce cas, aurait-elle pu bénéficier d'un peu de compassion de la part de ses amies et connaissances, qui l'auraient alors considérée comme une victime et non plus comme une traînée...

— Non, décida-t-elle. Je reste au ranch. Je ne peux supporter d'être... insultée.

Des larmes de colère apparurent dans ses yeux et elle tapa du pied.

— C'est tellement injuste !

— Oui, admit Wally en prenant sa main. Pourquoi ne descends-tu pas aider maman à la cuisine ? Ça te changerait les idées, et le temps passerait plus vite.

— C'est ta mère qui t'a demandé ça ? Elle se plaint de moi ?

— Non, pas du tout. Mais elle se charge de toute la cuisine, de la lessive et du repassage.

— Tu veux dire que parce que ta mère refuse de prendre une bonne, je devrais me transformer en aide ménagère ? Je suis ici en qualité d'invitée !

Outrée, elle tenta de retirer sa main, mais il tint bon.

— Je suggère seulement que sortir de cette chambre te ferait du bien... et que maman apprécierait un peu d'aide.

Une certaine timidité transparaissait dans sa voix, quand il tentait de la convaincre de faire quelque chose.

— Oh, Wally, est-ce une nouvelle punition que je dois subir, une nouvelle humiliation ? Tomber au niveau des serviteurs ?

Les larmes inondèrent ses joues, et elle accepta son mouchoir.

— Si tu insistes, je veux bien essayer, mais... que devrai-je encore supporter ?

— Je n'insiste pas. Je ne faisais qu'une suggestion, c'est tout.

Gentiment, il l'attira dans ses bras et tapota son dos.

— Ma pauvre petite chérie…

— Ça ne s'arrêtera jamais, murmura-t-elle dans son cou.

Le jeune homme se raidit lorsque les lèvres de Philadelphia effleurèrent sa peau. Dans une semaine ou deux, elle l'autoriserait peut-être à l'embrasser sur la bouche. Elle savait qu'il en avait envie. Après la naissance, elle l'embrasserait à son tour, pour le récompenser, s'il était gentil avec elle…

— Je suppose que mes yeux sont rouges et gonflés, maintenant. Je dois être horrible !

Il sourit.

— Tu es magnifique.

— Sais-tu si *elle* va venir au déjeuner, aujourd'hui ?

— Évidemment.

La semaine précédente, Philadelphia avait prétexté une migraine, et Wally lui avait monté son déjeuner au lit. Elle n'avait pas pu avaler une seule miette, sachant que la *créature* était à table avec le reste de la famille et pensait sûrement qu'elle avait peur de se retrouver en face d'elle. Ce qui était faux. Aucune dame digne de ce nom ne craignait une femme de son acabit.

— Je resterai près de toi, promit Wally. Avec le temps, ces repas de famille deviendront plus faciles. Jusque-là, tu n'as qu'à ignorer Louise.

Il pouvait compter là-dessus ! En ce qui la concernait, cette créature n'existait même pas.

Une fois qu'ils auraient leur propre maison en ville, elle entreprendrait d'éloigner Wally des McCord et de ces horribles réunions familiales.

Malheureusement, une maison en ville n'était pas encore à l'ordre du jour… Mais cela viendrait. Son père avait promis que, la prochaine fois qu'il discuterait avec Wally, il lui proposerait un poste à la banque. Un travail en dehors du ranch était la première étape. Cependant, rien ne pourrait se faire avant la naissance. Elle devrait encore endurer son calvaire pendant quelques mois.

Prenant le bras de Wally, elle releva la tête et, ensemble, ils descendirent l'escalier.

Comme ils arrivaient en bas, Sunshine sortit en courant du salon – cette enfant semblait incapable de simplement marcher ! – et jeta les bras autour de la taille de sa tante.

— Tu es si belle, tante Philadelphia !... Tu te sens mieux, cette semaine ?

La jeune femme se détacha doucement de l'étreinte de la fillette.

— Chérie, tu ne dois pas me serrer ainsi... Tu écrases ma jupe.

— Mais... tante Louise aime bien quand je la prends dans mes bras, répondit Sunshine d'un air embarrassé.

— Comme tout le monde peut le constater, Low Down manque terriblement de style, et ses robes sont aussi moches qu'elle. D'ailleurs, personne ne remarquerait que ses vêtements sont froissés, pas même elle ! Les femmes de ce genre se moquent des apparences.

Quelqu'un toussa. Philadelphia tourna la tête, et se trouva face à Max et à Louise. Celui-ci l'observait d'un œil impassible. Un exaspérant petit sourire flottait sur les lèvres de la créature, mais ses joues écarlates trahissaient sa gêne. Quelle importance, si elle avait entendu ses commentaires ? Après tout, c'était la stricte vérité.

Comme pour le prouver, Louise se baissa et ouvrit les bras à l'enfant.

— En effet, j'aime beaucoup que tu m'embrasses,

dit-elle avec un grand sourire. Et ta tante Philadelphia a raison : je me moque de mon apparence.

Sunshine bondit et passa les bras autour de son cou.

— Oh, tu sens bon ! Tu sens le cidre.

Louise éclata de rire – un son rauque qui, selon Philadelphia, ne dépareillerait pas dans un bar enfumé. Une telle vulgarité la hérissa.

— C'est parce que j'ai préparé des tartes aux pommes.

Louise salua Wally, avant de prendre la main de Sunshine.

— Allons à la cuisine, voir si ta grand-mère a besoin d'aide…

Philadelphia garda les yeux modestement baissés, tandis que Wally serrait la main de son frère. Mais elle se tint suffisamment près pour que Max puisse sentir l'odeur de son eau de rose et des pétales de fleurs cachés dans un sachet, au creux de son corset.

— Bonjour, Philadelphia…

— Bonjour, Max.

— Te sens-tu mieux ? s'enquit-il d'un ton détaché.

— Oui, merci…

Wally se rapprocha et plaça un bras de propriétaire autour des épaules de son épouse.

— Et toi ?

— Très bien, merci.

La banalité de cet échange la désespéra. Est-ce qu'il en serait toujours ainsi ? Une politesse ennuyeuse et dénuée d'intérêt ?

Elle jeta un regard éloquent en direction de sa bouche et, quand elle fut sûre d'avoir toute son attention, passa le bout de sa langue sur sa lèvre supérieure. Ils jouaient peut-être la comédie, mais elle n'avait rien oublié. Rien du tout.

L'expression de Max ne changea pas, mais ses épaules se raidirent, et sa main se crispa dans sa poche.

— Je vais parler à Howard Houser demain, annonça Wally. Et insister pour qu'il arrête cette vendetta et permette à tes employés de dépenser leur argent.

— J'apprécie ta sollicitude, mais tu perds ton temps, répondit Max. Ne t'en mêle pas, Wally.

— Philadelphia et moi pensons que ce n'est pas juste. Il vaut mieux oublier le passé.

Max adressa un regard sceptique en direction de la jeune femme, qui sentit ses mains devenir moites et son estomac se contracter. Le regard de Max s'attarda ensuite sur sa taille, avant de se détourner.

Elle exhala le souffle qu'elle avait inconsciemment retenu. À côté de son frère, Wally paraissait tellement insignifiant…

— Dave est dehors, intervint Gilly avec un sourire. Il veut vous montrer sa nouvelle selle… Bonjour, Philadelphia. Vous avez l'air en forme, aujourd'hui.

Au grand désappointement de cette dernière, les hommes se dirigèrent vers la porte.

— Quand mangeons-nous ? questionna Wally.

Il avait promis de rester auprès d'elle, mais les signes qu'elle lui adressa le laissèrent de marbre. Il ne perdait rien pour attendre !

— Dans vingt minutes.

Lorsque la porte se referma derrière eux, Gilly essuya ses mains sur son tablier. Philadelphia tenta de se rappeler si elle avait déjà vu Gilly ou Livvy sans leur sempiternel tablier.

— Voulez-vous venir avec nous à la cuisine ? demanda Gilly.

Philadelphia ignorait tout du fonctionnement d'une cuisine et aurait bien été en peine de préparer un repas. D'ailleurs, elle n'avait aucune envie d'apprendre. De plus, elle ne tenait pas à donner à Livvy une nouvelle occasion de la dévaloriser. Mme McCord pensait peut-être que la place d'une femme se trouvait dans la cuisine, les vraies dames ne partageaient pas cet avis.

— Je préfère attendre au salon, dit-elle d'un ton léger. Peut-être voulez-vous vous joindre à moi ?

Un peu de compagnie ne serait pas désagréable.

— J'aimerais beaucoup, mais je dois finir de remplir les salières.

Avec un sourire désabusé et un haussement d'épaules, Gilly tourna les talons.

Choquée par l'attitude désinvolte de sa belle-sœur, Philadelphia resta immobile un long moment. Elle se sentait exclue et abandonnée… Finalement, dans un bruissement de taffetas, elle marcha jusqu'au salon, où elle passa le temps à compter les jours qui la séparaient de son départ du ranch.

Le repas se révéla pour elle une véritable épreuve…

D'abord, Sunshine fut autorisée à déjeuner avec les adultes – ce qui était une inqualifiable violation des règles de bienséance ! Pire, l'enfant ne cessa de babiller, et personne ne lui demanda de se taire. Cela seul suffisait à vous donner la migraine. Les hommes discutèrent de politique, du temps, du bétail. Livvy et Gilly parlèrent des vêtements qu'elles cousaient pour la *créature*. Cette dernière n'ouvrit la bouche qu'une seule fois. Elle se contenta de répondre oui, quand Gilly lui demanda si elle avait toujours l'intention de passer chez eux après le déjeuner pour un essayage.

Philadelphia, abandonnant bien vite tout effort pour introduire un sujet de conversation intéressant, se comporta en modèle silencieux de grâce, de délicatesse et de bonnes manières. De temps en temps, elle glissait un coup d'œil entre ses cils vers Max, espérant qu'il remarquerait le contraste saisissant entre une bonne éducation et des façons de roturière. Deux fois, elle surprit son regard posé sur elle, et réprima un sourire.

Bien qu'elle n'ait pas tourné une seule fois la tête en direction de Low Down, elle n'en avait pas moins conscience de sa présence. Du coin de l'œil, elle constata que celle-ci l'observait avec une expression de déférence. Ce qui était tout naturel. Elle en ressentit une profonde satisfaction. Low Down devait comprendre qu'elle n'avait rien à faire parmi les gens de bonne compagnie. Elle n'était qu'une rien du tout. Une abomination.

Après le déjeuner, les hommes sortirent fumer leurs horribles cigares. Low Down sauta sur ses pieds pour ramasser les assiettes, qu'elle porta dans la cuisine. Ce désir à peine dissimulé de s'enfuir pour se cacher réjouit Philadelphia.

— Cette enfant voue une véritable dévotion à sa tante Louise... commenta Gilly en voyant la fillette se précipiter à sa suite. À vous aussi, Philadelphia, ajouta-t-elle aussitôt d'un air embarrassé. Sunshine dit toujours qu'elle veut devenir aussi belle que vous, quand elle sera grande.

— J'ai toujours su m'y prendre avec les enfants, reconnut Philadelphia d'un air modeste.

Dans le passé, cette réponse n'aurait pas eu grande signification, mais aujourd'hui, les choses étaient différentes, pensa-t-elle en posant la main sur son ventre.

— À quatre mois, je portais déjà des robes larges, expliqua Gilly. Maman croyait que j'attendais des jumeaux !

Livvy leva sa tasse de café.

— Ai-je bien entendu Wally ? A-t-il dit qu'il comptait parler à votre père ?

Pas question pour Philadelphia de se laisser entraîner sur ce sujet.

— Wally n'en sait encore rien, mais papa envisage de lui proposer un travail à la banque, dit-elle.

— Croyez-vous qu'il va accepter cette offre ?

— Évidemment.

Livvy se leva et s'approcha de la fenêtre. Dans le silence revenu, Philadelphia entendit Low Down et Sunshine rire à la cuisine.

— D'une certaine façon, je crois que Wally fera un meilleur banquier que Max. Il n'est peut-être pas aussi rapide avec les chiffres, mais il supportera mieux de travailler dans un bureau. Max a besoin d'être son propre patron.

— Wally n'aime pas autant la terre que Max, renchérit Gilly. De plus, comme il n'a pas de domaine, il n'aura pas besoin de se partager entre le ranch et la banque. Nous répartirons ses bêtes entre les nôtres.

— Est-ce votre idée ou celle de votre père, de transformer en banquier tous les McCord ? lança Livvy, sans quitter la fenêtre.

Comme à son habitude, elle ne manifestait absolument pas le moindre respect envers les Houser. Le grand-père de Philadelphia avait créé la ville, quand même ! Son père était l'un des plus importants citoyens de la communauté et, jusqu'à ce que le fils de Mme McCord l'ait trahie, Philadelphia régnait sur la bonne société de la ville. Sa belle-mère se montrait vraiment très déplaisante !

Elle se força à sourire.

— Je ne nie pas que j'aimerais beaucoup que mon mari devienne un homme du monde, mais je vous assure que je n'ai aucune influence sur les décisions de mon père.

Gilly jeta un regard embarrassé en direction de sa mère, puis entreprit de changer de sujet.

— Irez-vous en ville avec Wally, demain ?

— Vous ne devez pas être au courant de mon précédent déplacement en ville...

Les yeux brillants de larmes, elle raconta à Gilly tous les outrages qu'elle avait subis. Celle-ci émit quelques murmures sympathiques, mais Livvy resta de marbre.

Finalement, Philadelphia se tamponna les yeux avec son mouchoir en dentelle.

— J'ai du mal à croire que tout cela m'arrive, à moi ! Le scandale devait être évité et, au lieu de cela, ma réputation est totalement ruinée.

Cette fois, Livvy réagit.

— Vu les circonstances, votre réputation aurait été ruinée de toute façon.

— Vous n'êtes quand même pas en train d'insinuer que je pourrais être responsable ! s'exclama Philadelphia, choquée.

— On peut retenir, à votre décharge, que vous n'avez pas eu de mère pour vous guider et vous conseiller. Mais votre père doit en prendre conscience : mon fils ne vous a pas violée. Votre infortune est le résultat d'un acte consenti et, de ce fait, vous en partagez la responsabilité. Vous supporteriez peut-être mieux la situation, si vous acceptiez de le reconnaître.

— C'est monstrueux ! Cette horrible Low Down est la seule responsable de ce désastre !

Philadelphia se leva, les lèvres tremblantes.

— J'ignore pourquoi vous vous en prenez à moi. Mon seul crime a été d'aimer votre fils, madame McCord. Je ne mérite pas ce qui m'arrive, je n'ai aucune responsabilité là-dedans !

Les larmes coulant sur ses joues, elle rassembla

ses jupes et s'enfuit en courant jusqu'à sa chambre, dont elle claqua la porte... avant de la rouvrir tout doucement, et de se rapprocher de l'escalier sur la pointe des pieds pour écouter.

— Je crois que tu t'es montrée un peu dure, maman...

— Je vais peut-être devoir m'excuser, reconnut Livvy avec un soupir.

Au ton de sa voix, il paraissait évident que ces excuses n'auraient rien de sincère.

— Si tu étais tombée enceinte avant ton mariage, ajouta-t-elle, jamais tu n'aurais accepté de rendre Dave seul coupable. Tu aurais admis ta part de responsabilité, j'en suis certaine.

— Tu sais qu'elle a toujours été gâtée, protégée et dorlotée. C'est peut-être la première fois qu'elle se retrouve ainsi, face à ses erreurs. Si elle croit sincèrement ne rien avoir à se reprocher, ce doit être terrible pour elle d'être traitée comme une paria. Et ce scandale la suivra toute sa vie. Je pense qu'on peut avoir un peu pitié d'elle.

Gâtée ! Protégée ! Dorlotée !

Et alors ? Elle était une Houser, après tout, elle n'était pas n'importe qui. Tout le monde savait qu'elle aurait pu épouser quelqu'un de bien plus important qu'un McCord. Pour qui ces gens se prenaient-ils ?

— En tout cas, une chose est évidente : ces déjeuners du dimanche sont devenus une véritable épreuve pour tout le monde. Bien que je le regrette, je crois qu'à partir de maintenant, nous n'en ferons plus qu'un par mois.

— Elle fait de son mieux, maman...

— Dans ce cas, pourquoi ne va-t-elle pas parler à son père au sujet de Max ? Houser cesserait sa vengeance si Philadelphia intervenait.

À ce moment-là, les hommes rentrèrent. Peu après, Gilly, Dave, Max et Louise récupérèrent leurs vestes et prirent congé.

Philadelphia retourna dans sa chambre et s'approcha de la fenêtre.

Quelques secondes plus tard, les couples apparurent et se dirigèrent vers leurs chariots respectifs. La jeune femme ne quittait pas Max des yeux tandis qu'il aidait Low Down à s'installer. Puis cette dernière dit quelque chose et prit le visage de Max entre ses mains gantées. Ils se regardèrent un instant, les yeux dans les yeux, et Max rit.

Ô mon Dieu ! Ils étaient amants…

Malade de jalousie, Philadelphia pressa une main contre sa bouche. Jamais elle n'avait envisagé que Max puisse coucher avec cette créature. Elle avait cru qu'il lui resterait fidèle. Évidemment, il avait donné sa parole de faire un bébé à Low Down, mais personne n'attendait de lui qu'il respecte son engagement !

Il était naturel que son père cherche à le punir, et il devait comprendre qu'il méritait ce châtiment. Mais, au fond de son cœur, il devait également savoir qu'un jour ils se retrouveraient. Elle n'avait jamais voulu le mettre en colère ou le jeter dans les bras de cette créature. Jamais.

Chancelante, elle s'écroula sur le lit où elle éclata en sanglots rageurs.

Quand Wally la rejoignit, elle se jeta dans ses bras et sanglota sur son épaule. Il lui demanda une bonne douzaine de fois la cause de son chagrin.

— Ta mère me déteste, répondit-elle. Elle dit des choses tellement méchantes… Je suis certaine qu'elle ne les pense pas, mais… Oh, Wally, voudrais-tu faire quelque chose pour moi ?

— Bien sûr, ma chérie. Tout ce que tu veux.

— Embrasse-moi.

Il resta un instant pétrifié, puis son visage s'illumina. Il l'attira doucement contre lui, comme si elle était en cristal et risquait de se briser entre ses mains.

Son baiser fut doux, tendre… parfaitement ennuyeux.

Lorsqu'il recula, Philadelphia enfouit son visage contre son épaule pour étouffer un soupir et cacher son désespoir. Comme Max n'était pas là pour voir son frère l'embrasser, ce baiser était une perte de temps. Il ne lui apportait rien…

Que le diable emporte Max McCord ! Oh oui, que le diable l'emporte !

— J'adore écouter Dave gratter sa guitare, et Gilly jouer du piano sans même regarder la partition…

Ils avaient passé la soirée chez Dave et Gilly, et rentraient chez eux.

Max hocha la tête et jeta un coup d'œil vers le ranch de sa mère, devant lequel ils passaient. La maison semblait plongée dans l'obscurité mais, comme la chambre de Philadelphia donnait sur l'arrière, il ignorait si sa lampe brillait encore.

— Ce fut une soirée très agréable, ajouta Louise avec bonne humeur en pressant sa jambe contre la sienne.

Il faisait un froid glacial et le but était de se réchauffer mutuellement. Il n'en demeurait pas moins que Max avait terriblement conscience de sa proximité… et de son odeur. Sunshine avait raison : elle sentait le cidre.

— Tu n'as pas dit trois mots, tant que nous sommes restés chez ma mère.

— Je n'avais rien à dire, répliqua-t-elle, les yeux fixés sur la route.

Il commençait à bien la connaître et savait qu'elle ne se plaindrait pas, mais il avait pensé qu'elle ferait au moins une allusion à la grossièreté de Philadelphia. Il s'était trompé.

Toute la semaine, il avait redouté de revoir son ancienne fiancée. Pourtant, ses craintes s'étaient évanouies comme par enchantement, quand il avait vu celle-ci repousser Sunshine pour ne pas froisser sa robe. Comment pouvait-on accorder plus de valeur aux plis d'un vêtement qu'au baiser d'un enfant ?

Pis encore. Si on lui avait posé la question, il aurait affirmé que Philadelphia était parfaitement incapable de la moindre remarque désobligeante, et encore moins d'afficher un grand sourire en découvrant que la personne visée – Louise, en l'occurrence – avait tout entendu. Elle avait même eu le toupet de lui jeter un regard triomphant, comme s'ils étaient complices et qu'elle espérait qu'il applaudisse !

D'accord, Philadelphia avait toutes les raisons du monde de détester Louise, et il s'était attendu à une politesse glaciale, mais une certaine politesse quand même... Jamais il n'aurait envisagé cette insolence ou ces réflexions venimeuses. Enfin, il n'aurait jamais cru possible qu'un jour, il n'éprouverait que de la colère à l'égard de la femme qu'il avait souhaité épouser.

Un brusque remords le fit tressaillir. Philadelphia était enceinte... Comment pouvait-il se montrer aussi injuste ? Hier encore, il redoutait que sa tendresse à l'égard de la mère de son enfant ne soit trop évidente, et aujourd'hui, il avait tout simplement *oublié* cette grossesse. Il n'était vraiment qu'un salopard, et elle était bien mieux sans lui...

— Quelle belle nuit, n'est-ce pas ? dit Louise.

— En effet.

— Les étoiles paraissent si proches…

Une autre chose l'intriguait. Philadelphia avait-elle toujours été aussi égocentrique ? Ou avait-il été trop aveugle, pour ne pas voir plus loin que ses yeux magnifiques et ses fossettes ? Il se rappela soudain avoir plaisanté sur son habitude de dire ce qui lui passait par la tête sans s'inquiéter des conséquences. Aujourd'hui, il avait été témoin de cette même attitude désinvolte mais, cette fois, sans rien y trouver d'amusant.

— Qui est muet, maintenant ? se moqua Louise en lui donnant gentiment un coup d'épaule.

— Merci de m'avoir accompagné au déjeuner chez maman, dit-il.

Elle avait dû redouter ce repas autant que lui.

— J'aime ta famille, répondit-elle simplement. Pendant le repas, j'ai regardé autour de la table et je me suis dit : merde alors, c'est…

Elle s'arrêta net et respira un grand coup.

— Et je me suis dit : mince alors, c'est bien moi ici qui déjeune avec une vraie famille, et j'ai autant le droit d'y être que… enfin, tu vois qui je veux dire. Ce fut un moment merveilleux.

— Tu as tout à fait le droit d'être là. Garde bien ça en tête.

Il pouvait comprendre le désir de Philadelphia de le punir, mais Louise n'avait rien à voir avec sa grossesse ou son mariage avec Wally.

— Tu savais que Gilly voulait un autre enfant ?

— Elle ne m'en a jamais parlé, mais ça ne m'étonne pas vraiment.

— Cela fait trois ans qu'elle et Dave essaient. Pour l'instant, sans résultat. Il semble incroyable que certaines puissent tomber enceintes juste comme ça, alors que d'autres doivent attendre des années…

La nuit qu'ils avaient passée sur le plancher de la cuisine revint brusquement à l'esprit de Max. Il n'oublierait jamais le moment où Louise avait fait glisser sa chemise de nuit, son corps nu se découpant dans la clarté de la lune. Une silhouette parfaite, merveilleusement proportionnée. Une taille fine, une poitrine pleine, de longues jambes nerveuses. Sa peau était douce et chaude, ferme et tendre à la fois.

Il arrêta le chariot devant la porte, à l'arrière de la maison.

— Je détache les chevaux. As-tu besoin d'aide pour descendre ?

— Je crois que je devrais pouvoir me débrouiller toute seule, répondit-elle en riant.

Il hésita.

— Louise ? appela-t-il.

— Oui ?

— Je pensais… ce serait peut-être le bon moment pour renoncer à cette satanée chemise de nuit…

— Ce soir ? demanda-t-elle, surprise.

— Sauf si ça t'ennuie.

— Je ne pensais pas que… je veux dire… Écoute, si tu as pitié de moi ou…

— Louise ? Il gèle ici. Pourrais-tu répondre oui ou non, tout simplement ?

— Oui !

Son rire, un peu rauque, s'éleva dans l'air glacial.

— Oui, oui, oui !

En se dirigeant vers la grange, Max réfléchit. Au début, il lui avait fait l'amour à contrecœur, puis avec rage. Ce soir, pour la première fois, il lui ferait l'amour parce qu'il en avait vraiment envie.

Non sans une certaine nervosité, il dessella les chevaux et les mena à l'enclos. L'image de la jeune femme, nue dans le lit, l'absorbait tellement qu'il ne fit pas attention aux flocons de neige qui s'étaient mis à tomber.

Lorsqu'il pénétra dans la chambre, elle était dans le lit, les couvertures remontées jusqu'au menton, ses cheveux étalés sur l'oreiller. Ses joues rouges et ses yeux brillants trahissaient son excitation.

Un sourire aux lèvres, il traversa la chambre et entreprit d'ôter ses bottes.

— Tu n'as pas caché cette maudite chemise de nuit sous les couvertures, n'est-ce pas ? plaisanta-t-il.

— Je suis aussi nue qu'au jour de ma naissance, murmura-t-elle, plus écarlate que jamais.

Quelle drôle de femme ! Elle s'habillait et se déshabillait dans le dressing-room, et ne montrait jamais la moindre parcelle de peau. Totalement dépourvue de coquetterie, elle brillait par une modestie sans faille. Pourtant, elle était également capable de se mettre nue devant lui, dans une cuisine, et de lui offrir l'un des moments les plus érotiques qu'il ait connus.

À son tour, il allait lui offrir une nuit magique.

Glissant sous les couvertures, il s'enroula autour d'elle pour chercher sa chaleur. Son corps répondit aussitôt à ce doux contact.

— Louise ? murmura-t-il dans le creux de son oreille. Je crois qu'il va y avoir pas mal de préliminaires, ce soir...

— Qu'est-ce que ça veut dire ?

Il la sentit se raidir.

— Tu verras bien.

Passant le bras autour de sa taille, il l'attira plus près.

— Tu n'éteins pas la lampe ?

— Non, répondit Max d'un air distrait.

Sa main remonta lentement le long de la cuisse de Louise, glissa sur sa hanche, puis sur son bras, jusqu'à l'épaule.

Elle eut un petit soupir, et il devina qu'elle avait attendu qu'il caresse sa poitrine. Cela viendrait... en temps voulu.

De ses lèvres, il suivit la ligne de son cou, puis de sa mâchoire. Elle sentait le cidre, mais également une autre odeur, la sienne... Un parfum profond qui l'excitait au plus haut point : son odeur de femme.

Il continua son exploration et embrassa le coin de ses lèvres, avant de reculer légèrement lorsqu'elle voulut lui rendre son baiser.

Sa bouche redescendait maintenant dans le creux de son cou, s'arrêtant à l'endroit où son pouls battait précipitamment.

— Ô mon Dieu... gémit Louise, qui leva les mains.

Mais il repoussa ses bras.

— Que veux-tu que je fasse ? demanda-t-elle d'une voix rauque.

— Détends-toi.

Se redressant sur un coude, il admira sa magnifique poitrine, puis commença à jouer avec le bout de ses seins, qui devinrent bientôt durs comme de la pierre.

— Comment veux-tu que je me détende, quand tu me fais des choses pareilles !

La jeune femme se cambra, offerte à sa caresse. Mais ce fut la bouche de Max qui entra en action.

— Qu'est-ce que tu... Oh, Max !

— Chut, murmura-t-il en caressant de la langue le mamelon durci.

Les mains de Louise s'enfoncèrent dans ses cheveux. Elle ondulait sous lui, cherchant un contact qu'il lui refusait. Quand il la sentit brûlante, sa main descendit jusqu'à la douce toison entre ses jambes.

— Oh...

Elle tenta de se relever, mais il la repoussa et continua son exploration. Sans répit il la caressa, la cajola, l'effleura, jusqu'à ce qu'elle rende les armes et gémisse, vaincue, le souffle court.

Il éprouvait une joie sans pareille à éveiller son corps à l'amour, à l'initier à toutes ces merveilleuses sensations. Remontant vers son visage, il fixa ses grands yeux ébahis.

— Je vais embrasser chaque parcelle de ton corps, murmura-t-il.

Ses yeux s'élargirent.

— Chaque parcelle ? Oh, non, ne fais pas ça...

Mais il ne l'écouta pas et ses lèvres commencèrent leur long périple, lentement, sensuellement, s'attardant sur les zones les plus sensibles.

Lorsqu'elle se mit à crier de plaisir, il la serra très fort dans ses bras. Peu à peu, elle s'apaisa, et son souffle retrouva un rythme normal...

— Mon Dieu ! Si j'avais pu me douter que les préliminaires ressembleraient à ça, jamais je ne m'y serais opposée !

Il rit et déposa un baiser entre ses seins. Elle était si naturelle, si affectueuse, se donnant sans retenue. Il avait de la chance...

— Max...

— Hum ?

Il dormait presque, savourant le contact de sa peau soyeuse contre sa joue.

— Ce soir a été... je n'aurais jamais imaginé... Ce que je veux dire, c'est... que j'aimerais moi aussi t'embrasser partout.

Instantanément, toute trace de sommeil s'évanouit chez Max, et son corps se tint prêt à cette tendre exploration.

Sous les couvertures, les doigts de Louise tâtonnèrent quelques secondes, avant de trouver leur cible.

Un petit rire lui échappa.

— On dirait que tu n'es pas contre quelques préliminaires, toi non plus, dit-elle en le caressant délicatement. C'est aussi doux que du velours... tu sais ça ?

Max ne put retenir un petit gémissement de plaisir.

— Tu es incroyable, dit-il d'une voix étranglée. Vraiment incroyable...

Beaucoup plus tard, juste avant qu'ils ne s'endorment dans les bras l'un de l'autre, Max jeta un coup d'œil vers la fenêtre et aperçut les flocons de neige.

Le sourire sur ses lèvres disparut brusquement.

15

Louise ramassa les œufs puis remonta vers la maison. Dans le cellier, elle ôta la vieille veste de Max qu'elle avait enfilée et secoua la neige de ses cheveux. Elle souffla sur ses doigts pour les réchauffer.

La cuisine était chaude et embaumait le café frais. Elle éteignit les lampes et s'approcha de la fenêtre, regardant les flocons tomber paresseusement du ciel. La plupart étaient énormes, comme des boules de coton.

La veille, le manteau neigeux lui avait paru magnifique. Mais aujourd'hui, la gravité de la situation l'emportait. La trace de ses pas était déjà presque recouverte. Si, hier encore, les bêtes parvenaient à trouver de l'herbe, plusieurs centimètres de neige fraîche dissimulaient à présent toute trace de fourrage. Max et elle allaient devoir nourrir eux-mêmes le bétail.

Elle s'en était doutée et avait passé la journée précédente à cuisiner sans relâche. Des miches de pain emplissaient les étagères. Il y avait du beurre en quantité suffisante, des œufs durs et des petits légumes pour un encas vite fait. Le jambon et le bacon suffiraient pour plusieurs jours, et la glacière débordait de tartes et de gâteaux à la vanille.

D'épaisses tranches de bacon grésillaient dans la poêle lorsque Max secoua ses bottes dans le cellier.

— Ça sent bon, commenta-t-il.

Il pénétra dans la cuisine, un seau rempli de lait frais à la main, et en ôta la crème qu'il mit dans son bol de café.

— J'ai le temps de me raser ?

— C'est prêt, dit-elle.

Elle détestait les barbes et les moustaches qui dissimulaient les visages. Mais l'ombre naissante sur les joues de Max lui donnait un air de pirate, non dénué de charme…

Et dire qu'elle en était à rêvasser devant la tête mal rasée d'un homme !

— Idiote…

— Que se passe-t-il ? demanda Max en sursautant. J'ai l'impression que tu commences à regretter de t'être portée volontaire pour nourrir le bétail.

La jeune femme comprit soudain qu'elle avait parlé tout haut.

— Je viens juste de prendre conscience de ma bêtise. Mais ça n'a rien à voir avec le bétail.

Il esquissa un sourire.

— Tu es beaucoup de choses, ma chérie, mais sûrement pas bête. Tu es la moins bête des femmes que j'ai rencontrées.

De surprise, Louise lâcha la poêle, et le bacon glissa sur le sol.

Mince alors ! Il l'avait appelée « ma chérie ». Le mot était sorti comme ça, naturellement.

Max bondit et ramassa la poêle, qu'il reposa sur la cuisinière.

— Tu t'es brûlée ?

— Non, mais le bacon est fichu.

Ce devait être une erreur. Il ne voulait pas vraiment dire « ma chérie ». Ce n'était qu'une façon de parler, un petit nom amical qu'il utilisait sans même sans rendre compte...

— Ce n'est rien. Une minute sur le feu et il sera comme neuf, dit Max en se baissant pour récupérer les tranches de lard.

Il releva soudain la tête.

— Tu portes un de mes pantalons sous ton tablier ?

— Tu ne comptais tout de même pas me voir ramasser le foin en jupe !

La moutarde lui monta brusquement au nez. Qu'est-ce que c'était que cette histoire de *chérie*, d'ailleurs ? Bon sang, il fallait qu'elle se reprenne... Plus question de rêvasser devant sa barbe, et encore moins de se pâmer parce qu'il l'avait appelée « ma chérie » ! Quand le moment viendrait de partir, elle voulait être capable de s'éloigner sans un regret, sans un regard en arrière et, surtout, sans cœur brisé.

Elle repoussa la porte du four, coupa furieusement des tranches de pain et cassa ensuite les œufs dans la poêle. Aucun jaune ne résista à l'assaut de sa spatule.

— Louise... ?

Max recula quand elle posa violemment l'assiette devant lui.

— Qu'est-ce qui te prend ? Pourquoi es-tu aussi remontée, tout d'un coup ?

— Mange ton petit déjeuner et ne m'appelle plus « ma chérie ».

Max sursauta.

— Je t'ai appelée « ma chérie » ?

— Oui, monsieur. Et je n'aime pas ça.

— Et quand ai-je commis cette terrible offense ? La nuit dernière ?

Louise devint cramoisie. Les deux dernières nuits avaient été... fantastiques. Elle ne savait d'ailleurs pas trop quoi en penser. Elle ne se reconnaissait plus. Comment pouvait-on changer aussi radicalement ? Voilà qu'elle aimait faire l'amour, maintenant. Et embrasser. Oui, embrasser était encore plus excitant…

— Pas la nuit dernière. Tu viens juste de le dire, il y a deux minutes.

Et voilà, c'était bien ce qu'elle pensait ! Il ne s'en était même pas rendu compte. Elle trouvait presque insultant qu'il ait pu dire une chose aussi gentille sans en avoir conscience.

— Bon. Je ne dis pas que tu n'as pas raison d'être en colère parce que je t'ai appelée « ma chérie ». Mais, entre nous, il y a des façons bien pires de nommer quelqu'un.

Louise le regarda, méfiante. Les yeux de Max pétillaient de malice.

— En fait, continua-t-il, je crois que je pourrais supporter que tu m'appelles « mon chéri ». Évidemment, je risque de tressaillir un peu au début, mais avec le temps, je devrais m'y faire et décider que « mon chéri » est finalement bien mieux que, disons… « mon salaud ».

— Tu ne serais pas en train de te payer ma tête, par hasard ?

Ses yeux pétillèrent de plus belle.

— Moi ? Jamais je ne prendrais le risque de me moquer d'une femme en colère…

Bon sang, c'était exactement ce qu'il était en train de faire ! Il la taquinait. Personne ne l'avait jamais taquinée.

— *Chérie*, termine ton petit déjeuner. Le temps passe. Nous devons absolument sortir pour affronter cette tourmente et vérifier si nous serons capables de nourrir le bétail.

— Évidemment que nous le serons, grommela-t-elle.

Son esprit refusait de fonctionner normalement. Elle ne savait pas si elle devait être folle de rage ou flattée qu'il l'ait taquinée...

— Comment allons-nous procéder? demanda-t-elle pour ne plus y penser.

— As-tu déjà ramassé du foin?

— Non. Je l'ai vu faire. Veux-tu encore du café?

— Oui, merci. Le voir et le faire sont deux choses très différentes.

— Quelle quantité devrons-nous transporter?

— Nous devrons d'abord prendre le foin à la meule et le mettre sur le chariot. Puis nous irons le répandre devant les bêtes. Ensuite, nous retournerons à la meule et nous recommencerons. Je pense que cinq ou six voyages seront nécessaires.

Louise sourit et se détendit.

— Ça ne me paraît pas si terrible...

Elle se trompait.

Pendant qu'elle faisait la vaisselle du petit déjeuner et se préparait, Max avait attelé les chevaux à la charrette derrière la grange et commencé à charger le foin. Comme elle, il portait un bandana passé autour du chapeau et attaché sous le menton pour le tenir en place, mais il avait ôté sa veste. Après quelques minutes de travail, Louise l'imita.

Ramasser du foin avec une fourche n'avait rien d'un jeu d'enfant, et il ne fallut pas longtemps à la jeune femme pour transpirer à grosses gouttes. Bien avant que la charrette ne soit chargée, elle crut que les bras allaient lui tomber du corps.

Une fois la charrette pleine, ils s'arrêtèrent pour s'éponger le front et reprendre leur souffle. En silence, ils secouèrent la neige de leurs épaules et remirent leurs vestes. Puis Louise prit les rênes, Max s'installa à l'arrière. Plissant les yeux pour voir le chemin à travers les flocons qui tombaient dru, elle mena la charrette vers les prairies qui s'étendaient derrière les communs.

Ce qui l'étonna fut de trouver le bétail dispersé dans les champs, et non pas regroupé pour se tenir chaud et résister au froid. Comme les bouvillons n'étaient pas assez intelligents pour s'approcher des meules de foin et manger, il fallait que quelqu'un – elle, en l'occurrence – dépose le repas devant leurs pattes. Et Dieu sait qu'ils n'étaient pas faciles à repérer, avec leurs dos recouverts de neige !

Lors de leur second voyage, ils s'arrêtèrent près de la mare. Max cassa la glace pour permettre aux bêtes de boire. Louise attendit, les bras serrés autour d'elle, tremblante de froid.

Après le troisième voyage, sa chemise et ses pantalons étaient trempés de sueur. Quand elle reprit les rênes, le froid s'insinua sous sa veste et recouvrit sa chemise d'une mince couche de glace.

Ses dents claquèrent pendant tout le cinquième voyage. À chaque fois, charger la charrette prenait un peu plus de temps.

Elle se demanda pourquoi Max disait que le troupeau était petit, cette année. En ce qui la concernait, elle avait l'impression qu'il y avait là, perdues dans la tourmente, des millions de vaches, toutes affamées et incapables de se nourrir seules, et bien trop stupides pour rester près de la grange où on aurait pu facilement les repérer.

Finalement, ce fut le dernier voyage. Il était déjà presque midi. Louise aida Max à dételer, puis le laissa bouchonner les chevaux. Baissant la tête pour se protéger du vent, elle remonta vers la maison, avec du bois dans les bras pour alimenter la cuisinière.

Lorsque Max la rejoignit et s'écroula sur une chaise, elle était en caleçons, pelotonnée près du feu, et elle examinait les ampoules qui avaient fait leur apparition sur ses paumes.

— Tu sais ce qu'on dit : ce n'est pas le travail qui tue, mais les soucis.

Max releva la tête.

— Qui a dit ça ?

— C'est un proverbe. Il y a toujours un proverbe pour chaque situation.

— Je ne sais pas contre qui je suis le plus en colère. Howard Houser ou Shorty Smith.

Il ferma les yeux et se frotta la nuque.

— Ne t'embête pas pour le déjeuner. Je suis trop fatigué pour manger. Nous finirons les restes du petit déjeuner.

— Si tu trouves la force de couper le jambon et le pain, je vais faire des œufs au plat… Dieu que je suis contente que ce soit fini !

— Ma chérie, tu oublies que nous devrons recommencer ce soir, avant la nuit.

Elle gémit et laissa échapper une bordée de jurons.

Ils mangèrent en silence, puis restèrent assis, prostrés, les mains autour de leur tasse de café, le visage tourné vers la fenêtre.

L'hiver promettait d'être long.

Quand il faisait beau, Louise espérait toujours qu'ils n'auraient pas besoin de sortir, comme si les bêtes ne mangeaient pas quand le soleil brillait…

Mais, que ça lui plaise ou non, la neige recouvrait toujours le sol et y resterait jusqu'au printemps, ce qui signifiait que les vaches ne pouvaient brouter et donc, que Louise et Max devaient leur apporter à manger. Deux fois par jour. Tous les jours.

Les jours se succédèrent, puis les semaines, rythmées par les allers et retours entre la grange et les champs. Nourrir les chevaux, les poulets, les vaches… Ils n'avaient plus de temps ou d'énergie pour quoi que ce soit d'autre. Ils tombaient du lit avant l'aube, y remontaient aussitôt leur dîner avalé, et s'endormaient d'un coup.

Ils n'effectuaient que le minimum nécessaire. L'écurie n'était pas nettoyée régulièrement, et les seules barrières que Max vérifiait se trouvaient proches des bâtiments. Il coupait du bois pour le lendemain, mais n'avait pas le temps de préparer des bûches pour plusieurs jours.

Louise se chargeait des repas et ne lavait que le strict minimum. Le ménage laissait à désirer.

Le seul point positif fut qu'ils n'avaient plus le temps d'assister aux déjeuners du dimanche. Max s'en réjouissait. Cependant, il se rendait au ranch de sa mère une fois par semaine, pour voir si tout allait bien et si les hommes s'occupaient comme il fallait des bêtes. Normalement, Wally aurait dû veiller à la bonne marche des choses, mais depuis quelque temps, il partait en ville chaque matin pour son nouveau travail à la banque.

Max avait aperçu Philadelphia à deux reprises, sans lui parler. Les deux fois, elle se trouvait dans le salon, assise devant la cheminée, les mains croisées sur les genoux. Ils avaient échangé un regard, et Max s'était souvenu de son retour de Piney Creek, lorsque leurs vies avaient basculé…

Aujourd'hui, le salon était vide. Max ne sut s'il en éprouvait du soulagement ou de la déception. Il suspendit son manteau et se dirigea vers la cuisine, où Livvy l'attendait avec une tasse de café.

— Mange quelque chose, ordonna-t-elle. Je sais que tu sautes le déjeuner pour venir ici.

— Juste un café. J'ai mangé un morceau avec les gars.

Il ne pouvait s'empêcher de tendre l'oreille, pour guetter les pas de la jeune femme au-dessus de lui.

— La situation ne risque pas de s'améliorer si Philadelphia court se cacher, chaque fois que je passe la porte.

Livvy croisa les bras et l'examina d'un air indéchiffrable.

— Philadelphia est en ville. Elle est allée voir son père. Ce qui est aussi bien. Toi et moi, nous devons parler.

Il sentit pointer les ennuis.

— Dois-je me servir une boisson un peu plus forte ? ironisa-t-il.

— J'ai parlé à Wally, mais je ne sais pas si je fais bien de t'en parler...

— Le mieux est de me dire ce que tu as en tête. Nous n'avons jamais eu de secrets les uns pour les autres, dans cette famille.

Livvy soupira.

— Je crois que la grossesse de Philadelphia ne se déroule pas normalement. Je me demande si elle parviendra à terme...

Il tressaillit.

— Pourquoi dis-tu ça ?

— Elle est enceinte de cinq mois et demi, mais personne ne s'en douterait, à la voir. Quelque chose ne va pas, Max. Le bébé ne se développe pas comme il devrait.

Max était comme tous les hommes, dans ce domaine : il n'y connaissait rien.

— Tu veux dire qu'elle devrait être plus grosse ?

— Philadelphia dit qu'elle a pris beaucoup de poids et paraît étonnée que je ne trouve pas son ventre assez rond. Elle se juge énorme et est persuadée d'être déformée à jamais. Je l'ai suppliée de consulter le Dr Pope, mais elle a refusé. À ce jour, personne à Fort Houser ne se doute de sa grossesse, et elle ne veut pas que ça change. Je suis persuadée que le Dr Pope saurait se montrer discret. Si elle n'a pas confiance, elle pourrait toujours aller à Denver voir un autre médecin. Mais impossible de lui faire entendre raison.

— Et tu comptes sur moi pour la décider ?

— Seigneur, non ! Reste en dehors de ça, Max. Je t'en parle parce qu'il s'agit de ton enfant, tu as le droit de savoir. Mais si quelqu'un peut lui faire entendre raison, ce doit être son mari. Wally fait de son mieux, mais elle est têtue...

— Est-ce que sa vie est en danger ?

Il ne se le pardonnerait jamais, si quelque chose lui arrivait.

— Je n'en sais rien... C'est bien ce qui m'ennuie. Elle a l'air en bonne santé. Pourtant, je suis sûre que quelque chose ne va pas.

Max se leva et se planta devant la fenêtre, les poings serrés dans ses poches. Son instinct lui criait de galoper en ville, de trouver Philadelphia et de la traîner chez le Dr Pope.

— Non, Max. Je sais à quoi tu penses, mais tu n'as pas le droit d'intervenir, dit Livvy d'une voix douce. Même si Wally ne parvient pas à la décider, je crois qu'elle devrait s'en sortir malgré tout, sans conséquences dommageables. Je n'aurais peut-être pas dû t'en parler...

— Au contraire. Tu as bien fait.

— Ça ne simplifie pas la situation... Ce qui m'amène au deuxième sujet dont je voulais t'entretenir. Je suppose que tu sais déjà que Wally a tenté de convaincre Howard d'abandonner sa vengeance à ton égard. Sans succès. Personne n'accepterait de travailler pour toi, mais les gens t'observent.

— En quoi ma vie intéresse-t-elle les gens ?

— La moitié de la ville pensait que Louise t'avait séduite et convaincue d'abandonner Philadelphia, et que cette dernière s'était rabattue sur Wally par désespoir. Quand les gens ont appris que tu risquais de perdre ton bétail, beaucoup se sont dit que tu l'avais bien mérité. Mais cette attitude est en train de changer. Ceux qui ont croisé Louise en ville, quand elle va acheter des provisions, sont bien obligés de constater qu'elle n'a rien d'une séductrice. Ils découvrent une jeune femme polie, sensée, qui serait incapable d'aguicher un homme même si on lui donnait des leçons. Et quand ils passent devant votre ranch, ils vous aperçoivent, toi et ta femme, en train de travailler comme des forçats pour nourrir votre bétail. Alors les gens commencent à prendre votre parti. Tôt ou tard, Howard sera obligé de revoir sa position.

— Mais pas avant le printemps.

— Probablement pas, reconnut Livvy. Mais ça finira par arriver. Wally a prévenu Howard que lui et Dave comptaient te donner un coup de main, le dimanche, pour que Louise puisse se reposer un peu. Howard a grogné, mais Wally l'a fait taire en lui rappelant que tu étais son frère, et que c'était la moindre des choses. Gilly et moi viendrons également aider ta femme à préparer des plats en avance, pour que ce soit plus facile pendant la semaine. Nous ferons aussi un peu de ménage et de lessive.

Elle ne mentionna pas Philadelphia.

Max referma la main sur la pierre qu'il gardait toujours au fond de sa poche.

— Wally vit la vie qui m'était destinée, dit-il d'une voix basse.

— Et il réussit au-delà de toutes les espérances. Il a trouvé sa voie. C'est un banquier né. Quand il enfile son costume, le matin, il se transforme et s'imprègne de la puissance, du prestige et de l'influence de sa position. En ce qui te concerne, je crois qu'il ne t'aurait pas fallu longtemps pour considérer le col de ta chemise comme une chaîne autour de ton cou.

Il haussa les épaules.

— Qui peut savoir ?

— Tu le sais, au fond de ton cœur. Un banquier n'aurait jamais construit sa maison à plus de dix kilomètres de la ville.

Max garda le silence.

— Puisque nous parlons franchement, il y a autre chose que je voudrais ajouter. Quand tu as ramené à la maison une femme appelée Low Down, qui était prête à avoir un enfant sans être mariée et qui se moquait bien de savoir qui serait le père, je n'ai pas vraiment sauté de joie…

Max regardait tomber la neige. Il ne se rappelait pas la femme que décrivait sa mère. Elle n'avait rien en commun avec celle qui ramassait le foin à ses côtés, chaque jour.

— J'ai beaucoup réfléchi, reprit Livvy, et je ne connais pas deux femmes qui auraient accepté de rester pendant une épidémie de variole ou de travailler aussi dur que Louise le fait. Sans elle, Max, tu aurais perdu tes bêtes.

Il hocha la tête, sourcils froncés.

Elle sourit.

— Je devine toujours ce que tu penses. Tu es en train de serrer cette pierre dans ta poche, et tu te dis que sans Louise, tu n'aurais aucune crainte à avoir pour ton bétail… C'est peut-être vrai. Mais réfléchis bien, mon garçon. Quand tu regardes cette femme s'exténuer à la tâche, tu vois une femme de tête, un être hors du commun. Et si nous organisons un autre déjeuner dominical, tu feras attention. J'ai dans l'idée que Louise n'est pas du genre à encaisser les insultes sans réagir, et qu'elle pourrait sans difficulté rabattre le caquet à quiconque. Pourtant, tout le temps que Philadelphia la ridiculisait et se moquait d'elle, elle n'a pas bronché. Elle a fait cela par respect pour toi et ta famille. C'est la preuve d'une certaine force de caractère... Tu crois que Wally vit ta vie ? Alors c'est que tu n'es pas honnête avec toi-même. Regarde la vie que tu mènes, Max, et écoute bien ce que je vais te dire. Un jour, tu serreras cette pierre dans ta main et elle ne sera plus le symbole de tout ce que tu as perdu. Cette pierre incarnera l'or que tu es allé chercher à Piney Creek, la plus précieuse de tes richesses. J'en suis sûre, parce que je n'ai pas élevé des idiots.

— Peut-être que si, murmura Max.

Il savait où sa mère voulait en venir, mais ça n'arriverait jamais. Il pouvait oublier l'espace d'un instant que Philadelphia portait son enfant, et qu'un autre homme se chargerait de son éducation. Mais le fait était là, pour toujours, et les remords le tortureraient à chaque fois qu'il toucherait Louise ou se surprendrait à apprécier sa compagnie.

— J'en ai marre ! Je m'ennuie à mourir. Je veux revenir à la maison. Livvy ne plie pas mes mouchoirs comme Pansy, et elle s'ingénie à me mettre mal à l'aise...

Howard, appuyé contre le dossier de sa chaise, la regardait faire les cent pas devant son bureau.

— Si vous avez pris la décision de vivre au ranch, toi et Wally, c'est pour une bonne raison qui, je te le rappelle, est toujours d'actualité.

— Il n'y a absolument rien à faire là-bas ! Combien de coussins une femme peut-elle broder ? Combien de livres stupides vais-je devoir lire ? Si nous habitions en ville, je pourrais recevoir des visites. Mais personne ne viendra jusqu'au ranch.

Philadelphia fixa son père d'un air mauvais, avant de reprendre sa marche.

— Ce n'est pas la distance qui arrête les gens, ma chérie. Tu l'as peut-être oublié, mais tu es au centre d'un scandale qui va encore s'amplifier quand on s'apercevra que tu es...

Il fit un signe de la main en direction de son ventre.

— Tu pourrais obliger les gens à se taire et à me recevoir. Tu as bien obligé les cow-boys à cesser de travailler pour Max.

Il poussa un soupir.

— J'ai appris quelque chose il y a longtemps, Philadelphia : la vie sociale est le domaine de la femme. Elles défendent leur royaume et ne supportent aucune interférence. Le moyen le plus sûr de ruiner ma banque serait de mettre la pression sur mes clients, pour qu'ils essaient de convaincre leurs épouses et leurs filles de faire ce qui me plaît. Ces épouses et ces filles rendraient la vie infernale à leurs maris et à leurs pères, jusqu'à ce qu'ils se décident à ouvrir un compte dans une banque de Denver... D'ailleurs, puisque nous en parlons, tu n'es pas la seule personne à souffrir de cette situation. La banque a déjà perdu certains clients. Pas beaucoup, mais il y en aura sûrement plus quand ta grossesse sera connue.

Elle frappa du pied par terre, pour montrer à son père qu'il s'éloignait du sujet, et les larmes roulèrent sur ses joues.

— Tu ne te rends pas compte de ce que je dois endurer là-bas ! J'ai entendu Mme McCord et son insignifiante fille parler de moi. Elles ont dit que j'étais une enfant gâtée... Et ce n'est pas tout. Aussi choquant et incroyable que cela paraisse, je pense parfois qu'elles préfèrent la compagnie de cette débauchée qui m'a volé Max !

Elle observa l'effet de ses paroles sur le visage de son père.

— Eh bien ? Tu veux vraiment que je continue à vivre avec des gens pareils ?

Howard Houser se leva, contourna le bureau et l'attira dans ses bras en tapotant son dos.

— Là, là... dit-il d'un ton apaisant.

Cette attitude la mit hors d'elle.

— Ce n'est pas ce que je veux entendre ! cria-t-elle. Je veux que tu me sortes de ce maudit ranch !

— Nous ne pouvons rien faire jusqu'à la naissance du bébé. À ce moment-là, nous envisagerons l'avenir... Maintenant essuie tes yeux. Ton mari nous attend pour déjeuner.

Philadelphia trouva un mouchoir dans sa poche et tamponna ses paupières. C'est elle qui avait suggéré ce déjeuner au restaurant. Elle tenait à s'afficher en ville, la tête haute. Peut-être certains de ses anciens amis l'apercevraient-ils et se sentiraient-ils gênés de l'avoir dédaignée ?

— Wally se débrouille très bien, au fait. Exceptionnellement bien, même... Ton mari est un banquier né. Il s'y est mis plus vite que je ne l'aurais cru possible. En fait, par certains côtés, il me rappelle ma jeunesse...

Philadelphia en resta bouche bée. Elle n'avait pas cru un seul instant que Wally pourrait être capable de réussir. Entendre de tels compliments dans la bouche de son père la déconcertait. Bien sûr, elle était ravie que les performances de Wally soient meilleures que ce qu'on attendait de lui, mais une image déplaisante prit forme dans son esprit : son mari et son père en train de discuter affaires, sans s'occuper d'elle…

— À mon avis, tu as épousé le bon. Celui-ci est un vrai banquier, sacré bon sang !

La jeune femme fut horrifiée. Wally n'était certainement pas la bonne personne pour elle !

Seul Max comptait.

16

L'hiver glacial s'abattait sur les plaines avec une rigueur implacable. Le blizzard balayait les prairies avec une férocité et une fréquence qui surprirent même les plus vieux. En décembre, la température dégringola, et le thermomètre ne remonta jamais au-dessus de moins cinq degrés.

Au matin, Louise et Max buvaient leur café dans la cuisine, redoutant le moment de sortir pour affronter la tempête et chercher le bétail. Certaines nuits, ils devaient pousser – ou porter – des bouvillons à moitié gelés dans la grange, pour tenter de les sauver. Parfois ils y parvenaient, parfois ils échouaient. Dans tous les cas, l'expérience s'avérait exténuante.

Toute la semaine, Louise attendait impatiemment le dimanche et l'arrivée de la famille. Alors, elle enfilait une robe et une chemise, et s'activait à préparer des stocks de nourriture pour les jours suivants. Le travail semblait plus facile à plusieurs. Elle nettoyait également la maison de fond en comble, suivie de Sunshine armée d'un chiffon à poussière. Puis, avant que les hommes ne repartent nourrir le bétail, en fin d'après-midi, ils s'asseyaient tous pour dîner.

Pendant que Louise et Livvy faisaient la vaisselle et nettoyaient la cuisine, Gilly les accompagnait au piano.

Personne ne mentionnait jamais Philadelphia – sinon, à l'occasion, pour préciser que son père avait envoyé sa voiture la chercher.

Louise supposait qu'elle passait le reste du temps seule, au ranch de Livvy. Elle ne s'était pas attendue à ce que Philadelphia vienne en visite chez l'homme qu'elle aurait dû épouser, dans une maison construite pour elle. En fait, sa présence aurait mis tout le monde mal à l'aise. Il n'en demeurait pas moins que son refus de se joindre aux autres créait une tension qui alourdissait l'atmosphère.

— Tante Louise ?

Louise sursauta.

— Je suis désolée... je rêvassais.

— Maman a beaucoup de bibelots sur le manteau de notre cheminée, mais toi, tu as seulement une cuillère. Pourquoi tu ne mets rien d'autre ?

Elles venaient de finir le ménage du salon, et Louise frottait sa cuillère. Elle aimait le contact de cet objet, et son reflet dans le métal brillant.

— C'est la plus belle chose que j'aie jamais possédée, répondit-elle. Et elle est spéciale.

— Qu'est-ce qu'elle a de spécial ?

— J'aimerais bien connaître la réponse, moi aussi ! intervint Max en apparaissant sur le pas de la porte.

La neige fondue scintillait dans ses cheveux et ses joues brillaient, rougies par le froid. Louise retint son souffle. C'était vraiment le plus bel homme qu'elle ait jamais rencontré. Et cet homme magnifique était son mari... Elle avait du mal à le croire. Écarlate, elle baissa les yeux.

— Cette cuillère me rappelle des souvenirs. J'aime la regarder et la tenir dans ma main.

— Cette vieille cuillère ? s'étonna Sunshine.

— Les chercheurs d'or à Piney Creek me l'ont offerte avant mon départ. Quand je me sens fatiguée ou seule, ou de mauvaise humeur, je la contemple et je me sens tout de suite mieux. Tout n'est pas rose dans ma vie, mais grâce à elle je me souviens qu'une fois au moins, j'ai fait quelque chose de bien.

Sunshine éclata de rire.

— Tu fais plein de bonnes choses, tante Louise, dit-elle.

— Je suis de cet avis, approuva Max en la fixant d'un drôle d'air.

Louise se sentit fondre sous son regard, et les battements de son cœur s'accélérèrent. Pétrifiée, le souffle court, elle était incapable de bouger. Les yeux bleus de Max la transperçaient comme pour fouiller au plus profond de son âme.

Allons bon… Voilà qu'elle délirait, maintenant !

— Eh bien, vous vous trompez tous les deux, dit-elle d'un ton ferme. Je peux être méchante et égoïste, hargneuse, têtue. Alors inutile d'aller chanter mes louanges.

Elle reposa la cuillère et recula d'un pas pour l'admirer.

— Chacun pour soi et Dieu pour tous, c'est ma devise, reprit-elle.

— Tu es si drôle, tante Louise. N'est-ce pas, oncle Max ?

Max s'appuya contre la porte sans la quitter du regard.

— Maman aimerait savoir s'il te serait possible de préparer des tartes aux pommes, pour Noël. Elle trouve que tes tartes sont meilleures que les siennes.

Cette nouvelle fit sourire Louise. Ses progrès en cuisine étaient spectaculaires, depuis qu'elle avait appris à maîtriser le fonctionnement de la cuisinière.

— Je trouverai le temps.

Il éclata de rire.

— Qu'en penses-tu, Sunshine ? Est-elle méchante, égoïste et têtue, comme elle le prétend ? Toujours si occupée avec sa petite personne qu'elle ne peut rien faire pour aider la famille ?

— Ce n'est pas tante Louise qui est comme ça, c'est tante Philadelphia ! s'exclama Sunshine avec toute la fougue et l'honnêteté sans détour des enfants. Je connais une nouvelle chanson au piano. Tu veux l'écouter ?

— Avec plaisir, répondit Louise. Tu peux jouer pendant que je termine le ménage ici.

Max regarda la fillette s'installer au piano, puis annonça :

— J'étais venu te prévenir que j'ai remarqué une vache en difficulté. Je vais aller voir ce qui se passe, pendant que Wally et Dave s'occupent des bouvillons que nous avons ramenés à la grange.

Louise jeta un œil par la fenêtre. Le blizzard soufflait fort. Si la tempête ne se calmait pas d'ici une heure, personne ne pourrait repartir, ce soir. Mentalement, elle se mit à compter les draps et les oreillers, et à organiser la répartition des personnes dans les chambres. Les hommes pourraient s'installer dans le dortoir des employés, et les femmes se partageraient la seule chambre de la maison. Gilly et Sunshine dormiraient avec elle. Quant à Livvy, elle prendrait le petit lit.

Si ce mariage était destiné à durer et si cette maison était vraiment la sienne, elle demanderait à Max de terminer les deux autres chambres avant l'hiver prochain. Cela pourrait servir, en cas de besoin.

Max toussa nerveusement, puis tira sur le col de sa chemise.

— Je croyais que tu avais cette cuillère depuis longtemps. J'ignorais que les hommes de Piney Creek te l'avaient offerte…

Il jeta un coup d'œil vers Sunshine, concentrée sur ses notes, puis continua :

— Je me rappelle la première fois que je t'ai vue, à Piney Creek. Mon visage était en feu et tu as posé un chiffon mouillé sur mon front. J'ai ouvert les yeux… et j'ai cru voir un ange.

Elle eut un petit rire.

— Et quel ange ! Une femme épuisée, les cheveux emmêlés, attifée de vêtements sales, les bottes constellées de vomissures… La première fois que je t'ai vu, moi, c'était au bar de Dovey Watson. Tu buvais un whisky avec Stony Marks.

Il fronça les sourcils.

— C'est bizarre. Je ne me souviens pas de t'avoir aperçue avant de tomber malade.

— Il n'y a aucune raison pour que tu t'en souviennes.

Elle hésita un instant, avant de lui poser une question qui lui brûlait les lèvres depuis quelque temps.

— Max… pourquoi as-tu gardé la pierre ?

Pendant des semaines, elle s'était demandé quelle était cette chose qu'il transférait d'une poche de pantalon à une autre, comme s'il s'agissait d'un talisman.

— Je garde cette pierre pour ne pas oublier que la vie est pleine d'imprévus, et qu'elle peut changer en une fraction de seconde. Je la garde parce qu'elle représente tout ce qui m'est arrivé depuis l'épidémie de Piney Creek.

— C'est bien ce que je pensais, murmura Louise, songeuse.

D'une certaine façon, cette pierre lui permettait de ne pas oublier que leur mariage n'était que temporaire. Un jour, il retrouverait sa liberté.

— Tu as aimé ma nouvelle chanson ? s'enquit Sunshine.

— Beaucoup, répondit Louise en applaudissant. Je l'ai tellement aimée que ça me ferait plaisir que tu acceptes de la rejouer.

La voix de Wally résonna derrière eux, et Max se tourna :

— J'arrive !

— Sois prudent, dit Louise.

Le regard de Max s'attarda sur sa poitrine, avant de remonter jusqu'à son visage, et la jeune femme se sentit fondre. D'où tenait-il un tel pouvoir sur elle, pour qu'un simple regard transforme ses membres en pâte de guimauve ?

— Nous serons de retour pour le dîner, dans une heure.

Ni l'un ni l'autre ne bougea, jusqu'à ce que Wally appelle à nouveau. Ils se dévisageaient en silence. Louise pensait à cette fameuse pierre dans sa poche. Ce petit morceau de roche lui avait procuré une famille et un mari, qu'elle commençait à aimer…

Les larmes lui montèrent aux yeux et elle détourna la tête.

Ô mon Dieu ! Elle ne voulait pas tomber amoureuse de lui ! Elle ne pouvait pas se le permettre. Le moral au plus bas, elle entrevit son avenir sous les pires auspices. Si elle n'y prenait garde, elle quitterait cette maison, le cœur brisé à jamais.

Un accident survint quand les hommes sortirent. Max se déboîta le bras.

Wally et Dave le ramenèrent à la maison, et Livvy l'aida à ôter sa veste et sa chemise.

— Que s'est-il passé ? demanda-t-elle.

— Avec la neige, Marva n'a pas réussi à passer le mur de pierre, expliqua Wally. Nous allons avoir besoin de whisky pour soigner ça.

— Sous l'évier, dit Louise.

Elle observait Max, blanc comme un linge, les dents serrées, qui tenait son bras contre sa poitrine.

— Si la neige n'avait pas été si épaisse, le cheval se serait certainement cassé la jambe.

Louise le fixa, incrédule.

— Tu as sauté le mur ? Avec ce temps ? Espèce de fils de…

Elle s'arrêta net, se rappelant la présence de Sunshine.

— Je reconnais que ce n'était pas très malin, avoua Max, penaud.

Il but une longue rasade de whisky et se tourna vers sa mère.

— Maman ? C'est toi qui vas remettre mon bras ?

— Seigneur, non ! Je n'ai jamais été douée pour ce genre de chose. Wally, tu le fais ?

— Je ne sais pas remettre un bras en place, maman… Dave ?

— Je pourrais y arriver… je crois.

Dave s'avança, peu enthousiaste, et examina le bras de Max après avoir soulevé la manche jusqu'au coude.

— C'est une mauvaise fracture…

— Ce n'est pas si grave, intervint Louise avec un froncement de sourcils. Les os ne percent même pas la peau.

Tout le monde se tourna vers elle, plein d'espoir.

— Oh, très bien, je m'en occupe, grommela-t-elle.

En remontant ses manches, elle s'approcha de Max :

— Bois encore un coup, mon chéri. Ça va te faire un mal de chien.

— Oh, oh ! Tu m'appelles « mon chéri », maintenant ?

— Tais-toi et bois.

Elle tâta le bras de Max pour se faire une idée de la position des os, insensible à ses gémissements.

— Très bien ! Wally, nous allons avoir besoin de quelques attelles. Sunshine, aide ta maman à confectionner une écharpe. Dave, installe Max sur cette chaise.

— Que puis-je faire ? demanda Livvy.

— Vous pouvez ouvrir une autre bouteille et nous en verser un verre à tous, à commencer par moi.

— Tiens, dit Max en lui tendant sa bouteille.

Elle but une longue rasade.

— Je suis désolé, Louise... murmura-t-il.

Elle devinait pourquoi il était désolé. Comment allaient-ils nourrir le bétail, maintenant ?

— Tout est fichu. Tout ce travail jusqu'à aujourd'hui, pour rien...

Elle se rapprocha de lui et le fixa droit dans les yeux. À cause de la présence de la fillette, elle devait surveiller son langage, pourtant elle avait envie de jurer comme un charretier !

— Si tu t'imagines que j'ai travaillé comme une bête, que je me suis gelé les fesses – excuse-moi, Sunshine – pour nourrir ces putains – excuse-moi, Sunshine – de stupides vaches, tout ça pour rien, tu rêves ! Pas question de capituler maintenant. Tu ferais bien de t'enfoncer ça dans ta foutue caboche – excuse-moi, Sunshine.

— Nous n'avons pas le choix, nous devons vendre le troupeau. Je serai incapable de manier une putain de fourche avant la fin janvier – excuse-moi, Sunshine.

— Il n'est pas question de vendre ces vaches, Max ! Je me chargerai de les nourrir. Tu guideras la charrette. D'ailleurs, les chevaux connaissent la routine. Tout ce que tu auras à faire, c'est de t'asseoir sur le siège et de tenir les rênes.

Les autres protestèrent, mais elle les fit taire d'un regard.

— Je sais que ce ne sera pas facile, et je ne sais pas comment nous y parviendrons, mais nous le ferons. Je peux le faire parce que je ne veux pas que nous perdions ce bétail. C'est un prix trop cher à payer… Maintenant, Max, pose ton bras sur la table et finissons-en !

Elle fit un signe à Dave et à Wally qui, mal à l'aise, vinrent se placer derrière Max et bloquèrent ses épaules.

Max la regarda avant d'avaler une dernière gorgée.

— À toi de jouer… Qu'est-ce que tu attends ?

— Je suis tellement en colère contre toi que je vais y prendre un sacré plaisir.

Mais elle se trompait. Faire souffrir quelqu'un qu'on aime n'est pas si facile… Le seul point positif était qu'elle était forte et qu'elle connaissait son affaire. Elle tira le bras de Max d'un geste sec. Les os se remirent en place.

Les yeux de Max roulèrent sous ses paupières, et Dave le rattrapa juste avant qu'il ne tombe.

Derrière elle, Louise entendit un corps s'effondrer.

— Maman ! cria Sunshine.

— Wally, passe-moi les attelles… Livvy, j'ai besoin de morceaux de tissu pour maintenir les attelles en place.

Quand le bras fut bandé, elle s'écroula sur une chaise et attrapa la bouteille de whisky.

— Vous feriez mieux de dormir ici, cette nuit, dit-elle. Inutile d'aller vous perdre dans le blizzard avec cette obscurité… Les garçons, emmenez Max au dortoir avant qu'il ne se réveille. Vous n'aurez qu'à faire du feu dans le poêle. Il fera chaud en un clin d'œil. Donnez-moi quelques minutes pour me ressaisir, et nous vous apporterons à manger.

Dave enfila sa veste et ses gants, mais Wally ne bougea pas. Il observait la jeune femme, comme s'il ne l'avait jamais vue auparavant.

— Je te dois des excuses, dit-il enfin.

— Non, tu ne me dois rien.

— Je ne t'ai pas traitée aussi bien que je l'aurais dû, Louise. Je peux peut-être me racheter en te rappelant que tu n'es pas seule.

Wally ressemblait beaucoup à Max, ce soir. Beau, sûr de lui, et décidé.

— Tu as une famille. D'une façon ou d'une autre, nous nous en sortirons. Nous allons t'aider à nourrir les bêtes.

La dernière demi-heure avait été éprouvante à plus d'un titre, ce qui expliquait sûrement pourquoi ses yeux se remplirent soudain de larmes. Elle dut faire un gros effort pour se reprendre.

— Je ne suis pas assez stupide pour refuser un coup de main… Merci, Wally. Et à toi aussi, Dave.

Elle avait une *famille*.

— Tante Louise ! Tu pleures.

— Non, je ne pleure pas, ma chérie.

Elle passa le dos de sa main sur ses yeux et regarda Wally et Dave emporter Max.

— Nous ferions bien de nous occuper de ta maman, ajouta-t-elle.

Gilly, assise sur le sol contre l'évier, tenait un verre de whisky contre sa poitrine et fixait Louise d'un air ébahi.

Soudain, celle-ci éclata de rire et écarta les bras en signe d'impuissance.

— Non mais, quel triple crétin ! Excuse-moi, Sunshine... Aller sauter un mur en pleine tempête ! Qu'est-ce qui lui est passé par la tête ? Bon sang, je me dis parfois que Dieu n'a donné aux hommes que la moitié d'une cervelle. Est-ce que l'une d'entre nous irait faire une chose pareille ?

Livvy sourit, et Gilly commença à glousser. Bientôt, toutes les quatre riaient à gorge déployée, les larmes coulant sur leurs joues. Elles n'auraient pu expliquer pourquoi elles riaient ainsi, mais elles se sentirent beaucoup mieux ensuite.

Plus tard, Louise et Gilly poussèrent une luge chargée de nourriture jusqu'au dortoir. Le vent couvrait leurs cheveux et leurs visages de particules de glace, mais Louise ne sentait pas le froid. Les paroles de Wally, assurant qu'elle avait maintenant une famille, lui réchauffaient le cœur.

Le nouvel arrangement n'était certes pas idéal. Le soleil se levait à peine quand Dave se présentait pour les aider à nourrir le bétail, le matin. Et, comme les jours étaient courts, il faisait sombre avant même l'arrivée de Wally, en fin d'après-midi.

Max conduisait la charrette et, le soir, tenait la torche pour que Louise et Wally puissent voir où ils mettaient les pieds. Tandis qu'il les regardait, frustré et impuissant, il revivait en mémoire son saut à cheval. Il n'avait pas réfléchi. Maintenant, sa famille supportait les conséquences de son insouciance et Louise payait le prix fort.

Lorsqu'elle ne maniait pas la fourche, elle cuisinait, traçait un chemin à la pelle entre la grange et le poulailler, ou coupait du bois. Elle aidait Max à s'habiller le matin et à se déshabiller le soir. Elle traînait les bouvillons gelés jusqu'à l'écurie, où elle les frottait pour les réchauffer et leur faisait avaler de l'eau chaude pour les ramener à la vie.

Max s'étonnait de sa résistance et se maudissait de la voir se tuer à la tâche.

— Il n'y a rien d'autre à faire, Max. Nous ne pouvons pas revenir en arrière. Alors, arrête de ruminer. Tu ferais mieux d'apprécier ton temps libre.

Il ferma son livre d'un coup sec, se redressa contre son oreiller et la considéra d'un air mauvais. La lumière de la lampe adoucissait le contour de sa joue, mais ne dissimulait pas les cernes sombres sous ses yeux.

— C'est ridicule ! s'exclama-t-il. Comment veux-tu que j'apprécie quoi que ce soit, alors que tu travailles plus que la plupart des hommes ?

— Ce n'est pas si dramatique, insista-t-elle. Nous nous en sortons bien. Un peu de travail supplémentaire n'a jamais tué personne.

Quand elle était revenue à la maison, après avoir nourri le bétail et cassé la glace dans la mare, ses bras tremblaient tellement qu'elle avait dû tenir sa tasse de café à deux mains pour pouvoir boire. Deux jours plus tôt, la température avait frôlé les moins quinze degrés. Des larmes d'épuisement avaient gelé sur ses joues avant même d'atteindre son menton. Max avait aperçu les petites traînées de glace, à la lumière de la torche, et avait bien failli perdre la tête.

— Je te revaudrai ça, Louise, promit-il. Je te le jure.

— Eh bien, il y a quelque chose que tu pourrais faire pour moi. Un bébé, dit-elle d'une voix douce. Mais dans ton état...

— Louise Downe McCord ! s'écria-t-il, un sourire aux lèvres. Que je sois damné si tu n'es pas en train de devenir cette fameuse séductrice que la moitié de Fort Houser voit en toi !

Un pétillement de malice chassa la fatigue des yeux de Louise.

— J'ai bien peur que ce ne soit le cas, en effet. Ta femme est devenue une vraie dévergondée.

— Complètement débauchée.

— Sans la moindre honte. Dommage que ton bras soit bandé et que tu ne puisses profiter de mon nouvel état d'esprit…

— Mon bras est immobilisé, chérie, mais tout le reste fonctionne à la perfection.

Elle éclata d'un rire magnifique, rauque et franc.

— Tu parles ! se moqua-t-elle.

— Il est possible de faire ça sans risquer de mettre mon bras en danger.

— Pourrais-tu développer cette idée ? demanda-t-elle avec un regard intéressé.

— L'homme n'a pas toujours à être dessus.

— Oh ! Eh bien, tu sais ce qu'on dit : « Qui ne tente rien, n'a rien. » On ne perd rien à essayer.

Ce fut au tour de Max de rire. Par certains côtés, elle était tellement innocente.

— Si tu es d'accord, malgré ta fatigue, je suis partant. Mais tu dois d'abord ôter ta chemise de nuit. Planter une tente en plein vent est plus facile que de t'enlever ce satané morceau de tissu !

Une demi-heure plus tard, Louise dormait, le sourire aux lèvres, confortablement calée contre l'épaule accueillante de son mari. Max savait qu'il devait se lever et éteindre les lampes, mais sachant combien elle était fatiguée, il ne pouvait se résoudre à la déranger.

S'il sauvait son troupeau, après cet hiver rigoureux, ce serait uniquement grâce à elle. Il lui en était profondément reconnaissant.

Quelle femme étonnante… Elle s'emportait, jurait et claquait violemment les casseroles à la cuisine quand elle était en colère, mais elle ne boudait jamais et ne cherchait pas à manipuler les gens. Et il ne se souvenait pas de l'avoir jamais entendue se plaindre. Elle possédait une remarquable capacité à accepter ce que la vie lui offrait, et y trouvait toujours un aspect positif.

Sous cette apparence solide et inaltérable se cachait une femme vulnérable, qui ne s'estimait pas à sa juste valeur. Heureusement, d'autres le faisaient pour elle…

Dans le silence de la nuit, des comparaisons s'imposèrent à son esprit.

Philadelphia n'aurait jamais proposé de l'aider à nourrir le bétail. Même avec un gros effort d'imagination, il ne pouvait se la représenter une fourche à la main dans la tempête, avec une température polaire, des larmes gelées sur les joues, à travailler jusqu'à trembler d'épuisement.

Philadelphia n'aurait jamais été capable de remettre son bras en place. Si elle était restée dans la pièce, elle se serait évanouie comme Gilly. Il était inconcevable de l'imaginer soignant des hommes malades dans une odeur pestilentielle. Elle aurait probablement été parmi les premiers à s'enfuir, au début de la maladie.

Dans un autre registre, il ne pouvait imaginer son ancienne fiancée rejetant sa chemise de nuit et s'offrant sans fausse pudeur, comme l'avait fait Louise à plusieurs reprises. Philadelphia aurait affiché un air modeste et une rigidité qui convenait à son statut de dame, et elle aurait supporté leur étreinte en silence, en participant aussi peu que possible, parce que manifester du plaisir et de l'enthousiasme dans une chambre aurait pu entacher sa dignité.

Il n'en était pas certain, mais il pensait que, pour elle, le sexe ne constituerait qu'un outil de plus pour manœuvrer les gens. Elle dispenserait ses faveurs comme une récompense, en échange de services rendus.

Il se rappela comment elle s'était ingéniée à ridiculiser Louise, devant toute sa famille, et fronça les sourcils. Bizarrement, il ne parvenait pas à se souvenir d'un rire qu'ils auraient partagé, durant leur relation. Il avait ses buts dans la vie et elle, les siens, mais aucun en commun.

Qu'est-ce qui avait bien pu les attirer l'un vers l'autre ?

Il prit soudain conscience du tour qu'avaient pris ses pensées. Comment pouvait-il critiquer ainsi la mère de son enfant ? Comment pouvait-il manifester autant de mauvaise foi ? Sans l'intervention du destin, Philadelphia dormirait à côté de lui, en ce moment, et il enfilerait un costume tous les jours pour se rendre à la banque. Il n'y avait pas si longtemps encore, il croyait que c'était là son souhait le plus cher.

Mais sa pire trahison fut de sourire devant le visage de Louise et de constater, non sans un sursaut d'étonnement, qu'il pourrait facilement tomber amoureux de cette jeune femme déroutante.

Il la respectait, l'admirait, et il appréciait sa compagnie.

À cette constatation, son esprit se ferma brusquement. Il avait honte de lui. Quelle sorte d'homme était-il donc pour aimer une femme alors qu'une autre portait son enfant ?

Autre point important à ne pas oublier : Louise le quitterait dès qu'elle serait enceinte. C'étaient les termes mêmes de leur contrat. Ils parvenaient à cohabiter dans cette maison, mais Louise n'avait jamais rien dit qui puisse indiquer qu'elle souhaiterait davantage.

Son regard se posa sur la main de la jeune femme, posée sur sa poitrine. Un jour, il avait cru que les mains manucurées étaient les plus belles. Or cette main abîmée lui semblait magnifique.

Il poussa un soupir.

Si Philadelphia n'avait pas porté son enfant… Si Louise et lui n'avaient pas convenu que ce mariage n'était que temporaire…

Mais avec des si…

Il pouvait se permettre de respecter et d'admirer Louise, mais pas plus. Jamais il ne devait oublier que, quelques semaines plus tôt, il s'apprêtait à épouser une autre femme, aujourd'hui enceinte de ses œuvres.

17

— Je ne me souviens pas de t'avoir déjà vue aussi excitée, remarqua Max.

L'un de ses bras était toujours bandé, et l'autre tenait un sac en toile rempli de cadeaux.

— C'est mon premier vrai Noël, expliqua Louise. Pour les gens sans famille, Noël ne signifie pas grand-chose, tu sais.

Pour elle, cela n'avait toujours été qu'un jour comme un autre. Mais pas cette année ! Elle releva l'ourlet de sa robe, pour éviter que celle-ci ne traîne dans la neige.

— Oh, Max, j'ai tellement hâte de voir l'arbre de Noël ! Tu crois qu'il y aura des bougies dessus ?

Un jour, elle avait cru que la vie ne pouvait lui offrir plus belle chose que la fête en son honneur de Piney Creek. Puis la nuit qu'elle avait passée avec Max à l'hôtel, à Denver, avait éclipsé la fête. Et maintenant, elle devinait que son premier Noël au sein d'une vraie famille resterait le plus beau souvenir de sa vie.

Max ne put retenir un sourire.

— Il y aura des bougies sur l'arbre, et des guirlandes, des boules, des bonbons… Gilly jouera des chansons de Noël au piano et nous chanterons tous en chœur. Nous mangerons trop, et boirons plus encore, et nous retournerons à la maison, les bras chargés de cadeaux.

Louise, les yeux brillants, poussa un soupir à la fin de sa description.

— Oh, ça me paraît merveilleux ! Comme je l'avais imaginé, mais en mieux.

Devant la porte, Max s'inclina :

— Désolé d'avoir à te demander de frapper à la porte...

Il se montrait exagérément galant, ce soir, mais Louise ne s'en offusquait pas et considérait son attitude comme naturelle. Cette soirée était exceptionnelle, à tous les niveaux.

Avant de frapper, elle épousseta les épaules de Max pour chasser la neige et secoua sa cape.

— Seigneur, que nous sommes élégants !

Il était encore plus beau que d'habitude, avec ses yeux bleu faïence qui brillaient malicieusement, sous le bord de son Stetson qu'il portait avec désinvolture. Il avait choisi une chemise blanche éclatante et une cravate noire sous un costume en laine.

Louise n'était pas en reste. Elle portait la robe en taffetas vert émeraude que Livvy avait cousue pour elle, ainsi que des chaussures toutes neuves. Le tissu flottait autour d'elle et bruissait doucement à chacun de ses pas.

Là encore, il s'agissait d'une première. La première fois qu'elle portait un vêtement qui n'était ni trop grand, ni trop petit, ni trop usé. Le taffetas vert moulait son corps à la perfection et rehaussait l'éclat de ses yeux.

Elle possédait une robe magnifique et s'apprêtait à fêter Noël en famille... Que demander de plus ?

Excitée par l'événement, elle avait apporté un soin particulier à sa toilette. Après avoir passé de la lotion sur ses joues et sa gorge, elle avait brossé ses cheveux jusqu'à ce qu'ils brillent, avant de les ramener au sommet de sa tête en un chignon souple. Elle avait même coupé une petite branche de houx qu'elle avait glissée derrière son chignon, pour lui donner un air de fête.

La porte s'ouvrit. Une Livvy rayonnante les accueillit en leur souhaitant joyeux Noël.

— Il me semblait bien vous avoir entendus... Entrez, entrez tous les deux !

Le velours noir acheté par Max à Denver avait trouvé bon usage et s'était transformé en une robe magnifique, bordée de dentelle, qui habillait Livvy de façon très distinguée. Ses cheveux étaient noués sur la nuque. Ce soir, il était difficile de l'imaginer un tablier autour de la taille, occupée à peler des pommes de terre ou à pétrir le pain.

— Vous êtes superbe ! s'exclama Louise.

— Mon Dieu, vous aussi...

Livvy accrocha leurs veste et cape aux patères.

— Tournez-vous, que je voie comment tombe ce nœud... Parfait ! Gilly a vraiment des doigts de fée.

Sunshine arriva en courant et s'arrêta net.

— Oh, tante Louise ! Que tu es belle !

En riant, Louise haussa les épaules, gênée par le compliment.

— Et toi... non mais, regardez-moi ça ! Viens un peu par ici, que je puisse t'admirer. Tu es sans conteste la plus belle de toutes.

— Maman a fait la robe, et elle a mis un col et des poignets avec le tissu qui restait de ta robe.

— Ça ne t'ennuierait pas de déposer ces cadeaux sous l'arbre ? demanda Max avec un grand sourire.

— Oh non, je vais le faire... Mais d'abord, oncle Max, tu dois embrasser tante Louise sous le gui. Et je vais regarder.

— Moi aussi ! s'exclama Livvy avec un clin d'œil à Sunshine.

— Ce n'est pas moi qui laisserais passer l'occasion d'embrasser une si jolie femme, dit Max.

Il se plaça sous la branche de gui et, glissant son bras valide autour de la taille de Louise, l'attira contre lui.

— Je crois que nous n'avons pas le choix, chuchota-t-il.

Amusée, Louise passa les bras autour de son cou, mais quand elle croisa son regard, son rire se transforma en un petit gloussement. Il y avait quelque chose de différent dans ses yeux, quelque chose qu'elle n'avait encore jamais vu... Quelque chose de profond et de solennel, d'intense et de troublant, qui fit vaciller ses jambes.

— Tu as de très beaux yeux, dit-il d'une voix brusque. Ce soir, ils sont plus verts que noisette... comme l'herbe de printemps.

— Je... j'ignorais que je possédais quelque chose de beau, bégaya-t-elle.

Pour la première fois, elle l'entendait murmurer un compliment avec son cœur. Dieu sait qu'elle n'aurait jamais cru pouvoir, un jour, inspirer de tels mots !

Elle se souviendrait toujours que Max McCord avait dit qu'elle avait les yeux verts comme l'herbe de printemps.

Serrée contre lui, elle regarda sa bouche et souhaita soudain se retrouver seule avec lui, dans leur lit...

Max se pencha et effleura ses lèvres d'un baiser léger comme une caresse. Lorsqu'elle rouvrit les yeux, il la contemplait. Puis il l'attira plus près encore et l'embrassa de nouveau, plus fort, bien qu'avec une passion retenue.

— Eh bien ! approuva Livvy, amusée.

Sunshine sauta de joie en claquant des mains. Elle attrapa la main de Louise.

— Viens voir mon cadeau pour toi. Tu ne devineras jamais ce que c'est...

Avant de suivre la fillette, Louise se tourna vers Livvy :

— Avez-vous besoin d'aide pour le dîner ?

— Tout est prêt. Quand vous aurez fini d'admirer les cadeaux, venez nous rejoindre à la cuisine... Dave est en train de préparer son fameux punch, ajouta-t-elle à l'intention de Max. Il vous attend avec impatience, toi et Wally, pour le tester.

Avant de franchir la porte du salon derrière Sunshine, Louise jeta un dernier coup d'œil vers Max, qui la fixait d'un regard intense. Un frisson délicieux courut le long de son dos.

— Pour être franche, je n'ai guère envie de descendre, dit Philadelphia.

Devant sa coiffeuse, elle tapotait les boucles de ses cheveux. Elle tourna légèrement la tête pour admirer l'éclat des boucles d'oreilles en diamant, que son père lui avait offertes au précédent Noël. Elle espérait recevoir le bracelet assorti cette année, lorsqu'elle et Wally dîneraient avec lui, le lendemain.

— Ta mère a fait du jambon pour le repas de ce soir, alors que je lui ai dit que je préférais la dinde.

— Nous avons toujours mangé du jambon cuit pour Noël, répondit Wally, qui regardait par la fenêtre.

— Ma famille prépare de la dinde à Noël. Je suppose que ta mère croit bien faire, mais vraiment... du jambon !

Tout en continuant de s'admirer dans la glace, elle se demanda s'il était prudent de critiquer ainsi sa belle-mère.

Mais elle se sentait d'humeur étrangement rebelle, ce soir, et avant la fin de cette soirée mortelle, il se pourrait bien qu'elle dise à Wally ce qu'elle pensait de sa famille. Elle pinça ses joues pour les rosir, et passa la main sur les boutons de rose en soie qui bordaient son col.

— Je n'ai toujours pas décidé si je descendais…

Elle avait envie que Max constate à quel point elle était belle, mais elle ne pouvait se résoudre à se retrouver dans la même pièce que cette Low Down. Elle s'était promis que cela ne se reproduirait jamais.

— J'insiste pour que tu dînes avec toute ma famille.

Elle tressaillit.

— Qu'est-ce que tu dis ? Tu *insistes* ?

— À part le fait que je trouverais humiliant d'assister seul à la soirée de Noël, alors que ma femme est au premier étage, je crois qu'il est temps que nous ayons une petite discussion sur ton refus de t'intégrer à cette famille. Parfois, j'en arrive à me demander si j'ai vraiment une femme.

— Et parfois, je me demande si j'ai vraiment un mari, parce que tu n'es jamais là ! Tu pars en ville avant mon réveil, et tu reviens du ranch de Max au moment où je me couche. Tu ressors ensuite pour aller dans la grange. Le week-end, tu m'abandonnes pour retourner chez Max où tu restes toute la journée !

Cette fois, Wally la considéra pendant un long moment. Puis il s'approcha de la cheminée et alluma un cigare avec une brindille.

Philadelphia détestait qu'il fume dans la chambre. Il faudrait qu'elle le lui dise franchement, puisqu'il ne semblait pas comprendre ses allusions discrètes. Les choses étaient tellement plus faciles, quand les gens comprenaient sans qu'on ait besoin de leur donner des ordres...

— Si tu tiens à ce que je reste plus longtemps avec toi, tu n'as qu'à demander à ton père de faire cesser sa vendetta envers Max. Howard t'écouterait.

— Je te l'ai déjà dit une bonne douzaine de fois. Je ne me mêle pas des affaires de mon père.

Elle n'aimait pas du tout la façon dont il l'observait, à travers la fumée de son cigare. Comme si tout était sa faute.

— Alors rien ne changera. Je peux comprendre pourquoi tu ne veux pas m'accompagner chez Max, le dimanche. Mais il faut que tu te mettes dans la tête que tu ne pourras pas toujours rester dans ton coin. Je n'aime pas ça, et ma famille non plus.

— As-tu déjà oublié ce que ton frère et cette putain m'ont fait ? rétorqua-t-elle, scandalisée.

Elle se leva et, après s'être mise de profil, poussa son ventre en avant.

— Regarde bien, Wally McCord !

La couturière avait fait de son mieux pour lâcher le plus d'ourlet possible, mais, même ainsi, la robe la serrait inconfortablement à la taille.

— Je n'ai rien oublié. Je ne le pourrais pas, d'ailleurs, puisque tu passes ton temps à me rappeler combien tu as été mal traitée...

Elle secoua la tête.

— Mais qu'est-ce qui t'arrive, ce soir ?

Quand la raison ne parvenait pas à lui assurer la victoire, les larmes généralement s'en chargeaient.

— Pourquoi me dis-tu des choses aussi méchantes ? ajouta-t-elle. Pourquoi me détestes-tu autant ?

D'habitude, Wally se précipitait pour la réconforter mais, à son grand étonnement, il resta devant la fenêtre. Elle dut prendre l'un de ses propres mouchoirs pour sécher ses yeux.

— Si nous ne faisons pas un effort, nous ne parviendrons jamais à mener une vie normale.

— Nous ? Tu veux dire, *moi* !

— C'est vrai. Te cacher ou refuser de parler à Max n'arrange rien et met tout le monde mal à l'aise.

Ce qui était exactement ce qu'elle souhaitait. Que Max soit constamment conscient de la situation. Elle voulait qu'il pense sans cesse à elle et se sente malade de culpabilité.

— Nous n'aurons jamais une vie de famille normale, si tu refuses de te trouver dans la même pièce que Louise. Nous devons oublier le passé, Philadelphia. Je comprends que ce ne soit pas facile, mais tu dois l'accepter et tirer un trait.

La fureur l'envahit et le rouge lui monta au visage.

— Low Down a les manières d'une créature élevée dans une porcherie, la grâce d'une paysanne, et tout le charme d'une fille des rues ! Elle est gauche, complètement immorale, dénuée de décence. Je ne passerai pas une seule seconde avec elle, sauf si c'est absolument inévitable.

— Son nom est Louise, pas Low Down, ni la créature.

Wally ne lui avait encore jamais parlé sur ce ton ou lancé de tels regards.

— Tu défends cette… cette…

— C'est le soir de Noël, une nuit pendant laquelle nous célébrons l'amour et la famille. J'attends de toi que tu assistes à mes côtés au repas, et que tu sois aimable avec tout le monde, y compris Max et sa femme.

— Mon Dieu !

Soudain, une pensée terrible lui traversa l'esprit.

— Tu as acheté des cadeaux pour Max et la... créature ?

— Nous offririons à Max une veste en cuir, et une paire de gants à Louise.

— *Nous ?*

La voix de Philadelphia grimpa dans les aigus.

— Tu as signé les cartes de nos deux noms ? Tu n'avais aucun droit de faire ça !

Furieuse, elle regarda autour d'elle et attrapa une figurine en porcelaine de Chine, qu'elle jeta de toutes ses forces contre le mur.

— Tu vois ce que tu me fais faire ?

Des larmes sincères ruisselèrent sur ses joues. Elle adorait ce bibelot.

Comme Wally ne s'approchait pas, elle jeta un coup d'œil entre ses cils, mais il s'était retourné vers la fenêtre. Incroyable !

— Il est tard. Quand tu auras ramassé les morceaux, nous descendrons.

Un cri de colère monta dans la gorge de Philadelphia, mais elle le retint. Il fallait qu'elle analyse la situation... Que s'était-il passé ? Pourquoi l'attitude de son mari avait-elle changé à ce point ? Était-ce à cause de sa nouvelle position à la banque ?

Elle s'assit lourdement. Elle ne pouvait pas rester cinq minutes avec son père sans l'écouter chanter les louanges de Wally et la liste de ses succès. Wally avait tout de suite compris les finances. Son tact et sa diplomatie en faisaient un interlocuteur privilégié pour les clients difficiles. Personne n'avait jamais assimilé toutes les facettes du monde bancaire avec autant de facilités que lui, etc., etc.

Philadelphia était malade à force d'écouter le récit de ses exploits. Son père le considérait maintenant comme le fils qu'il n'avait jamais eu, et elle n'était plus que la femme que ce fils idéal avait épousée...

Si Wally avait eu ce poste à la banque grâce à elle, il avait su faire ses preuves et assurer sa position.

Choquée, pleine de ressentiment, elle se leva et, d'un coup de pied, envoya les morceaux de porcelaine sous le lit.

La première chose à faire était d'affronter la soirée à venir, puis de supporter cette famille d'imbéciles jusqu'à l'accouchement. Une fois que le bébé serait né et qu'elle n'aurait plus besoin de ce judas qui avait pris sa place dans le cœur de son père, elle détruirait pas à pas leur mariage.

Quant à Wally McCord, il ne détenait son poste que par son intervention, et il se pourrait bien qu'il le perde de la même façon. Il finirait par s'en rendre compte, avec le temps.

Refusant de lui adresser la parole, elle repoussa son bras, sortit de la chambre et s'avança vers l'escalier. Elle allait relever le bas de sa robe, quand elle aperçut Max et la créature, debout sous une branche de gui.

Max tenait la main de Low Down et la contemplait de la même façon qu'il l'avait un jour regardée, elle : avec tendresse et désir.

Philadelphia retint son souffle. Son cœur s'arrêta de battre lorsque Max attira la créature contre lui et l'embrassa, indifférent à la présence de Sunshine et de Livvy qui les observaient. Il l'embrassa comme si elle était une femme belle et désirable !

Incrédule, Philadelphia se mordit la lèvre. Elle ne parvenait pas à imaginer qu'il puisse trouver le moindre intérêt chez cette créature.

Ses mains et ses joues étaient tannées par le vent et le froid, ses cheveux étaient coiffés sans le moindre attrait. Elle était dépourvue de style ou d'éducation. Son passé était lamentable, sa morale inexistante. Si elle n'avait pas réussi à attraper Max par ses manigances, jamais un homme ne se serait intéressé à elle.

Le sang de Philadelphia bouillonna dans ses veines quand Louise se retourna vers Max, à l'entrée du salon. Ses yeux brillaient. Même un aveugle aurait pu se rendre compte qu'elle était amoureuse. Tout la trahissait : son regard, ses joues rosies, ses lèvres tremblantes.

Ce que cette stupide créature ne comprenait pas, c'était que Philadelphia pouvait lui reprendre Max d'un seul claquement de doigts ! Il n'avait que faire d'une fille comme Low Down. La situation exigeait qu'il joue la comédie devant sa famille, Philadelphia le savait, comme elle savait qu'il l'aimait et qu'elle pouvait le récupérer quand elle voulait. Elle le ferait, le moment venu.

Plaquant un sourire sur ses lèvres, elle releva ses jupes et descendit les marches.

— Joyeux Noël à tous ! lança-t-elle gaiement.

Max avait toujours aimé son côté fantasque. Il plaisantait au sujet de ses manières effrontées, mais elle savait qu'il trouvait son audace charmante.

Sans un regard pour Livvy, elle virevolta dans l'entrée, laissant apercevoir le bord en dentelle de son jupon sous sa robe en satin rose, avant de s'arrêter devant Max dans une bouffée d'eau de rose.

Souriant de toutes ses fossettes, elle posa une main sur sa poitrine en regardant le gui.

— Oh, nous sommes sous le gui ! s'exclama-t-elle d'un ton taquin.

Il ne pouvait ignorer l'invitation dans ses yeux. Sans même tourner la tête, elle devina la désapprobation de Livvy et la colère de Wally.

Eh bien, ce dernier n'avait que ce qu'il méritait, après tout ! Il avait insisté pour qu'elle se rapproche de la famille. Elle en avait pris bonne note. Embrasser Max sous le gui serait une juste punition pour son mari, et rappellerait à Max ce qu'il avait perdu. Si elle pouvait toucher ses lèvres avec sa langue, il comprendrait qu'elle le désirait toujours et qu'elle savait qu'il la désirait aussi…

Elle s'avança, jusqu'à sentir la chaleur de son corps à travers ses vêtements, puis elle leva la tête et ferma les yeux. Et finalement, *finalement,* sa main chaude se posa sur sa taille, pour la première fois depuis cette terrible nuit où il lui avait annoncé sa trahison.

— Aucune femme ne saurait être ignorée sous une branche de gui, admit-il.

Adroitement, il tourna la jeune femme face à Wally et ajouta :

— Petit frère, je crois que ton épouse attend son baiser de Noël…

Sa main quitta la taille de Philadelphia, et il s'écarta. La seule chose qui atténua un peu la fureur de Philadelphia fut de percevoir la tension dans sa voix. Il avait eu envie de l'embrasser. Seule la présence de sa mère et de son frère l'en avait empêché.

S'avançant d'un pas, Wally déposa un baiser glacé sur les lèvres de sa femme.

Philadelphia se moquait qu'il soit en colère. Secouant ses boucles, elle suivit Max dans le salon… et comprit aussitôt son erreur.

Low Down tourna la tête à son entrée.

— Bonsoir, Philadelphia. Joyeux Noël !

La créature ne souriait pas et ne baissa ni les yeux ni la tête en signe de respect. Elle se tenait debout, Sunshine à son côté, et la considérait avec une franche curiosité.

Levant un sourcil sceptique, Philadelphia toisa la robe de Low Down.

— Ah, vert… la couleur de l'envie. Une couleur difficile à porter, expliqua-t-elle à l'intention de Sunshine. Le vert donne un teint blafard et maladif à la plupart des gens, comme tu peux t'en rendre compte par toi-même… Seigneur ! Quelle est donc cette horrible chose qui pend dans vos cheveux ? Quelque chose que vous avez ramassé dans votre cour ?

— En effet, répliqua Louise, crispée.

Max tenta d'intervenir, mais Philadelphia ne lui en laissa pas le temps.

— Comme c'est amusant… Je me demande ce que vous porterez, la prochaine fois ? Un clou ? Des feuilles mortes ?

Si elle n'avait pas été une dame, elle aurait ajouté « du crottin de cheval » !

Les yeux de la créature se rétrécirent, et elle releva la tête comme si elle réfléchissait à une réponse. Puis ses épaules se détendirent et elle sourit à Sunshine.

— Eh bien, voyons… qu'est-ce que je pourrais bien trouver dans ma cour, la prochaine fois ? Si je trouve un fer à cheval, je le porterai en bracelet ou comme une tiare. Si je trouve un morceau de corde, je pourrais m'en servir de ceinture…

Sunshine éclata de rire et entra aussitôt dans le jeu.

— Si tu trouves un lapin mort, tu pourrais te faire un col de fourrure.

— Je crois que nous devrions aller aider ta grand-mère à la cuisine, dit Louise en attrapant la main de la fillette. Et si je trouve une clochette de vache, je pourrais la porter en collier, et ainsi tu saurais toujours où je suis…

Elle s'arrêta un instant sur le seuil, pour adresser un dernier regard à Max. Après son départ, celui-ci toisa Philadelphia.

— Laisse-la tranquille, dit-il.

— Comme c'est touchant de ta part de défendre ta Low Down.

Elle cracha le nom comme s'il lui écorchait la bouche. Soudain, elle réalisa que c'était la première fois qu'ils se retrouvaient seuls tous les deux, depuis son départ pour Piney Creek. Cette opportunité ne se représenterait pas souvent : elle devait en profiter.

— Oh, Max... Tu sais, je ne t'en veux pas...

Elle posa la main sur son ventre pour attirer son attention.

— Si seulement...

Wally réapparut à cet instant.

— Dave nous attend pour goûter son punch, dit-il en les regardant à tour de rôle.

Max s'excusa auprès de Philadelphia et quitta la pièce. Wally fixa sa femme un moment d'un air indéchiffrable puis, sans un mot, suivit son frère.

Philadelphia resta seule dans le salon vide. Des éclats de rire lui parvenaient de la cuisine. C'était tellement vulgaire de recevoir dans sa cuisine, pour l'amour du Ciel ! Et il était particulièrement mal élevé d'abandonner une invitée. Dire qu'elle avait eu l'intention de se laisser convaincre de jouer du piano, ce soir... Pourquoi diable se donnerait-elle du mal pour distraire ces gens ?

Finalement, Livvy annonça que le dîner était servi, et tout le monde s'installa à table.

La conversation partit dans tous les sens. Ils rirent en évoquant le soir où Max s'était cassé le bras, se moquant de lui. Et ils racontèrent l'histoire invraisemblable d'un taureau qui avait pénétré dans les communs des employés. Dave et Max échangèrent des remarques sur la moustache que Wally se laissait pousser, à la requête de sa femme.

Ce soir, contrairement à la première fois, Low Down ne restait pas silencieuse, constata Philadelphia. La créature parlait autant que Sunshine, ses yeux brillaient et son rire fusait souvent. Elle était devenue un membre à part entière de la famille McCord.

Elle parlait sans contrainte avec Gilly de visites et d'essayages, elle taquinait Dave au sujet d'une corde de guitare cassée. Elle raconta même une histoire sur Wally tombant de la charrette de foin, ce qui fit rire tout le monde.

Quant à Livvy, elle ne cessait de vanter la qualité des tartes de Low Down, et lui rappela leur projet d'aller en ville au début du mois de janvier.

Avec un choc, Philadelphia comprit brusquement que la reine de la soirée était bel et bien la créature. Trop assommée pour prononcer un mot, elle garda un silence plein de rancœur pendant le repas et la distribution des cadeaux. Avec dégoût, elle vit Low Down au bord des larmes lorsque Sunshine lui offrit une prétendue belle pierre – une pierre ! – qu'elle se promit d'exposer sur sa cheminée.

Comment Max pouvait-il supporter cette femme ? Elle était tellement ridicule...

Le passé difficile de Low Down l'avait sûrement endurcie, de sorte que Philadelphia trouvait ses larmes suspectes. Pourtant, à chaque nouveau cadeau, ses yeux se voilaient et sa voix tremblait. Il était consternant que tout le monde se laisse ainsi prendre à cette comédie. Personne ne pleurait de joie pour une pierre ou un livre de chansons... D'ailleurs, cette femme ne jouait même pas du piano !

Au bout d'un moment, Philadelphia ne put supporter plus longtemps une telle farce. Elle se leva et, plaçant une main sur son ventre, s'excusa.

— Je suis exténuée, annonça-t-elle. Et je ne me sens pas très bien.

Wally la raccompagna en silence jusqu'à la porte de sa chambre.

— Veux-tu que je t'apporte quelque chose ?

— Rien, merci. Je souhaite partir tôt, demain matin.

Il y aurait de la dinde pour le déjeuner et quelques bons clients comme invités. Comme à son habitude, elle assumerait le rôle d'hôtesse pour son père, et la conversation serait enrichissante. Plus tard, elle ouvrirait ses cadeaux et s'extasierait sur des choses bien plus intéressantes qu'une écharpe en laine brodée.

— Aimes-tu le berceau que j'ai fabriqué pour toi ? demanda Wally.

— Eh bien, ce berceau n'est pas vraiment pour moi. Il est pour le bébé... mais je l'aime bien.

Qu'est-ce qu'il espérait ? Qu'elle allait s'exciter pour un meuble qui ne lui était même pas destiné ? Au moins, ce berceau expliquait pourquoi il traînait dans la grange chaque soir jusqu'à minuit.

— Merci pour les gilets et les boutons de chemise, dit-il.

Il s'avança et déposa un baiser sur son front du bout des lèvres.

Elle le regarda redescendre, avant d'entrer dans sa chambre et de fermer la porte. La première chose qu'elle aperçut fut la porcelaine brisée.

Aucun doute, c'était vraiment le pire Noël de toute sa vie...

Max réveilla doucement Louise. Elle somnolait, la tête sur son épaule, les bras autour des cadeaux posés sur ses genoux.

— Nous sommes arrivés, dit-il.

— Déjà ?

En bâillant, elle secoua la tête.

— Il est plus de minuit.

— Et de princesse, je vais redevenir paysanne, plaisanta-t-elle avec un petit rire. Oh, Max, j'ai vraiment eu l'impression d'être une princesse, ce soir… Ce fut la plus belle, la plus merveilleuse, la plus parfaite soirée de ma vie. C'est incroyable ! Je n'ai pas reçu trois cadeaux durant toute mon existence, et voilà qu'au cours des derniers mois, j'en ai reçu des tonnes ! D'abord des gars de Piney Creek, et maintenant de ta famille…

Des étoiles brillaient dans ses yeux.

— Tu crois qu'ils ont aimé ce que nous leur avons offert ? ajouta-t-elle.

— Bien sûr. Tu sais, je me demandais… est-ce que je t'ai offert ton cadeau ?

— Je n'attendais rien. Cette soirée était suffisante. Je ne l'oublierai jamais.

— Zut, alors ! C'est bien ce que je pensais. J'ai dû oublier de l'emporter.

Il sourit devant son air surpris.

— Va à la maison. Je détache les chevaux et je te rejoins.

— Je peux t'aider.

— Pas besoin. Je vais m'en sortir tout seul. Ce sera un peu plus long, c'est tout.

— Ça me donnera le temps d'admirer encore une fois tous mes cadeaux, et de penser à ceux qui me les ont offerts.

— Louise… merci pour le livre et le rasoir. J'ai toujours souhaité avoir un rasoir à manche en ivoire.

Le visage de la jeune femme s'illumina.

— Livvy m'a donné l'idée du rasoir, et quand j'ai vu celui-là, j'ai su qu'il te plairait ! Et le maître d'école m'a aidé à commander le livre. Il a dit que tu l'aimerais sûrement.

— J'en suis sûr. J'ai déjà lu des livres de Twain… Fais chauffer le café. J'arrive aussi vite que possible.

Lui non plus n'oublierait pas cette soirée. L'émerveillement de Louise avait déclenché une étrange réaction au fond de son cœur, une émotion qu'il ne se souvenait pas d'avoir jamais éprouvée. Et les visages de sa mère et de sa sœur avaient trahi leur attendrissement. Même Dave et Wally avaient eu les yeux humides.

Les McCord lui avaient offert ce merveilleux Noël. Sa famille n'était pas le genre à révéler facilement ses sentiments. Mais les choses avaient changé, et Louise avait su gagner leur respect et leur admiration. Ce soir, ils les avaient exprimés, à leur façon. Cette soirée avait été pour elle…

Quand Max pénétra dans la cuisine, Louise portait encore sa robe, mais avait ôté le houx dans ses cheveux.

— As-tu faim ? J'ai gardé une tarte pour nous.

— Seigneur, non ! Je serais incapable d'avaler quoi que ce soit.

— Bien.

Les yeux de la jeune femme brillaient.

— Alors ? Donne-moi mon cadeau !

Il éclata de rire et retourna dans le cellier. En haut d'une étagère, il récupéra une boîte plate, sous un tas de couvertures.

— Qu'est-ce que ça peut bien être… ?

Louise la secoua, la retourna, passa la main dessus comme pour deviner ce qu'elle contenait.

— Ouvre-la, enfin ! Tu me rends fou.

— Non. Je dois d'abord deviner. Je crois que c'est… un tablier. C'est ça ?

— Louise, ouvre cette boîte.

Finalement, elle ôta le couvercle et jeta un coup d'œil à l'intérieur, avant d'éclater de rire.

— C'est une chemise de nuit !

— Une *petite* chemise de nuit.

— Une magnifique chemise de nuit, murmura-t-elle.

Elle la tint devant elle, radieuse.

— Il y a de la dentelle autour du cou et des poignets. Tu as vu ça ?

— J'ai vu, répliqua-t-il en riant à son tour. Maintenant, assieds-toi. Nous allons procéder à une petite cérémonie.

Retournant dans le cellier, il rapporta cette fois la chemise de nuit de Louise.

— Je vais en faire un tas de chiffons, dit cette dernière.

— Pas question que je prenne le risque de revoir un jour cette chose dans mon lit !

Il ouvrit le haut de la cuisinière, y jeta le morceau de tissu puis replaça le couvercle.

— Et maintenant, un toast.

Il leva sa tasse de café :

— Au revoir, vieille chemise de nuit. Bienvenue à la nouvelle… Mais pas ce soir, ajouta-t-il d'une voix rauque.

— Non, pas ce soir…

Elle s'approcha de lui et passa les bras autour de son cou. Ce soir, Philadelphia n'existait plus, ni le bébé, ni la culpabilité ou le sentiment de trahison. Cette nuit était magique, un havre de paix avant que la dure réalité ne reprenne ses droits.

Cette nuit leur appartenait. Ce serait une nuit réservée à l'amour, à la joie et à la tendresse…

18

— Ma femme et ma famille en sont les principales victimes…

— Maintenant, vous savez ce que ça fait de voir souffrir un être cher.

Max se tenait debout devant le bureau massif de Howard Houser, son chapeau à la main. S'il avait été seul en cause, rien n'aurait pu l'obliger à s'humilier ainsi devant le banquier.

Mais il s'agissait de Louise. Louise qui s'éreintait matin et soir dans le froid et la neige pour nourrir son bétail.

Sans parler de Dave qui négligeait sa famille et son propre ranch pour les aider, et de Wally qui sacrifiait toutes ses soirées.

Max ravala sa fierté.

— Que faut-il faire pour mettre fin à cette vendetta ? demanda-t-il. Qu'attendez-vous de moi ?

Howard s'appuya au dossier de son fauteuil et sourit.

— Je n'attends que votre ruine. Même si vous parvenez à conserver vos bêtes cet hiver, je peux vous assurer que vous ne trouverez pas un acheteur au printemps. Et sans acheteur, vous n'aurez pas d'argent pour rembourser votre prêt. En juin, vous perdrez votre ranch. La première chose que je ferai, après votre mise en faillite, sera de brûler la maison et la grange.

Max hocha la tête. Il n'était pas surpris. Il connaissait Howard Houser.

— Alors vous comprendrez peut-être, McCord. Avec le recul, ce n'est pas votre mariage avec cette femme que je vous reproche. Ce que je ne peux admettre, c'est votre décision d'être resté avec les célibataires et d'avoir participé au tirage, même si j'ai conscience que vous estimiez faire votre devoir. Je vais vous détruire pour avoir séduit une innocente jeune fille et l'avoir abandonnée sans le moindre scrupule, pour avoir bafoué son nom et l'avoir exposée au scandale.

« En ce moment même, ma fille est prisonnière dans la maison de votre mère. La dernière fois qu'elle est venue en ville, c'était pour Noël, et elle n'y remettra pas les pieds avant plusieurs mois, parce que sa condition le lui interdit. On m'a informé que les gens commencent à jaser. J'ignore qui a fait courir ces bruits, peut-être les employés de votre mère ou sa couturière. Peu importe. Tôt ou tard, l'état de ma fille sera connu et les commérages iront bon train. Si la loi m'y autorisait, je vous tuerais pour tout le mal que vous lui avez fait. Puisque la loi m'en empêche, je me contenterai de vous ruiner. Et, croyez-moi, je ne vais pas me priver de ce plaisir... Maintenant, sortez de mon bureau.

Lorsque Max retraversa le hall de la banque, Wally leva les yeux d'une pile de papiers posée devant lui. Il fit mine de se lever, mais Max secoua la tête et continua vers la sortie. Il n'y avait rien à ajouter. Wally, tout comme lui, savait dès le début que cette démarche était vouée à l'échec.

Avant de pousser les lourdes portes en verre, Max se retourna. Quelques personnes patientaient devant les guichets, mais le ton feutré des conversations ne troublait en rien l'atmosphère des lieux. Malgré les grandes fenêtres en verre renforcé qui donnaient sur la rue, très peu de lumière pénétrait dans la banque, qui baignait dans une pénombre propice à la discrétion.

Un jour, pas si lointain, Max avait été persuadé de vouloir passer ses journées entre ces quatre murs...

Wally se leva au fond de la banque et Max eut soudain l'impression de voir un étranger, habillé qu'il était d'un costume strict agrémenté d'un col raide. Une chaîne en or pendait à sa veste, cadeau de Howard qui portait d'ailleurs la même. Wally arborait toujours la moustache que Philadelphia l'avait convaincu de laisser pousser.

Et l'espace d'un instant, Max s'imagina à sa place, façonné par les désirs d'une femme, vêtu comme un dandy et portant la moustache.

Ses pensées durent se lire sur son visage, car il vit Wally rougir brusquement et se détourner, gêné. Max le regretta aussitôt. Quand son frère les rejoindrait, ce soir, il lui parlerait et exprimerait sa fierté devant son succès. Mais, au fond de son cœur, il se félicitait de ne pas avoir à rester confiné dans cette pièce.

Une fois dehors, il respira profondément et remit son chapeau. Quelques minutes plus tard, il galopait en direction du ranch.

Son bras se fortifiait un peu plus chaque jour. Bientôt, l'aide de Dave et Wally ne serait plus nécessaire.

Livvy avait pris l'habitude de servir le thé au salon, chaque après-midi à trois heures. Philadelphia ignorait ce que sa belle-mère avait en tête, mais elle lui était reconnaissante de cet intermède, qui coupait ses longues et ennuyeuses journées.

Parfois, Gilly et Sunshine se joignaient à elles, mais le plus souvent, elles étaient seules toutes les deux...

Livvy étudiait sa belle-fille, de l'autre côté de la table.

— Comment vous sentez-vous ? s'enquit-elle.

Livvy pouvait se montrer particulièrement pénible et déplaisante, mais elle avait ses bons côtés, et Philadelphia appréciait son inquiétude quant à sa santé.

— Vraiment, madame McCord, il n'y a pas lieu de s'alarmer. Mon dos me fait souffrir, et j'ai de plus en plus de mal à trouver une position confortable pour dormir. Mais, à part ça, je me sens bien.

— Je sais que vous ne voulez pas en entendre parler, mais je pense qu'il serait sage que vous consultiez un médecin.

Avec un soupir, la jeune femme tenta une nouvelle fois d'expliquer sa position.

— D'abord, je refuse d'être examinée par un homme. Ensuite, je ne fais pas confiance au Dr Pope pour tenir sa langue.

— Je suis terriblement inquiète pour vous et le bébé.

Pour cacher son irritation, Philadelphia baissa les yeux sur sa tasse. Le problème était qu'elles n'avaient guère de points communs. Faute de temps, sa belle-mère ne lisait pas. Elle cousait, mais ne brodait pas, et elle n'y connaissait absolument rien en peinture sur porcelaine. Quant à leurs relations, il allait de soi qu'elles ne fréquentaient pas les mêmes milieux. Il ne leur restait donc qu'un seul sujet de conversation : le bébé.

— Je vous assure que je vais parfaitement bien.

— Vous n'avez bien sûr aucune expérience dans ce domaine, mais quiconque vous verrait vous donnerait au moins deux ou trois mois avant l'accouchement. Or, votre terme est dans six semaines.

— Six semaines ?

La tasse trembla légèrement dans la main de Philadelphia, qui entreprit de compter dans sa tête. Sa situation lui était tellement insupportable qu'elle s'efforçait d'y penser le moins possible. Bien qu'elle sache que c'était ridicule, elle gardait le secret espoir que si elle ignorait son ventre gonflé, sa grossesse disparaîtrait.

— Je ne veux pas vous alarmer, continua Livvy après une hésitation. Mais une première grossesse peut se révéler difficile…

Philadelphia leva un sourcil interrogateur. Sa belle-mère précisa :

— J'ai perdu deux enfants, avant la naissance de Max. Les deux fois, je me doutais que quelque chose n'allait pas parce que, comme vous, je ne grossissais pas assez. Faibles et chétifs, ils sont morts peu après la naissance.

La jeune femme se mordit la lèvre.

— Je suis désolée…

— Je vous en ai parlé parce que je crois nécessaire de vous préparer à toutes les éventualités. N'hésitez pas à me poser autant de questions que vous voulez. J'y répondrai du mieux possible.

— Eh bien, il y a quelque chose… Les bébés arrivent-ils toujours à la date prévue ?

— Pas toujours. Les premiers enfants naissent souvent avant terme.

— Peuvent-ils naître plus tard que le terme ?

— Gilly est arrivée avec dix jours de retard, reconnut Livvy en souriant. La sage-femme a dit qu'elle avait bien failli battre le record. Une de ses patientes avait accouché avec quinze jours de retard. C'est quand même extrêmement rare.

— Je vois. En combien de temps retrouve-t-on une silhouette normale ?

— Un peu moins de temps, à chaque nouvel enfant. En tout cas, en ce qui me concerne. Mais il est vrai que j'étais très occupée. À cette époque, nous ne pouvions nous permettre d'avoir des employés. Trois jours après mon accouchement, j'étais de nouveau au travail.

Philadelphia ne put réprimer un frisson.

— J'ai entendu dire que les mères doivent rester tranquilles au moins deux semaines après l'accouchement.

— Idéalement, oui, et vous devrez respecter ce délai. Heureusement, Gilly et moi sommes là pour vous aider, jusqu'à ce que vous vous installiez avec Wally dans votre propre maison.

— Ce qui n'arrivera jamais assez tôt ! s'exclama Philadelphia, qui prit aussitôt conscience de ce que son empressement pouvait avoir d'insultant. Nous ne voulons pas vous imposer notre présence plus que nécessaire, ajouta-t-elle très vite.

Après le thé, elle remonta dans sa chambre et, assise devant la cheminée, observa le berceau dans le coin.

Six semaines…

Bientôt, elle aborderait le sujet d'une demeure en ville avec Wally et son père. Si ce dernier ne souhaitait pas s'encombrer de la présence d'un nouveau-né, il n'aurait qu'à leur trouver une location, jusqu'à ce que leur propre maison soit construite.

Wally aurait probablement des objections à lui opposer. Combien de fois s'était-il réjoui d'avoir sa mère sous la main pour les aider avec le bébé ? Mais ils pouvaient très bien embaucher une nurse. Il évoquerait sans doute la nécessité pour lui d'être au ranch, afin de veiller sur ses biens. Elle comptait alors lui rappeler qu'il avait un contremaître, dont le rôle était justement de veiller au bon ordre des choses. En cas de besoin, Wally n'aurait qu'à faire appel à Max. Après tout, il lui devait bien ça, après toutes les soirées qu'il lui avait sacrifiées.

En fait, Wally se révélait moins malléable qu'elle ne l'aurait cru. Il pouvait faire preuve d'entêtement, comme lorsqu'il avait décidé d'aller donner un coup de main à son frère, tous les soirs.

Son refus de se plier à ses désirs la rendait folle de rage. Il lui arrivait même de le détester, par moments. Pourtant, assez bizarrement, cette résistance l'excitait aussi, comme un défi. Elle avait ressenti la même chose avec Max.

Appuyant la tête contre le dossier du fauteuil, elle ferma les yeux. Pourquoi Max l'attirait-il autant, le seul homme qu'elle n'avait pu manœuvrer à sa guise ? Et pourquoi le destin les avait-il séparés ?

Dans tout le pays, il n'existait que deux hommes qui lui aient jamais dit non. Elle était amoureuse de l'un, et mariée à l'autre.

Elle fixa le berceau et les larmes glissèrent sur ses joues.

Six semaines…

Vers la fin janvier, la température remonta au-dessus de zéro. Des plaques de terre sèche firent leur apparition, et la glace se mit à fondre sur les points d'eau.

— Cela fait presque une semaine que nous n'avons pas eu à rentrer de bêtes pour la nuit, fit remarquer Louise en grimpant dans le lit.

Elle s'appuya contre l'oreiller avec un soupir de bien-être. Son dos la faisait souffrir, ce soir.

— Enfin une bonne nuit de sommeil !

Max tendit le bras devant lui, ouvrit et ferma la main, plia le coude.

— Il est comme neuf, constata-t-il.

— Tu aurais pu attendre une semaine avant de reprendre la fourche. Dave et Wally ne t'en auraient pas voulu.

— Ça suffisait comme ça.

— Tu ne seras pas plus avancé, si ton bras ne résiste pas.

Max se tourna et caressa sa joue, avant de déposer un baiser léger sur ses lèvres.

— Chérie, je sais que les femmes ont tendance à toujours vouloir protéger et materner, mais si je t'écoutais, je porterais encore des attelles l'été prochain !

Louise le regarda en silence, puis baissa la tête.

— C'est possible, marmonna-t-elle.

— Très bien ! Cela fait presque trois semaines que tu boudes. Le moment est venu de me dire ce que tu as sur le cœur.

En fait, il y avait deux choses. L'une dont elle ne voulait pas parler tant qu'il aurait besoin d'elle pour nourrir les bêtes, et l'autre dont elle avait décidé de ne pas parler du tout. Mais puisqu'il avait remarqué son air distrait, elle changea d'avis.

— Gilly m'a dit avoir appris par Dave, qui le tenait de Wally, que tu étais allé en ville, pour demander à Howard Houser de cesser sa vendetta contre toi.

Max poussa un soupir exaspéré.

— Impossible de garder le moindre secret dans cette famille, grommela-t-il.

— Pourquoi ne m'en as-tu pas parlé ?

— Il n'y avait rien à dire. J'ai demandé à Howard d'arrêter son petit jeu pour que je puisse embaucher des hommes, et il a refusé. C'est tout.

— Ce n'est pas ce qu'on m'a dit…

— Dans ce cas, je ne vois pas… Oh, tu veux parler de sa menace de ruiner mon ranch et de brûler la maison ?

— Oui, mais de toute évidence, ça ne te paraît pas suffisamment important pour le mentionner. Pourquoi ne m'as-tu rien dit ?

— Pour quoi faire ? Houser va m'empêcher de vendre mon bétail, de sorte que je serai dans l'incapacité de rembourser mon prêt. Il sait que Wally a besoin de son argent pour construire sa maison en ville, et que maman et Dave ne disposent pas de liquidités.

— Combien dois-tu ?

— C'est ça qui est le plus rageant. Il ne s'agit pas d'une grosse somme.

— Combien ?

— À peu près trois mille dollars. Ridicule, n'est-ce pas ? À Piney Creek, certains hommes gagnaient plus en une journée.

— J'ai cet argent.

— Non !

La réponse avait jailli si brusquement et avec une telle force que Louise tressaillit.

— Max, écoute-moi… Je possède cette somme. Elle est à la banque, à Denver. Je ne t'en ai jamais parlé parce que…

En fait, elle avait craint qu'il ne lui prenne son argent…

— Ça suffit. Ne dis plus un mot. C'est la dernière fois que nous parlons d'argent.

— Mais comment…

— Howard est un homme important ici, à Fort Houser, mais son influence ne s'étend pas jusqu'à Denver. Et si personne ne veut de mon bétail à Denver, je l'emmènerai à Chicago.

Aucun homme ne pouvait conduire un troupeau tout seul. Ils le savaient tous les deux.

— Max...

— Je n'accepterai jamais ton argent, Louise. Quelles que soient les circonstances. Si tu en parles encore, je vais dormir dans le dortoir des employés ! Je suis sérieux.

Elle commençait à le connaître assez bien pour savoir quand il était inutile d'insister.

Dans un silence tendu, ils attrapèrent leurs livres et lurent pendant une vingtaine de minutes, avant d'éteindre la lampe.

C'était la première fois depuis des semaines que Max éteignait sans l'embrasser d'abord, la première fois qu'il lui tournait le dos au lieu de venir se blottir contre elle...

Les yeux grands ouverts dans le noir, Louise cherchait à comprendre sa réaction. Lentement, la vérité se fit jour dans son esprit.

En fait, il n'avait pas eu l'intention de la mettre au courant de son entrevue avec Howard Houser et de ses menaces, parce qu'il considérait que ce problème ne la concernait pas. D'ailleurs, quand l'échéance tomberait, en juin, elle serait peut-être déjà partie. Accepter son argent, même en tant que prêt, aurait créé un lien entre eux et compliqué les choses.

Pour une femme qui se vantait de ne pas pleurer facilement, elle avait déjà versé pas mal de larmes, depuis Noël ! Elle essuya ses yeux d'un revers de main.

Peut-être Max se doutait-il de l'autre chose qu'elle lui cachait ? Ce qui pourrait expliquer sa détermination à refuser son argent... Non. Si Max avait eu le moindre soupçon, il aurait préféré laisser ses bêtes mourir de faim, plutôt que d'accepter que Louise continue à travailler comme elle le faisait.

C'était d'ailleurs la raison pour laquelle elle ne lui avait pas avoué qu'elle était enceinte de deux mois. Pas tant qu'il aurait besoin d'elle. Elle attendrait que l'herbe soit suffisamment haute pour permettre au bétail de brouter...

Ô Seigneur ! Rien qu'à l'idée de partir, son estomac se nouait.

Comment parviendrait-elle à trouver la force d'honorer son engagement et de quitter tout ça ? C'était sa maison, maintenant. Elle en avait frotté les planchers, lavé les fenêtres, balayé la véranda, et elle maîtrisait parfaitement le fonctionnement de la cuisinière. Qui s'occuperait des poulets ? Qui étendrait la lessive ?

Sans parler de Livvy, Gilly et Sunshine. Ne plus les voir était une éventualité qu'elle ne pouvait envisager. Elles faisaient partie de sa vie. Elle leur devait tant. Abandonner derrière elle cette famille merveilleuse lui déchirait le cœur. Et que dire de sa séparation avec Max ? La perspective de lui donner un dernier baiser était pratiquement insupportable. Elle s'était pourtant juré de ne jamais tomber amoureuse de lui. Sans succès.

Elle l'aimait, ô mon Dieu, elle l'aimait tellement !

Tout lui plaisait, chez cet homme. Son désir de toujours faire au mieux, son attitude envers sa famille, la façon dont il traitait ses bêtes, les regards pleins de tendresse qu'il lui adressait. Même son entêtement. Vivre sans sa présence, ses baisers et l'écho de son rire lui semblait impossible.

Pourtant, chaque jour la rapprochait un peu plus de l'échéance. Il lui arrivait d'oublier que ce mariage n'était qu'une farce, jusqu'à ce qu'un événement fortuit lui rappelle la triste réalité...

Glissant les mains sous les couvertures, elle les posa sur son ventre. Elle avait enfin ce dont elle avait tant rêvé. Elle portait l'enfant de Max.

Cette nouvelle aurait dû la faire sauter de joie. Au lieu de cela, elle enfouit sa tête dans l'oreiller et pleura toutes les larmes de son corps.

La douceur ne dura pas, et l'air glacial recouvrit le sol d'une nouvelle couche de glace. Les tempêtes de neige gelaient les bêtes sur place. Même par temps clair, la faible chaleur dispensée par le soleil ne suffisait pas à réchauffer le bétail. La température dégringola pendant la première quinzaine de février.

Finalement, vers la fin du mois, le froid recula un peu et des plaques de terre réapparurent. À l'abri derrière la grange, des crocus sortirent du sol. Un oiseau bleu fut aperçu près de l'enclos...

Philadelphia observait tout cela de la fenêtre de sa chambre, sans rien faire d'autre que de tourner en rond. Livvy tenait la maison, ainsi que la comptabilité, et filait chez Max tous les dimanches. Ce dernier et Low Down s'efforçaient de sauver leur bétail. Dieu seul savait ce que faisait Gilly, mais elle et sa famille se rendaient également chez Max chaque dimanche.

Tout le monde semblait occupé, sauf elle. Depuis Noël, elle n'avait pas remis un pied en ville, et personne ne s'était déplacé pour lui rendre visite. Et dire qu'il n'y avait pas si longtemps, elle régnait sur la vie sociale de Fort Houser ! Les gens se battaient pour obtenir une invitation à l'une de ses fêtes ou réceptions. Sa présence était synonyme de succès pour n'importe quel événement. Les jours où elle recevait, la sonnette ne cessait de retentir à sa porte. Ses décisions avaient valeur de lois, et déterminaient qui était en vogue et qui devait être écarté des listes d'invités... Tout cela pour se retrouver au ban de la société. Comment en était-elle arrivée là ?

Aujourd'hui, les rôles étaient inversés. C'était elle qui se retrouvait à l'écart. Cette idée la faisait bouillir de rage.

Rien de tout cela n'aurait dû arriver. Elle et Max auraient dû faire partie de l'élite de la ville, passant d'une fête à l'autre, fixant les canons de la mode, enviés de tous.

Mais elle gardait bon espoir. Une fois les problèmes réglés, tout rentrerait dans l'ordre !

Son regard se posa sur le berceau. La seule chose qui pouvait encore la perdre était le bébé.

Et Livvy ne la quittait pas des yeux... Sa belle-mère étudiait ses moindres gestes, observait son ventre, vérifiait ce qu'elle mangeait. Chaque matin, elle l'accueillait avec un sourire et proclamait :

— Le bébé pourrait arriver d'une minute à l'autre, maintenant.

Alors Wally se pétrifiait sur place et se demandait s'il était sage pour lui de partir en ville. Jusque-là, Philadelphia avait toujours réussi à le convaincre d'aller travailler.

Ensuite, elle devait écouter sa belle-mère se féliciter qu'elle n'ait pas fait de fausse couche.

Deux jours de retard...

Les bébés se présentaient souvent en avance, mais rarement avec plus de deux semaines de retard.

Elle pourrait encore patienter pendant une semaine, mais à quoi bon ? Gagner du temps ne servirait à rien.

En marmonnant, elle ôta sa chemise de nuit et enfila une robe. Puis elle ôta tous ses bijoux, à l'exception de son alliance. Elle brossa ses cheveux, qu'elle ramena en simple chignon sur la nuque.

Enfin, d'un pas décidé, elle sortit de la chambre et s'avança vers l'escalier.

Elle n'avait pas le choix.

Elle respira un grand coup et, plaçant sa main sur son cœur battant, elle se jeta dans l'escalier.

19

Wally et M. Houser sautèrent de la voiture de Howard et coururent vers la porte, juste comme Max et Louise pénétraient dans la cour, talonnés par Gilly à cheval.

Livvy les accueillit à l'entrée et les entraîna vers le salon, où elle leur fit un bref résumé de la situation. Elle avait entendu un grand cri, suivi d'un bruit terrible. Elle s'était précipitée et avait trouvé Philadelphia inconsciente, au pied de l'escalier.

Comme Howard faisait mine de se lever, elle l'arrêta d'un geste.

— Elle se repose, maintenant. Elle aurait pu se rompre le cou, mais elle s'en tire avec une coupure au front, le poignet et une cheville foulés. Elle aura probablement un œil au beurre noir et quelques contusions.

— Et le bébé ?

— Eh bien… je pense que c'est la raison pour laquelle elle s'est approchée de l'escalier. Pour me prévenir que le travail avait commencé…

Livvy serra ses mains devant elle.

— Honnêtement, je n'ai guère d'espoir pour le bébé, dit-elle lentement. Les contractions de Philadelphia sont faibles et, depuis sa chute, elle saigne.

Elle regarda Howard et Wally.

— Si l'un de vous pouvait lui faire entendre raison, je crois qu'il serait bon qu'on appelle un médecin, le Dr Pope ou une sage-femme. Philadelphia s'y refuse et chaque fois que j'en parle, elle devient hystérique.

Howard Houser se leva, l'air déterminé.

— Où est-elle ?

— En haut.

Wally et Howard quittèrent le salon.

D'instinct, Max s'apprêtait à les suivre, mais le regard de sa mère l'en empêcha. Frustré, il entreprit de mettre du bois dans la cheminée. Son estomac était noué, il avait l'impression d'étouffer.

Tout était sa faute. La souffrance de Philadelphia, la perte de l'enfant. *Son* enfant. Si la jeune femme mourait, il ne se le pardonnerait jamais…

— J'ai laissé Sunshine avec Dave, dit Gilly pour rompre le silence qui s'était abattu sur la pièce. J'ai pensé qu'il ne valait mieux pas…

— Tu as bien fait, répliqua Livvy d'un air distrait.

Louise observa Max, puis se tourna vers sa belle-mère.

— Pouvons-nous faire quelque chose ? demanda-t-elle.

— Je me suis dit que vous aviez sûrement déjà assisté à un accouchement ?

— Plusieurs, reconnut Louise. La plupart alors que j'étais la seule à pouvoir intervenir. Mais je doute que Philadelphia accepte mon aide.

— Si M. Houser et Wally parviennent à la convaincre d'appeler le médecin, je l'assisterai seule. Sinon, j'aurai besoin de vous, que ça lui plaise ou non…

Vingt minutes plus tard, Wally et son beau-père revinrent au salon. Howard se dirigea directement vers la fenêtre.

— C'est la femme la plus entêtée que je connaisse... Elle est persuadée que personne ne sera au courant pour le bébé, si on garde le silence.

— Comme tu le disais, maman, elle devient hystérique dès qu'on parle de médecin.

Wally passa une main dans ses cheveux et ajouta :

— Mais elle a accepté de faire appel au Dr Pope si les choses tournent mal et qu'elle risque de mourir. On a dû promettre d'attendre qu'elle nous donne sa permission.

— Philadelphia n'est pas en état de prendre une telle décision. Je vous conjure d'appeler le médecin sans tarder.

Houser secoua la tête.

— Cette grossesse a débuté par une trahison. Il n'est pas question qu'elle se termine de la même façon. Quand ma fille me le demandera, j'appellerai le médecin. Pas avant.

Il se tourna soudain vers Max.

— Que fait-il là ?

— C'est moi qui lui ai demandé de venir, répondit Livvy.

— J'ai le droit d'être ici, renchérit Max, s'adressant à Wally. Quand le bébé sera né, je m'effacerai comme je l'ai promis. Mais aujourd'hui, j'ai autant le droit d'être ici que n'importe lequel d'entre vous.

— Et j'ai besoin de l'aide de Louise, qui a déjà participé à des accouchements... Oh, vous n'avez jamais rencontré la femme de Max ?

Vivement, Livvy présenta Louise à M. Houser.

Howard la toisa des pieds à la tête, et ses sourcils se soulevèrent, comme s'il était surpris de la trouver propre et convenablement vêtue.

La surprise de la jeune femme fut égale à la sienne. Elle s'attendait à ce que l'homme qui rendait leur vie infernale ait l'allure d'un ogre. Mais Houser n'était pas plus grand qu'elle, et semblait très ordinaire. Pour l'instant, ce n'était qu'un père malade d'inquiétude pour sa fille bien-aimée.

— Quelqu'un ne devrait-il pas être avec elle ? Elle est toute seule.

Comme ces mots s'adressaient à elle, Louise en conclut que sa présence était tolérée.

Howard Houser aurait accueilli le diable lui-même, s'il l'avait fallu ! Il se tourna vers Wally.

— Il est encore tôt, mais j'aurais bien besoin d'un petit remontant, dit-il. Je crois que la journée va être longue.

— Nous en avons tous besoin, reconnut Wally.

Avant de suivre Livvy, Louise s'approcha de son mari.

— Tu n'as pas dit deux mots.

— Si elle meurt…

— Elle ne va pas mourir, Max. Je te le promets.

Philadelphia était la mère de son enfant… et la femme qu'il aimait. Jamais Louise n'en avait eu autant conscience qu'en ce moment même, devant ses lèvres serrées et sa main refermée sur la pierre dans sa poche.

— Combien de temps cela va-t-il durer ? demanda-t-il.

— Plusieurs heures, certainement.

— Dis à ma mère que je vais emprunter l'un de ses chevaux. Il faut que je bouge, ou je vais devenir fou.

La jeune femme préféra ne pas s'appesantir sur les sentiments de Max. C'était trop douloureux. Elle refoula également ses propres émotions. Pour tenir le coup jusqu'au bout de cette journée, elle devait oublier que son mari aimait Philadelphia et que celle-ci allait lui donner un enfant… un enfant qui serait la demi-sœur ou le demi-frère de celui qu'elle portait.

Livvy l'attendait, devant la porte de la chambre.

— Je suis désolée de vous imposer cela, vu la façon dont Philadelphia vous a traitée. Mais il n'y a personne d'autre. Gilly ne pourrait pas m'aider.

— Ne vous inquiétez pas.

Louise la regarda droit dans les yeux.

— Maintenant, dites-moi la vérité.

— Je me doutais que vous devineriez qu'il y avait autre chose. En fait, je ne sais pas trop quoi penser… Quand je l'ai découverte au pied de l'escalier, j'ai couru à la grange pour demander à deux hommes de m'aider à la transporter. À mon retour, j'ai remarqué qu'elle saignait beaucoup. Lorsqu'on l'a recouchée, le saignement a diminué.

— Le lit possède une alèse ?

— Oui. Nous nous tenions prêtes, depuis quelques semaines. J'ai également prévu des draps. Il faudra les changer souvent, surtout si elle continue à saigner. Elle frissonne et se plaint d'un mal de ventre et de nausées.

— Après une telle chute, je me serais attendue à ce que le travail démarre aussitôt. Mais d'après ce que vous me dites…

— Examinez-la et donnez-moi votre avis.

Quand elles pénétrèrent dans la chambre, l'odeur cuivrée du sang saisit Louise. Philadelphia était pelotonnée dans le lit, tremblante, les bras autour de son ventre.

Les deux femmes échangèrent un regard, avant de s'avancer.

— Comment allez-vous, Philadelphia ? dit Louise. Oh, vous avez vraiment une sale tête…

L'un de ses yeux était enflé, et la coupure sur son front laisserait probablement une cicatrice. Le sang avait coulé dans ses cheveux et s'était coagulé. Son poignet était enveloppé d'un bandage bien serré, mais ne semblait pas la faire souffrir.

Elle ouvrit les yeux.

— Vous ! Sortez de ma chambre !

Louise repoussa les couvertures et examina la chemise de nuit ensanglantée, ainsi que les draps sous les hanches de la jeune femme.

Elle leva la tête vers Livvy.

— Il faut appeler le docteur, dit-elle.

— C'est ce que je pense...

— Non ! Ce n'est pas à vous d'en décider. Non, non et non !

— La douleur est-elle constante, ou intermittente ?

— Constante. Ô mon Dieu, ça ne s'arrête jamais... Remontez les couvertures, j'ai froid.

— Nous allons d'abord vous aider à changer de chemise de nuit, proposa Livvy d'une voix douce.

Quinze minutes plus tard, elles avaient changé Philadelphia et les draps.

Louise quitta la chambre, suivie de Livvy.

— Alors ? Qu'en pensez-vous ? demanda cette dernière.

— Si j'y connaissais quelque chose, je dirais que nous avons affaire à une fausse couche, pas à une naissance. Les frissons, la douleur permanente...

— Il ne peut s'agir d'une fausse couche, protesta Livvy. La seule chose dont nous soyons sûrs, c'est la date de la conception, le 29 mai. Elle a déjà du retard.

— Alors la situation est d'autant plus inquiétante. Elle a dû se blesser à l'intérieur en tombant.

— Ou peut-être est-ce le bébé qui est blessé et qui saigne ?

— Quoi qu'il en soit, nous avons besoin d'un médecin.

Livvy soupira.

— Voilà ce que nous allons faire. Pendant quelque temps, nous lui donnerons alternativement des infusions de sauge et de tanaisie, qui devraient calmer les saignements. J'ai également du laudanum, au cas où la douleur deviendrait insupportable. Si nous ne parvenons pas à stopper l'hémorragie, j'insisterai pour que Howard ou Wally appelle le Dr Pope.

— Je reste avec elle pendant que vous préparez les infusions, proposa Louise.

Elle retourna dans la chambre et s'assit sur la chaise, près du lit.

— La douleur diminue-t-elle un peu ?

— Vous n'avez aucun droit d'être ici ! Je veux que vous sortiez. Je vous déteste... Partez !

— Cause toujours.

Quand Philadelphia eut un renvoi, Louise attrapa la bassine et la tint sous son visage alors qu'elle vomissait. Puis elle essuya son menton avec un chiffon humide et l'aida à boire un peu d'eau pour se rincer la bouche.

— Pour être franche, je me demande bien pourquoi j'essaie de vous aider. Il faut croire que soigner les malades est une de mes occupations favorites... Maintenant, souhaitez-vous savoir ce qui vous arrive, oui ou non ?

Elles s'affrontèrent du regard, puis Philadelphia capitula.

— J'aimerais que vous ne soyez jamais née.

Louise eut un petit rire.

— Il m'est arrivé de souhaiter la même chose... Bon. Vous avez perdu beaucoup de sang, ce qui signifie que quelque chose ne va pas. Vous vous plaignez de douleurs au ventre et vous frissonnez. Rien de tout cela n'est habituel lors d'un accouchement. Si Livvy et moi ne parvenons pas à stopper l'hémorragie, nous serons obligées d'appeler le médecin.

— Plutôt mourir !

— Dans ce cas, vous pourriez rapidement obtenir satisfaction. Ce sera le médecin ou la mort. Vous êtes peut-être assez stupide pour vous suicider, de peur que tout le monde n'apprenne que vous attendez un bébé, mais je ne vous le permettrai pas. Je ne peux rien promettre en ce qui concerne l'enfant, mais je vous garantis que je vous empêcherai de mourir. Bien avant d'en arriver à cette extrémité, un médecin sera au pied de ce lit.

— Jamais ! Mon père l'a promis ! Oh...

Louise posa la main sur le ventre de Philadelphia. Il s'agissait d'une très faible contraction. Elle jeta un coup d'œil à l'horloge, afin de mesurer le temps qui s'écoulerait jusqu'à la prochaine, puis expliqua à Philadelphia ce qui venait de se passer.

— Où est Livvy ?

— Elle vous prépare une infusion.

— Max ne vous aimera jamais. Jamais ! C'est moi qu'il aime.

Inconsciemment, Louise posa la main sur son propre ventre.

Philadelphia sourit.

— Tout le monde peut voir que vous êtes amoureuse de lui. Tant mieux parce que, quand je le reprendrai, je veux vous voir souffrir autant que j'ai souffert !

— Philadelphia, fermez-la !

— Quoi ?

— J'ai dit, fermez-la ! Nous ne parlerons ni de moi ni de Max. Le seul sujet de conversation, c'est vous. Votre sujet favori, je crois...

— Personne ne me parle ainsi !

— Voilà ce que nous allons faire, commença Louise, sans se laisser démonter. La seule façon de vous débarrasser de moi, et moi de vous, est de faire ce bébé. Alors, la prochaine fois que vous aurez une contraction, concentrez-vous pour la rendre plus forte. Quand le temps sera venu, je vous dirai de pousser, et vous aurez intérêt à m'obéir.

— Je ne reçois pas d'ordres de vous. Je ferai ce qui me plaît !

— Non, pas aujourd'hui. Aujourd'hui, Livvy, moi et dame Nature allons vous dicter votre conduite. Maintenant, lâchez ces couvertures. J'ai besoin de vous examiner.

— Pas question ! Si vous vous imaginez que je vais vous permettre d'examiner mon derrière...

— Avant la fin de la journée, j'aurai assez vu vos fesses pour en être écœurée jusqu'à la fin de mes jours.

Louise soupira.

— Lâchez cette couverture ou je vous casse les doigts.

— Quoi ?

Choquée, Philadelphia écarquilla ses grands yeux bleu-vert et resta bouche bée.

— Qu'avez-vous dit ?

— J'ai dit que j'avais besoin de vous examiner et que, si vous m'en empêchez, je vous casserai les doigts. Et, croyez-moi, j'y prendrai grand plaisir.

Louise attrapa le petit doigt de Philadelphia et le tira en arrière, suffisamment pour que celle-ci pousse un cri et lâche la couverture.

— Voilà qui est mieux.

— Je... je... Vous...

— Je sais. On m'a déjà dit que mes manières laissaient parfois à désirer, se moqua Louise.

Ce disant, elle vérifia le paquet de coton que Livvy avait placé entre les jambes de la jeune femme, et ne vit aucune trace de sang.

Philadelphia hurla.

— Livvy !

Louise remonta les couvertures.

— Je pense que Livvy n'est pas non plus du genre à vous dorloter, mais je peux me tromper…

— Pas vraiment, répondit cette dernière qui pénétrait dans la chambre, un plateau à la main. Nous commençons avec une infusion de sauge, annonça-t-elle.

Six longues heures de vigilance, d'inquiétude et de travail s'écoulèrent, accompagnées d'un sentiment d'impuissance. À tour de rôle, Louise et Livvy frottèrent le dos de Philadelphia, essuyèrent la sueur sur son front, ou apportèrent d'autres couvertures.

Elles changèrent ses draps et sa chemise de nuit toutes les deux heures. L'une d'elles les descendait ensuite à Gilly, qui attendait près de la lessiveuse avec un pot de café chaud.

Quand venait le tour de Louise, elle traînait en route, heureuse d'échapper un moment à l'odeur lourde de la chambre, et de s'asseoir pour reposer son dos.

Mais, cette fois-là, elle pénétra dans la cuisine trop en colère pour penser à se reposer.

— Qu'est-ce qui se passe ? demanda Max. Ça fait des heures que ça dure.

— Taisez-vous ! intima Howard, avant de reposer la même question à Louise.

Une heure plus tôt, Livvy lui avait redemandé d'aller chercher le docteur, mais Howard avait refusé. Il ne bougerait pas tant que Philadelphia ne lui donnerait pas l'autorisation.

Hors d'elle, Louise se planta devant lui, les poings sur les hanches.

— Écoutez-moi bien, espèce de crétin ! Cela fait maintenant six heures que votre fille perd son sang. Elle est faible, malade, et elle souffre. Elle ne va pas tarder à mourir, si vous n'appelez pas un médecin au plus vite ! Livvy et moi ne sommes pas à même de faire face à cette situation. Je n'aime pas Philadelphia, vous savez. Rien ne me plaît chez elle, mais j'ai promis à Max qu'elle ne mourrait pas et, sacré bon sang, elle ne mourra pas ! Allez-vous envoyer un homme chercher le médecin, ou dois-je sauter à cheval pour le faire moi-même ? Une chose est sûre, quelqu'un part en ville immédiatement. La question est : qui ?

— J'y vais, intervint Max en se dirigeant vers la porte.

— Vous n'irez nulle part, McCord ! Personne ne sort d'ici avant que j'aie parlé à ma fille.

Louise l'ignora.

— Ne perds pas de temps, Max. Elle va vraiment mal.

— Je t'accompagne, décréta Wally. Si je reste une minute de plus ici sans rien faire, je vais devenir fou.

— Vous ne bougez pas ! Je monte parler à ma fille.

— Non ! Asseyez-vous, monsieur Houser, ordonna Louise en le poussant. Donnez-moi cette bouteille de whisky, Gilly. J'ai besoin d'un verre.

Gilly apporta trois verres qu'elle remplit, avant de les tendre à Howard Houser, à Louise, et d'en garder un pour elle.

— J'ai peur, dit-elle. Croyez-vous que Philadelphia va mourir ?

— Elle est très affaiblie, mais j'espère que le médecin pourra la sauver. Tout est possible.

Houser posa les coudes sur la table et se prit la tête entre les mains.

— Vous n'êtes pas médecin. Vous n'en savez rien. Vous n'êtes qu'une mijaurée qui se mêle de ce qui ne la regarde pas.

Louise haussa les épaules.

— On m'a déjà dit pire...

Il leva la tête et frotta ses yeux.

— Elle est ma seule enfant. J'ai toujours essayé de la soutenir et maintenant, à cause de vous, j'ai trahi sa confiance.

Son expression laissait clairement entendre qu'elle regretterait son attitude.

— Et que comptez-vous faire, cher monsieur Houser ? Allez-vous me punir d'avoir voulu sauver votre fille ? Punir Max d'avoir galopé jusqu'en ville pour trouver un médecin ? Que pourriez-vous inventer, pour rendre notre vie encore plus difficile qu'elle ne l'est déjà ? Brûler tout de suite la maison de Max, sans attendre sa faillite ? Voilà qui nous apprendrait à nous mêler de nos affaires. Vous pourriez aussi envoyer un de vos hommes pour tuer ce qui reste du troupeau ? Ça nous servirait certainement de leçon.

Les joues de Howard Houser s'empourprèrent. Il se pencha vers elle.

— Vous méritez ce qui vous arrive. À qui la faute, si ma fille est dans cet état ?

— Je n'en sais rien, répliqua Louise d'un air pensif. Peut-être est-ce la faute de Philadelphia, pour ne pas avoir dit non quand elle l'aurait dû ? Peut-être est-ce votre faute, pour lui avoir laissé trop de liberté ? Peut-être est-ce la faute de Max qui l'aimait trop ? Peut-être est-ce ma faute, pour avoir épousé Max alors que je n'en avais même pas envie ? Peut-être est-ce la faute de Livvy, pour avoir acheté ce terrain près de Fort Houser et permis ainsi que son fils rencontre votre fille ? J'ignore qui est le plus à blâmer. Mais quelle importance ? Ça ne changerait rien et…

— Ça suffit ! gronda Howard Houser, les dents serrées.

— Oui, ça suffit… Gilly, nous allons avoir besoin de serviettes propres pour le médecin, et votre mère a dit de préparer le rôti, au cas où quelqu'un aurait faim.

Sans un regard pour Howard Houser, Louise quitta la pièce et remonta dans la chambre.

Livvy leva la tête, l'air désespéré.

— J'espère que le médecin sera bientôt là...

— Moi aussi.

Une heure s'écoula. Enfin, la porte claqua en bas. Le médecin, suivi de Max et de Wally, se précipita dans l'escalier.

Il pénétra dans la chambre, mais les deux autres s'arrêtèrent sur le seuil et firent bien vite demi-tour, quand l'odeur de la pièce les assaillit.

— Mon Dieu !

— Redescendez, ordonna Louise. Nous vous préviendrons dès que nous en saurons plus.

Le Dr Pope posa son sac, ôta sa veste et remonta ses manches.

— Si j'ai bien compris, elle est à terme, elle a fait une chute dans l'escalier et elle saigne beaucoup. Y a-t-il autre chose ?

Livvy lui expliqua ce qui s'était passé au cours des dernières heures, et il hocha la tête.

— Je veux mourir, murmura Philadelphia.

— Nous allons faire en sorte d'éviter ça, répliqua le Dr Pope. Mesdames, voudriez-vous sortir un moment ? Je pense que notre jeune maman appréciera un peu d'intimité pendant que je l'examine.

— Oh, bien sûr, dit Livvy en attrapant Louise par le bras.

Dans le couloir, elle s'appuya contre le mur.

— Je suis si soulagée qu'il soit là, avoua-t-elle. Je ne sais pas comment vous avez fait, mais je vous en remercie.

Quelques minutes plus tard, Louise fronça les sourcils.

— Pourquoi est-ce si long ?

À cet instant, la porte s'ouvrit. Le médecin sortit et tira la porte derrière lui.

— Comment va-t-elle ? s'enquit Livvy, anxieuse.

— Elle devrait s'en remettre. Elle va avoir besoin de beaucoup de repos et de soins, mais elle est jeune et en bonne santé.

— Et le bébé ?

— Nous saurons dans quelques minutes, mais je crains que le bébé ne survive pas. Sa grossesse n'est pas à terme, contrairement à ce que vous m'avez dit. Elle n'en est qu'au septième mois.

— C'est impossible ! s'exclama Livvy.

— Madame McCord, cela fait trente-cinq ans que je mets des enfants au monde. Je sais déterminer à quel stade de la grossesse se trouve une femme, et je connais la différence entre un accouchement et une fausse couche. Nous parlons ici d'une fausse couche.

Il s'exprimait avec toute l'autorité de sa profession.

— Pour celle de vous deux qui compte m'assister, le moment est venu.

Il retourna dans la chambre.

— Sept mois, murmura Livvy, sous le choc. Je comprends maintenant pourquoi elle ne voulait pas voir de médecin…

Ses yeux brillaient de colère.

— Elle a bien failli nous avoir ! Je ne serais pas surprise d'apprendre que sa chute dans l'escalier n'était pas un accident.

Louise ouvrit de grands yeux.

— Livvy, que dites-vous ?

— Réfléchissez à ce que cela signifie si ce bébé n'a que sept mois, conclut-elle en pénétrant à son tour dans la chambre.

Avant de réfléchir, Louise se devait de rassurer les autres. Elle retrouva tout le monde dans la cuisine. Pas un bruit ne troublait le silence tendu.

Ils se tournèrent vers elle avec un regard anxieux.

— Il n'y a pas grand-chose à dire, pour l'instant. Livvy et le médecin sont avec elle.

— Que font-ils ? demanda Howard.

— Je n'en sais rien. Le Dr Pope va procéder à l'accouchement.

Elle ne jugea pas utile de préciser que le bébé était prématuré de deux mois.

— Mais il pense que Philadelphia s'en remettra complètement.

— Merci, mon Dieu ! murmura Gilly.

Max posa la tête sur ses mains et ne bougea plus. Louise devina qu'il priait et remerciait le Seigneur. Puis elle se souvint de la menace de Philadelphia de reprendre Max. Si elle s'enfuyait avec lui, le cœur de Wally serait brisé à jamais. Il suffisait de l'observer un instant pour comprendre qu'il aimait sa femme.

Réprimant un soupir, Louise s'étira.

— Je reviendrai quand j'aurai plus de nouvelles, annonça-t-elle.

Il y avait un banc en bois dans le couloir, devant la chambre de Philadelphia. Elle s'assit là pour attendre, la tête appuyée contre le mur...

Sept mois plus tôt, Max se trouvait à Piney Creek, et il n'avait pas quitté le camp de tout l'été. Il ne pouvait donc être le père de l'enfant. Livvy avait raison : pas étonnant que Philadelphia ait refusé de voir un docteur ! Elle pouvait les abuser, mais elle ne pouvait pas abuser le médecin, qui avait compris au premier coup d'œil que sa grossesse n'était pas aussi avancée qu'elle le proclamait.

Quand on y réfléchissait, l'attitude de Philadelphia était proprement sidérante. Elle aurait épousé

Max sans rien lui avouer et il aurait élevé cet enfant, persuadé qu'il s'agissait du sien.

Et Wally… Wally qui avait accepté de se sacrifier, et d'épouser la jeune femme pour donner un nom à l'enfant !

Enfin, pour dissimuler son état, elle s'était délibérément jetée dans l'escalier, espérant ainsi déclencher le travail. Elle devait bien se douter des conséquences possibles, pour elle ou pour le bébé, mais cela ne l'avait pas arrêtée…

Louise frissonna et posa la main sur son ventre.

À ce moment, la porte s'ouvrit et Livvy sortit, un paquet dans les bras.

Louise sauta sur ses pieds.

— Le bébé est vivant ?

— Non, il n'a pas survécu. C'est un garçon, annonça Livvy d'une voix étrangement détachée.

— Où allez-vous ?

— Cet enfant n'est pas un McCord. Je veux que les hommes qu'elle a délibérément trompés connaissent la vérité.

— Livvy, attendez…

Louise attrapa le bras de sa belle-mère.

— Il n'y a aucune raison de dire quoi que ce soit. Cela ne ferait que peiner ceux qui l'aiment.

Elle ne voulait pas que Max apprenne que Philadelphia l'avait trompé avec un autre homme. Il en souffrirait trop.

— Je vous en prie, ne faites pas ça… Nous garderons le secret.

La colère brillait dans les yeux de Livvy.

— Elle a trompé Max, et elle a laissé mon autre fils se sacrifier pour donner son nom à son bâtard ! Wally n'était pas obligé de l'épouser. Il aurait pu avoir la vie qu'il souhaitait, choisir sa femme… Philadelphia a également laissé son père s'acharner sur

Max, alors que celui-ci n'avait rien à voir avec cette grossesse. Et elle s'est permis de vous traiter d'immorale! Ma famille a dû supporter toutes ces épreuves à cause de cette fille. Dieu me pardonne, je ne vais sûrement pas la protéger! Laissez-moi passer...

Livvy descendit et pénétra dans la cuisine. Ses joues pâles s'enflammèrent tandis qu'elle mettait tout le monde au courant.

— Ce n'est qu'un odieux mensonge! tonna Houser, tremblant de colère. Comment pouvez-vous suggérer que ma fille a eu des rapports avec un autre homme? Vous délirez!

Livvy releva la tête avec un air de défi.

— Le Dr Pope vous confirmera que cet enfant est prématuré. Mais, s'il vous reste le moindre doute, jugez par vous-même...

Livvy repoussa la couverture qui dissimulait les traits du bébé.

Louise eut un hoquet de surprise en découvrant le duvet noir sur sa tête et son petit corps doré. Sa peau était couleur café au lait.

Howard Houser fixa le bébé, puis chancela. Il posa la main contre le mur pour se retenir.

— Luis Delacroix... murmura-t-il. Ce fils de...

Max croisa le regard de sa mère, avant de pivoter brusquement et de sortir par la porte de derrière, qu'il claqua avec force.

20

Grâce au laudanum, elle flotta dans une bienheureuse inconscience pendant près de quatorze heures avant de s'éveiller, la bouche sèche, une sourde angoisse chevillée au ventre.

Pour prolonger un peu ce répit, elle fit semblant de dormir encore et réfléchit. Malheureusement, la conclusion s'imposait d'elle-même. Elle se trouvait dans une impasse. Bien que ce soit injuste, on allait l'accuser.

— Philadelphia… ?

La douce voix de Gilly l'appela, au pied du lit.

— Êtes-vous réveillée ? Laissez-moi vous aider à vous asseoir…

— Aïe !

La douleur transperça son corps comme une flèche. À chacun de ses mouvements, ses muscles raides et endoloris protestaient. Elle devait être couverte d'ecchymoses, sans parler de son poignet et de sa cheville.

— Puis-je avoir un miroir ? demanda-t-elle. Là, sur ma coiffeuse.

Gilly le lui tendit, mais Philadelphia hésita, peu certaine d'avoir le courage d'affronter son image.

Elle but d'abord quelques gorgées d'eau fraîche, puis repoussa ses cheveux. Enfin, elle tâta précautionneusement son œil enflé.

Quand elle leva enfin le miroir, un long frisson la parcourut. Sa paupière était dans un sale état : noire et violette, enflée. Une estafilade traversait son front, du sourcil à la racine des cheveux, et une large ecchymose bleuissait sa mâchoire. Dieu merci, elle avait conservé toutes ses dents, et son nez n'avait subi aucun dommage. Encore une fois, sa bonne étoile l'avait protégée.

Lentement, son pouls retrouva un rythme normal. Ses blessures étaient superficielles et cicatriseraient sans peine. D'un autre côté, elles lui attireraient la sympathie de tous.

— Quand vous vous sentirez assez forte… commença Gilly.

Elle s'éclaircit la gorge et regarda ses mains.

— Tout le monde veut vous parler.

— J'aimerais me laver les dents et brosser mes cheveux.

— D'accord. Pendant que vous faites un brin de toilette, je vais vous chercher une tasse de café. À moins que vous ne préfériez un chocolat ? Vous pouvez manger un toast, mais rien d'autre de solide durant deux jours. J'ai préparé du bouillon de poulet. En voulez-vous…

— Seulement un chocolat chaud, coupa Philadelphia.

Un espoir insensé commençait à s'insinuer dans l'esprit de Philadelphia, devant la sollicitude de Gilly. Peut-être le Dr Pope ne l'avait-il pas trahie, après tout ?

— Le bébé est mort ? demanda-t-elle.

— Oui. Voici votre brosse à cheveux.

— Qu'a dit le médecin ? Au sujet du bébé ?

À la porte, Gilly se retourna. Son regard ne montrait plus aucune trace de sympathie.

— Que vous avez fait une fausse couche à sept mois. Le bébé que vous avez perdu n'était pas l'enfant de Max.

Après un dernier regard glacial, elle referma la porte derrière elle.

Philadelphia en eut le souffle coupé, ses mains devinrent moites. C'était exactement ce qu'elle avait redouté. Le médecin l'avait trahie.

Elle aurait pu s'éviter cette chute dans l'escalier puisque, de toute façon, tout le monde avait fini par être au courant. Levant son miroir, elle examina son front. Elle garderait probablement une cicatrice…

Un point positif, quand même : elle allait pouvoir renoncer à ces espèces de sacs qu'on la forçait à porter. De plus, les ragots qui couraient sur son mariage précipité avec Wally s'évanouiraient dès qu'on la verrait en ville, aussi mince qu'à son habitude. Des rumeurs prétendraient peut-être qu'elle avait perdu son bébé, mais qui écoutait les commérages des cow-boys ?

Elle coiffa ses cheveux sans les attacher, préférant les laisser sur ses épaules, ce qui la faisait paraître plus jeune et fragile…

Lorsqu'on frappa à sa porte, elle sursauta et glissa prestement le miroir sous les couvertures.

— Entrez.

Max ouvrit la porte, mais il ne s'avança pas dans la chambre. La lumière matinale rendait son visage hagard et soulignait les cernes sombres sous ses yeux. Pourtant, il possédait encore le pouvoir de la bouleverser comme aucun autre homme.

— Un seul mot, dit-il d'une voix grave. Pourquoi ?

Ce n'était pas la question qu'elle attendait, d'autant que la réponse était évidente.

— Tout est ta faute, Max. Je t'ai supplié de ne pas m'abandonner cet été, de rester avec moi, mais tu as refusé de m'écouter. Même après que je me suis donnée à toi, tu n'as pas voulu.

Il devait bien comprendre qu'elle s'était donnée à lui dans l'espoir de le garder près d'elle. Son départ l'avait assommée.

— J'étais malheureuse... et seule. Choquée que tu aies refusé de m'écouter. En juillet, le fils d'une relation professionnelle de mon père est venu passer deux semaines chez nous. *Lui* s'intéressait à moi.

Elle lui lança un regard accusateur.

— J'étais en colère, Max. Tu m'avais abandonnée pour aller vivre avec une poignée de chercheurs d'or. Je regrettais toutes les fêtes que les gens auraient données en notre honneur, si tu étais resté. Luis a compris tout cela. Jamais il ne se serait conduit d'une façon aussi égoïste envers sa future femme !

Le visage de Max se durcit, et elle comprit que mentionner Luis n'était peut-être pas une bonne idée. L'entretien ne semblait pas se dérouler comme elle l'avait espéré...

Elle secoua la main dans un geste désinvolte et lui adressa un pâle sourire.

— Tout ceci est du passé, dit-elle. Je te pardonne. Finalement, tout se termine plutôt bien... Le bébé ne faisait que compliquer les choses. Maintenant, tout est plus simple. Nous pouvons divorcer et tout recommencer ensemble.

Max la fixait comme s'il ne comprenait pas un traître mot de ce qu'elle disait. Son comportement commençait à l'agacer.

— Max ?

Sans répondre, il tourna les talons et, quelques secondes plus tard, elle l'entendit dévaler l'escalier.

Bon. Il avait besoin de temps, songea-t-elle. De

toute évidence, il refusait d'admettre sa responsabilité dans les événements. Mais il y parviendrait. Max était un homme juste.

Elle eut le temps de se reposer un peu et de savourer le plaisir de toucher son ventre plat, avant l'arrivée du prochain visiteur. Elle retrouverait sa silhouette en quelques jours...

— Mme Weaver t'a préparé un pot de chocolat, annonça son père en pénétrant dans la chambre sans frapper.

Il déposa le plateau sur la table de nuit, et l'arôme du breuvage caressa ses narines.

— Pourrais-tu m'en servir une tasse, papa ? demanda-t-elle d'une voix de petite fille.

Comme Max, Howard Houser semblait avoir passé une nuit difficile. Il portait les mêmes vêtements que la veille et ne s'était pas rasé, ce qui suggérait qu'il avait passé la nuit au ranch.

Il lui tendit la tasse et s'assit lourdement sur la chaise près du lit.

— Je ne sais par où commencer... soupira-t-il.

— Je voulais t'en parler, mais je ne savais pas comment.

C'était probablement ce qui le blessait le plus. Qu'elle ne soit pas venue lui demander son aide.

— Il s'agit de Luis Delacroix. Cet enfant de salaud était mon invité. Je connais son père depuis vingt ans.

— Il a profité de moi, papa, dit-elle, les larmes aux yeux. J'ai résisté, mais...

— Vraiment ? Et tu n'as pas crié ? Tu n'en as parlé à personne ensuite ? Je veux bien croire que Delacroix t'ait séduite, mais je ne peux accepter l'idée qu'il l'ait fait contre ta volonté. Tu avais déjà couché avec un homme, tu savais ce qui se passait. Je me souviens de ta façon de flirter avec lui, Philadelphia.

Je me souviens d'avoir pensé que tu étais trop innocente pour comprendre ce que tu faisais...

Il eut un petit rire de dérision.

— S'il te plaît, ne m'en veux pas, papa. Il n'y a eu qu'une seule fois. Un accident. Après, j'avais tellement honte... Je ne savais pas quoi faire.

— Tu as fait souffrir tant de gens. Je me suis excusé auprès de Max et de sa femme, et j'ai bien entendu fait cesser toute restriction contre eux. Il pourra de nouveau trouver des employés. Quand je retournerai à la banque, j'annulerai son hypothèque, et je l'ai déjà prévenu que s'il a besoin d'un prêt pour acheter du bétail, il n'aura qu'à dicter ses termes. Cela ne réparera pas tous les torts, mais...

— Tu t'es excusé ? Auprès de Max et de cette... créature ?

L'indignation étouffait Philadelphia.

— Il n'était peut-être pas le père de l'enfant, mais il m'a trahie ! Il m'a rejetée, à quelques jours du mariage !

— Je n'en voudrai pas à Wally, s'il souhaite divorcer...

Elle ouvrit de grands yeux. C'est elle qui demanderait le divorce, pas Wally !

— S'il divorce, je t'achèterai une petite maison à Denver.

— Je ne veux pas aller à Denver ! Je veux rester à Fort Houser. Chez moi !

Howard secoua la tête.

— Tu es ma seule enfant, Philadelphia, et je ne souhaite pas que notre séparation soit définitive. Mais je ne veux pas te voir ou entendre parler de toi pendant quelque temps... Nous nous écrirons. Si je ne suis pas là pour résoudre tous tes problèmes, peut-être grandiras-tu un peu...

Trop sidérée pour parler, elle le regarda quitter la chambre. Une séparation ? Il la chassait ? Mais pourquoi ? Elle n'y comprenait rien...

Avant qu'elle ait pu y réfléchir plus avant, Wally entra.

— Comment te sens-tu ?

— J'ai mal partout, et je me sens faible.

— Je ne tournerai pas autour du pot, commença-t-il. Ton père m'a fait une offre particulièrement généreuse. Il me propose d'ouvrir une succursale à Santa Fe.

— Oh, je t'en prie, Wally... Je ne veux pas entendre parler travail.

— Contente-toi d'écouter. Il paiera tous les frais de déplacement et nous fera construire une maison près du centre. J'aurai un salaire généreux, plus une participation financière. Par la suite, je deviendrai propriétaire de la banque.

Nous ? Croyait-il vraiment qu'elle accepterait de partir à plus de mille kilomètres de sa maison ?

— Ou alors je peux divorcer, continua-t-il. Ton père m'a fait comprendre qu'il maintiendrait son offre de Santa Fe, que je reste ou non avec toi.

Elle comptait bien parler de *ça* avec son père !

Il poussa un soupir.

— Tout le monde me conseille de divorcer. Mais j'ai réfléchi : ce n'est pas ce que je souhaite. Je crois que nous pouvons prendre un nouveau départ, toi et moi. À moins que tu ne préfères retrouver ta liberté ? Je te laisse le choix. Si tu veux divorcer, je ne m'y opposerai pas, et tu pourras même prétendre que je t'ai abandonnée.

Bien sûr qu'elle avait le choix ! Et elle était impatiente de retrouver Max.

— Si tu décides de m'accompagner à Santa Fe, il sera nécessaire de mettre une ou deux choses au clair. Nous ne parlerons plus jamais de ce qui vient de se passer. Je ne veux pas savoir qui était le père de l'enfant, ni pourquoi tu as couché avec lui. Pour moi, c'est du passé. Mais il ne sera plus question de faire chambre à part. Nous rendrons visite à ton père et à ma famille deux fois par an, et ils seront toujours les bienvenus chez nous. Ceci inclut mon frère et sa femme, que tu traiteras avec respect.

— As-tu d'autres désirs à exprimer ? s'enquit-elle d'une voix glaciale.

— Bien entendu, si tu n'es pas prête à accepter ces quelques règles, il vaut mieux que nous divorcions. Tu es une femme égoïste, Philadelphia, capable de tout pour parvenir à tes fins. J'ignore pourquoi je pense que je peux t'aimer, ou pourquoi j'ai envie de relever ce défi, mais c'est comme ça.

— Comment oses-tu me parler sur ce ton !

— Tu as le temps de réfléchir. Je ne partirai pour Santa Fe qu'à la fin du mois.

— Je peux te donner ma réponse tout de suite !

— Je ne veux pas l'entendre. Je veux que tu réfléchisses bien. Ton choix est assez limité, entre tenter de sauver notre mariage ou affronter un scandale.

Le mot eut l'effet voulu. Il avait raison, un divorce signerait sa condamnation. Il serait impossible pour elle de demeurer à Fort Houser.

Mais ce n'était pas grave : elle et Max recommenceraient ailleurs…

Après le départ de Wally, elle resta seule. En tendant l'oreille, elle percevait des bruits de conversation en bas. Ils parlaient sans doute d'elle, ils la critiquaient…

Pour la première fois, une larme sincère roula sur sa joue. Pourquoi lui en voulaient-ils autant ? N'importe qui aurait fait la même chose, à sa place.

Max comprendrait. Il lui fallait seulement un peu de temps.

21

C'était comme si on avait ôté un énorme poids des épaules de Max. Après une semaine de silence boudeur, il avait changé. Depuis quelques jours, il sifflait tous les matins en se dirigeant vers la grange. Son humeur était au beau fixe, et il ne s'énervait pas contre les nouveaux employés, même lorsque les circonstances l'auraient justifié.

Quand Louise lui avait demandé pourquoi il n'avait pas botté les fesses de Medrock, ce dernier ayant oublié de se réveiller, Max s'était contenté de hausser les épaules. Il avait expliqué qu'il était si soulagé d'avoir de nouveau des employés, qu'il se moquait que Medrock soit en retard au travail. Puis il s'était mis à rire et avait précisé que cela ne durerait probablement pas. Mais, pour le moment, il remerciait le Ciel que le dortoir soit de nouveau plein, et que la jeune femme n'ait plus besoin de travailler comme un forçat.

Les larmes étaient montées aux yeux de Louise, qui s'était précipitée hors de la pièce. Elle comprenait ce qu'il voulait dire, inutile de lui faire un dessin : il n'avait plus besoin d'elle. Maintenant que le problème de la grossesse de Philadelphia était réglé, tout était de nouveau possible.

Le moment était venu pour Louise de partir.

Cela paraissait totalement ridicule mais, pendant un temps, elle avait espéré qu'il aurait peut-être oublié leur contrat. Ils s'entendaient bien, et une agréable routine s'était installée entre eux. À son grand étonnement – et son grand amusement – elle s'était transformée en une vraie petite ménagère, qui aimait prendre soin de sa maison et de son mari.

Sans parler des nuits. Elle appréciait leurs soirées, quand ils lisaient dans leur lit, épaule contre épaule. Isolés du monde, ils discutaient des choses importantes, des décisions à prendre, des émotions qu'ils ne partageaient pas avec les autres. Puis il l'attirait contre lui et remontait sa chemise de nuit sur ses hanches, avant de l'embrasser jusqu'à ce qu'elle n'en puisse plus de désir.

Mais la réalité l'avait rattrapée, le jour de l'accouchement de Philadelphia. Dans les yeux de Max, elle avait vu l'image de la femme qu'il aimait. Et cette image n'était pas la sienne. Elle avait écouté Philadelphia l'avertir qu'elle reprendrait Max, et avait reconnu l'écho de la vérité...

Seigneur, voilà qu'elle pleurait de nouveau ! Et Gilly qui serait là dans une minute. En fait, elle pensait même avoir aperçu son chariot.

Aujourd'hui, les deux jeunes femmes allaient en ville choisir des cadeaux d'anniversaire pour Sunshine.

— Louise ?

— Entre.

Attrapant un torchon, elle essuya rapidement ses yeux.

— Je suis dans la cuisine.

Gilly entra, accompagnée d'un courant d'air frais, et se dirigea droit vers la cafetière, sur la cuisinière.

— Maman garde Sunshine. Ainsi, nous pourrons

prendre tout notre temps… La voiture est devant la porte, mais je ne crois pas que les chevaux nous en voudront, si nous prenons une tasse de café avant de partir.

— Max avait dit qu'il préparerait le chariot, mais j'ignorais qu'il l'avait déjà fait…

— Louise McCord ! Tu as pleuré ?

Depuis quelque temps, Gilly et Louise avaient adopté le tutoiement, au grand plaisir de cette dernière.

— Non.

Gilly l'examina avec attention.

— Si.

Un sourire illumina son visage quand elle ajouta :

— Et si mes soupçons sont fondés, je crois deviner pourquoi. Tourne-toi, que je te regarde…

Gilly observa sa taille avec attention, et une expression de satisfaction remplaça son air concentré.

— Mon Dieu ! Maman va être si contente, et moi aussi !

Ouvrant les bras, elle attira Louise contre elle.

— Pour quand est-ce prévu ? Est-ce que Max est au courant ?

— Ô Seigneur ! Ça se voit donc autant ?

Si Gilly s'en était aperçue, elle ne pourrait pas le cacher plus longtemps à Max. Et alors…

— Absolument. Les larmes sont le premier signe, chez une femme aussi forte que toi.

— Je ne comprends pas ce qui m'arrive. Je ne me sens vraiment pas forte. Je pleure pour un oui ou pour un non !

Les larmes jaillirent à l'idée de ne plus jamais revoir Gilly. Ou Sunshine. Ou Livvy… Quant à Max, elle ne pouvait même pas l'envisager. À chaque fois qu'elle s'imaginait en train de lui annoncer son départ, elle ressentait une telle souffrance qu'elle manquait étouffer.

— Je ne voulais pas en parler à Max…

— … pendant que tu devais nourrir le bétail, compléta Gilly, hochant la tête. C'est toujours comme ça dans les bons mariages. La femme veut aider son mari, et lui tient à la protéger. Si Max avait deviné que tu étais enceinte, il aurait préféré perdre son bétail plutôt que de te voir travailler.

Les bons mariages… De nouvelles larmes lui montèrent aux yeux.

Elle se moucha et respira un grand coup.

— Je vais chercher mon manteau et mon chapeau, et nous irons à la grange pour le prévenir que nous partons… Gilly, promets-moi de ne pas parler de Philadelphia, aujourd'hui.

— Tu ne t'inquiètes quand même pas à cause d'elle ? demanda Gilly en levant les sourcils. Oh, Louise ! Si Max avait épousé Philadelphia, il aurait été tellement malheureux ! Je suis prête à parier qu'il l'a compris.

Louise aurait donné cher pour la croire, mais à quoi bon ? Il n'y avait pas de fumée sans feu. Elle avait entendu Howard Houser dire à Wally qu'il trouverait naturel qu'il souhaite divorcer, mais au fond d'elle-même, elle savait que c'était Philadelphia qui exigerait le divorce. Et Max l'attendrait.

La seule chose qui les séparait, maintenant, c'était elle. Sans sa présence, ils seraient déjà ensemble, comme ils l'avaient toujours désiré.

— Si tu es jalouse de Philadelphia, tu es ridicule, insista Gilly lorsqu'elles sortirent de la maison.

Elles avaient presque atteint la porte de la grange, quand une scène les arrêta net. Juste derrière la porte, Max tenait Philadelphia serrée contre lui. Puis il baissa la tête… et l'embrassa.

Une violente douleur transperça Louise, qui crut mourir sur place. Ce qu'elle ressentait en les voyant dans les bras l'un de l'autre était insupportable. Pire que tout ce qu'elle aurait pu imaginer. Ses doigts s'enfoncèrent dans le bras de Gilly, et elle émit un petit son étranglé.

Puis elle tourna les talons et s'enfuit en courant vers la maison.

Les hommes dans la grange se tournèrent vers la porte, puis se volatilisèrent soudain comme par enchantement. Sidéré, Max se redressa et regarda autour de lui, pour voir ce qui avait causé un départ aussi précipité.

Philadelphia se tenait dans l'embrasure de la porte. Elle rejeta en arrière sa courte cape, révélant sa veste noire qui moulait au plus près sa poitrine et sa taille. Par-dessus ses boucles de cheveux dorés, elle portait un chapeau agrémenté d'une plume.

— Max…

Elle fouilla la grange du regard, mais resta sur le seuil.

Max posa lentement sa pelle et ôta ses gants, avant de s'avancer vers elle. Le soleil dans son dos la nimbait d'une aura qui la rendait irréelle, comme une créature trop belle pour être vraie.

Il s'arrêta à quelques pas et referma la main sur la pierre dans sa poche. Il s'était passé tellement de choses, depuis le jour où le destin avait glissé ce caillou sous ses doigts ! Il n'était plus le même homme.

— J'espérais ta visite au ranch, dit la jeune femme avec une moue. Puis j'ai compris qu'*elle* ne devait pas te quitter des yeux. Alors je suis venue.

Sans la pierre, il aurait épousé cette femme…

— Je pars pour Fort Laramie, la semaine prochaine, et je voulais savoir quand tu comptais me rejoindre.

Elle croyait que rien n'avait changé entre eux, elle n'avait pas le moindre doute à ce sujet. Cela se voyait dans ses yeux.

— Je n'irai nulle part, dit-il doucement.

Un jour, il avait cru l'aimer. Il l'avait tenue dans ses bras.

— Ne plaisante pas. Je suis déjà assez démoralisée comme ça. Mon père ne me parle plus que par l'intermédiaire de son avocat. Après-demain, Wally partira pour Santa Fe. Ta mère m'adresse à peine la parole, et elle s'est même montrée impolie une ou deux fois. Gilly m'évite, aucune de mes amies ne vient me voir. J'ai besoin de toi.

Il secoua la tête.

— Tu n'as pas besoin de moi, Philadelphia. Ce qu'il y avait entre nous est terminé depuis longtemps. Notre mariage aurait été une erreur monumentale.

— Comment peux-tu dire ça ? Je t'aime, Max, et tu m'aimes toi aussi.

— Tu te trompes, autant pour moi que pour toi.

Le regard de Philadelphia se posa quelque part derrière lui pendant une fraction de seconde, puis elle s'avança très vite et se colla contre lui, levant les mains vers son visage.

— Embrasse-moi, et ose dire que tu ne m'aimes pas… si tu le peux.

Ses yeux reflétaient une totale confiance tandis qu'elle passait les bras autour de son cou. Elle se mit sur la pointe des pieds et l'attira vers elle.

Comme Max s'y était attendu, il ne ressentit rien. Absolument rien.

Posant les mains sur la taille de la jeune femme, il la repoussa.

— Rentre à la maison, dit-il. Tu as un bon mari, qui est prêt à t'aimer malgré tes erreurs. Je crois sincèrement que vous pourriez être heureux ensemble, si tu voulais bien lui donner une chance.

— Je n'aime pas Wally. Pourquoi crois-tu que je sois prête à supporter le scandale d'un divorce ? Parce que je te veux, *toi* !

Il retint un sourire. Il commençait à la connaître. Quand elle comprendrait qu'il ne la suivrait pas, elle resterait avec Wally plutôt que d'affronter un nouveau déshonneur.

— Écoute-moi bien, dit-il en la regardant droit dans les yeux. Je ne t'aime pas, Philadelphia, et je ne veux pas t'épouser. C'est Louise que j'aime. Louise est la meilleure chose qui me soit jamais arrivée. Chaque jour, je remercie Dieu de m'avoir offert une telle chance. J'espère que, bientôt, tu diras la même chose de Wally…

Elle plissa les yeux.

— Tu veux me faire croire que tu aimes cette créature ?

— De tout mon cœur, répondit-il simplement.

Il s'en doutait depuis longtemps, mais c'était la première fois qu'il l'exprimait à voix haute. Un sourire apparut sur ses lèvres. Maintenant qu'il avait fait ce premier pas, il avait envie de le crier sur les toits !

— Je ne peux pas le croire ! Tu veux que je reste mariée à ton frère ?

— Je ne veux rien du tout et tu feras comme tu l'entends, ça ne me regarde pas. Mais… souhaites-tu vraiment abandonner un homme qui t'aime, pour la honte et la disgrâce d'un divorce ?

— Je ne tiens pas à rester avec Wally. Il a changé. Il refuse de faire tout ce que je dis.

Il eut un petit rire.

— C'est exactement le genre d'homme qu'il te faut.

Il attrapa son bras, dans le but de la raccompagner jusqu'à son cheval. Ce faisant, il tourna la tête et aperçut sa sœur.

— Gilly !

Il comprit aussitôt qu'elle avait été témoin de la scène qui venait de se jouer. Et elle ne serait jamais venue seule jusqu'à la grange… Inquiet, il lança un rapide regard vers la maison.

— Pendant une terrible minute, j'ai cru que tu avais perdu la raison, Max.

Les yeux de Gilly se posèrent sur Philadelphia, brillants de colère.

— Et vous osez juger Louise ! Vous ne connaissez même pas la signification du mot « décence » !

— Où est-elle ?

L'estomac de Max se contracta. Si Louise avait aperçu Philadelphia dans ses bras, il pouvait facilement deviner ses conclusions…

— J'imagine qu'elle est déjà en route pour Denver.

Max s'élança vers la maison. Louise avait sûrement compris que le baiser de Philadelphia ne signifiait rien pour lui !

La panique s'empara de lui. Il n'avait jamais osé avouer son amour. Il attendait qu'elle parle la première, par fierté. Par bêtise, surtout !

Mais elle devait bien s'en douter, sacré bon sang ! Elle était sans doute en colère, mais elle ne partirait pas sans lui laisser une chance de s'expliquer.

Il traversa le cellier et la cuisine, et fonça vers le salon. La cuillère en argent, sur le manteau de la cheminée, avait disparu.

Elle était partie pour de bon.

Quand on naissait stupide, on le restait. Comment avait-elle pu être aussi naïve ?

Louise essuya les larmes qui inondaient son visage.

Elle fit claquer le fouet, trop triste pour s'inquiéter de la vitesse à laquelle elle menait le chariot sur les routes verglacées. Elle irait à Denver. Elle avait suffisamment d'argent sur elle pour prendre une chambre. Demain, lorsqu'elle aurait pleuré toutes les larmes de son corps, elle déciderait où aller. Comment pouvait-on continuer à vivre, quand votre cœur avait cessé de battre ?

Les chevaux dépassèrent les dernières maisons de Fort Houser sans ralentir.

Et comment pouvait-on être aussi aveugle ? Max voulait Philadelphia. Il l'avait toujours désirée. Ça crevait les yeux. Elle avait voulu se convaincre que Gilly avait raison, quand elle affirmait que Max ne ressentait plus rien pour cette femme. Mais, au fond de son cœur, elle avait su que c'était faux. Un seul obstacle les séparait : elle.

Eh bien, plus maintenant ! Elle allait s'installer à Denver. À moins qu'elle ne retire son argent de la banque, saute dans le premier train pour l'Ouest et ne s'arrête qu'au pied de l'océan. Elle achèterait une petite maison et élèverait son enfant, en essayant de chasser de son esprit le grand cow-boy au regard bleu qui faisait chavirer son cœur. Mais elle savait déjà qu'elle ne l'oublierait jamais, et chercherait sans cesse son visage dans celui de son enfant...

— Tu n'es qu'une idiote ! cria-t-elle.

Elle avait fait l'erreur d'oublier qui elle était, et d'où elle venait. Elle s'était laissé éblouir par le luxe d'une maison accueillante. Elle avait même donné un nom à ces stupides poulets ! Comment pouvait-on être aussi abrutie ! Abrutie au point de considérer la famille de Max comme la sienne !

À l'idée de ne plus revoir Livvy, Gilly ou Sunshine, son cœur menaçait de se briser.

Mais la pire, la plus grosse erreur de toute sa vie, avait été de tomber profondément, complètement, follement amoureuse de Max McCord.

Elle n'avait jamais eu la moindre chance. Son amour était voué à l'échec dès le début. Elle ne serait jamais une dame, comme Philadelphia. Elle n'était que la pauvre Low Down. Bonne à rien, sans éducation et sans grâce.

Les larmes l'aveuglèrent.

— Louise !

Clignant les yeux, elle crut un instant que son imagination lui jouait des tours. Elle avait cru reconnaître la voix de Max…

Mais il cria de nouveau, et elle tourna la tête. C'était bien lui qui galopait comme un fou, à côté du chariot.

— Va-t'en ! hurla-t-elle.

Que faisait-il là ? Pourquoi l'avait-il suivie ? Il aurait été plus facile de ne jamais le revoir…

— Tu conduis comme une dingue, Louise. Arrête ce chariot !

— Je n'ai qu'une chose à te dire : au revoir. Voilà, c'est fait. Rentre chez toi !

— Je n'ai pas embrassé Philadelphia. C'est elle qui m'a embrassé. Par surprise. Je ne voulais pas de ce baiser et je n'en ai tiré aucun plaisir !

Max galopait, les rênes dans une main, l'autre sur son chapeau.

La croyait-il assez bête pour avaler ça ?

— Je me moque bien de savoir lequel de vous deux a embrassé l'autre. Le fait est que vous vous êtes embrassés. Et il ne m'a pas semblé que tu détestais ça. Eh bien, tu peux l'épouser, ta Philadelphia, je m'en moque. D'ailleurs, le moment était venu pour moi de partir.

— Tu ne peux pas partir. Tu es en état d'arrestation !

— Quoi ? De quoi parles-tu ?

— Je porte plainte contre toi pour avoir volé mon chariot et mes chevaux.

D'abord elle crut avoir mal entendu, ce qui aurait été compréhensible, vu le bruit que faisaient les roues sur la glace. Puis elle réalisa qu'elle avait bien pris son chariot et ses chevaux.

— Je t'enverrai de l'argent de Denver.

— Si je n'ai pas accepté ton argent pour sauver mon ranch, je ne vais certainement pas l'accepter maintenant. J'ai vu ce que l'argent d'une femme pouvait faire à un homme. Il a détruit mon père. Je n'accepterai jamais un dollar de ta part.

Ainsi, c'était pour ça qu'il avait refusé son argent ? Quel triple idiot !

— Louise, ralentis avant d'avoir un accident... Nous devons parler !

Il terminait à peine sa phrase que la jeune femme sentit les roues du chariot déraper sur la glace. Elle possédait suffisamment d'expérience pour retenir les chevaux jusqu'à ce que le chariot se redresse, mais, tout à sa colère, elle n'avait pas pris la peine d'assurer sa position. Lorsque le chariot tangua brusquement, elle perdit l'équilibre et partit en vol plané pour atterrir les quatre fers en l'air, à quelques mètres de la route, dans la neige.

D'un bond, Max sauta de son cheval et se précipita. Avec précaution, il palpa sa tête, son cou, ses bras, ses côtes. Mais quand il releva ses jupes pour inspecter ses chevilles et ses genoux, Louise les rabaissa brusquement et le repoussa.

— Tiens, assieds-toi sur ma veste... Tu t'es fait mal ?

— Non.

— C'est un miracle. Je n'ai jamais vu quelqu'un conduire un chariot à cette vitesse.

— Où sont les chevaux ?

— Probablement plus très loin de Denver. Nous enverrons quelqu'un les chercher. Pour l'instant, nous avons des choses plus importantes à discuter.

Il s'assit en face d'elle et prit sa main, mais elle se dégagea d'un geste brusque.

— Je sais ce que tu vas dire, commença-t-elle. Tu es un homme généreux et nous sommes devenus amis, et tu veux que tout se passe du mieux possible. Je t'en suis reconnaissante, mais j'ai vu ce que j'ai vu et je sais ce que tu ressens.

Il poussa un soupir.

— Non. Tu n'en sais rien.

— Si tu es en colère contre moi parce que je suis partie, eh bien, je suis désolée. C'était lâche de ma part. Je n'ai jamais eu l'intention de voler ton chariot et tes chevaux. Simplement, le moment était venu pour moi de partir, Max...

— Louise, écoute-moi. Je me moque de Philadelphia. Elle n'est rien pour moi. Si un jour j'ai éprouvé des sentiments pour elle, ils ont bel et bien disparu.

— Nous ne nous sommes jamais menti, jusqu'à présent. Ne commençons pas aujourd'hui. J'ai vu ton visage lorsque Philadelphia a failli mourir. Tu t'inquiétais pour elle, et tu étais complètement anéanti quand tu as appris qu'elle avait été avec un autre homme.

— Évidemment que j'étais inquiet ! Pas toi ? Je n'ai jamais souhaité qu'elle meure. Je ne voulais pas avoir ça sur la conscience... Quant à être anéanti d'apprendre qu'elle avait couché avec un autre, bon sang, oui ! La nouvelle m'a choqué. Je n'avais jamais imaginé une chose pareille. J'étais furieux. Cela faisait des mois que je me reprochais de l'avoir trahie, alors qu'elle m'avait trompé la première. Appelle ça de la bêtise, de la fierté, j'étais effectivement furieux qu'elle soit enceinte d'un autre homme. Mais ça n'avait rien à voir avec toi, Louise…

Il l'observa, assise dans la neige sur le bord de la route, inconsciente du froid, ses émotions transparaissant sur son visage. C'était bien d'elle, de penser d'abord aux autres et de partir pour laisser la place. Malgré ses airs fanfarons, il n'y avait pas une trace d'égoïsme chez cette femme.

— Je t'aime, Louise Downe McCord. Tu me rends dingue, parfois… mais je t'aime.

Les yeux de la jeune femme s'écarquillèrent de surprise, et elle serra les mains très fort autour de ses genoux.

Il poursuivit :

— Si tu étais restée une minute de plus, tu m'aurais entendu dire à Philadelphia de rentrer chez elle. Tu m'aurais entendu lui avouer mon amour pour toi, et lui dire que tu étais la meilleure chose qui me soit jamais arrivée. Je remercierai Dieu toute ma vie pour ça.

Elle fronça les sourcils.

— Tu as dit ça à Philadelphia ? Sacré bon sang, Max McCord, je devrais te frapper ! Pourquoi l'as-tu dit à elle, plutôt qu'à moi ?

— J'avais l'intention de te le dire. Je m'y préparais…

Bon, ce n'était certes pas l'endroit idéal, mais il n'avait guère le choix. Il s'éclaircit la gorge.

— Madame McCord, je vous aime, commença-t-il d'un air solennel.

Louise le fixait avec une expression indéfinissable et, l'espace d'un instant, un doute s'empara de lui. Et si elle ne l'aimait pas ?

— Je crois que je suis tombé amoureux de toi lorsque tu t'es offerte à moi, dans la cuisine. À moins que ce ne soit le soir où tu as remis mon bras en place…

Après une hésitation, il s'empara de sa main. À son grand soulagement, elle ne le repoussa pas.

— Ou alors, j'ai su que je t'aimais quand je t'ai embrassée sous le gui, à Noël… Difficile à préciser, car j'ai l'impression de t'avoir toujours aimée. Ne me quitte pas, Louise. J'ai besoin de toi. Je ne pourrais pas supporter l'idée de te perdre. Nous pouvons être heureux ensemble. Nous avons déjà commencé. Oublions notre fameux contrat. Je te veux près de moi, pour toujours.

Il lui adressa un regard en coin et poussa un gros soupir.

— Est-ce que tu comptes m'interrompre un jour pour me dire que tu m'aimes, toi aussi ? Ou as-tu l'intention de me torturer, en me laissant dans l'incertitude ?

Elle essaya de sourire.

— J'ai mauvais caractère, Max, je suis têtue. Je ne serai jamais une dame et ça m'étonnerait qu'un jour, j'invite des femmes chez moi pour prendre le thé ou que je sois invitée. Je n'ai aucune classe, et je ne serai jamais belle.

— De quoi parles-tu ? Tu es la plus belle femme que j'aie jamais connue ! Se peut-il que tu n'en aies pas conscience ? Tu as la plus belle bouche du monde. Une bouche sensuelle, douce, faite pour embrasser et pour rire.

Elle le considéra d'un air soupçonneux.

— Seigneur, tu penses vraiment ce que tu dis ! s'exclama-t-elle soudain. Oh, Max ! Tu dois être la seule personne au monde à me trouver belle !

Ses yeux se remplirent une nouvelle fois de larmes.

— Et je t'aime pour ça. Je t'aime tellement... Je n'aurais jamais cru ça possible !

Elle se jeta à son cou et le renversa dans la neige. Puis elle sourit.

— Finalement, je crois que je ne vais pas te quitter.

Il éclata de rire.

— Bien !

Il l'enlaça et l'embrassa, jusqu'à ce que le souffle lui manque.

— Toute ma vie, j'ai rêvé que quelqu'un me dise que je suis belle, murmura la jeune femme.

Avec tendresse, il l'embrassa encore et encore.

— Rien n'aurait d'importance dans ma vie si tu n'étais pas avec moi pour le partager, assura-t-il. Je n'aurais aucune raison de me lever le matin si je ne voyais pas ton sourire.

— Oh, Max ! Tu parles si bien.

Ils s'embrassèrent et échangèrent des paroles tendres pendant un long moment, indifférents au monde qui les entourait. Puis Max se redressa et aida son épouse à se relever.

— J'ai pensé à quelque chose, dit-il. J'aimerais que tu me donnes ta cuillère en argent. Je voudrais la faire encadrer, avec ma pierre. Un jour, nos petits-enfants nous demanderont pourquoi nous avons encadré une cuillère et une pierre, et nous leur expliquerons que c'étaient nos deux plus précieux trésors.

Elle acquiesça.

— J'ai encore quelque chose à te dire...

— Est-ce que ça peut attendre jusqu'à la maison ? Tout ce qui m'importe, c'est de rentrer en vitesse et de te porter jusqu'à notre chambre, pour te prouver combien je t'aime.

— Ça peut attendre, murmura Louise en baissant les yeux.

Max sauta à cheval et l'aida à grimper derrière lui. Elle passa les bras autour de sa taille et contempla les montagnes, au loin.

Une légère brise descendait des sommets enneigés, apportant dans son sillage une odeur de printemps et une promesse de renouveau. Louise sourit à travers ses larmes – des larmes de joie, cette fois.

Elle n'était plus une rien du tout, et ne le serait plus jamais. Elle murmura un silencieux au revoir à la femme solitaire et sans racine qui avait quitté Piney Creek.

Puis, blottie contre le dos de son mari, elle pensa au précieux enfant qu'elle portait, et se tourna résolument vers sa famille et sa maison.

Vers l'avenir.

Rendez-vous au mois de septembre
avec trois nouveaux romans de la collection

Aventures et Passions

Le 3 septembre 2001

Tout feu, tout flamme

de Brenda Joyce (n° 5982)

Storm est une jeune Texane sauvageonne, un peu garçon manqué. À dix-sept ans, ses parents décident d'en faire une jeune fille de bonne famille et l'envoient chez des cousins à San Francisco. Elle y rencontre Brett, charmant et charmeur homme d'affaires à succès. Ils sont aussitôt subjugués l'un par l'autre, et entament une liaison passionnée. Mais leurs comportements, jugés trop libres, font scandale...

Le 10 septembre 2001

La belle effrontée

de Connie Mason (n° 5983)

Le père de la belle Irlandaise Casey O'Cain est accusé d'avoir fomenté une révolte contre la Couronne et est condamné à la pendaison. Casey tente de convaincre le juge de l'innocence de son père, mais le rustre ne veut rien entendre et tente de la violer. Elle le repousse brutalement et tue involontairement l'odieux personnage. Casey est immédiatement exilée en Australie, où elle est confiée comme cuisinière aux Penrod. Dare, le fils aîné, n'est pas insensible au charme de la jeune femme...

Le 24 septembre 2001

Une femme mise à prix

de Michele Jaffe (n° 5984)

Angleterre, XVIe siècle. Crispin, comte de Sandal, est un espion au service de la reine Elizabeth. De retour de mission à l'étranger, il apprend qu'il est accusé de haute trahison et qu'il sera jugé deux semaines plus tard. C'est donc le temps qui lui reste pour prouver son innocence. Il rencontre Sophie, liée malgré elle à cette affaire et également recherchée par les autorités. Tous deux décident de s'allier pour démêler cette sombre histoire...

5923

Composition Chesteroc International Graphics
Achevé d'imprimer en Europe (France)
par Maury Eurolivres - 45300 Manchecourt
le 17 juillet 2001.
Dépôt légal juillet 2001. ISBN 2-290-31157-X

Éditions J'ai lu
84, rue de Grenelle, 75007 Paris
Diffusion France et étranger : Flammarion